내가 백조라는 사실을 알았을 때

# 엄마들의 이유 있는 반란

# 엄마들의 이유 있는 반란

발행일   2023년 8월 25일

지은이   김미성, 이은정, 김은희, 이애련, 이윤진, 문혜원, 김민혜, 김형희, 임현경, 유은희
펴낸이   손형국
펴낸곳   (주)북랩
편집인   선일영                          편집   윤용민, 배진용, 김부경, 김다빈
디자인   이현수, 허지혜, 안유경, 신혜림      제작   박기성, 구성우, 변성주, 배상진
마케팅   김회란, 박진관
출판등록  2004. 12. 1(제2012-000051호)
주소     서울특별시 금천구 가산디지털 1로 168, 우림라이온스밸리 B동 B113~114호, C동 B101호
홈페이지  www.book.co.kr
전화번호  (02)2026-5777                  팩스   (02)2026-5747

ISBN    979-11-93304-07-5  03810 (종이책)      979-11-93304-08-2  05810  (전자책)

# 목차

**들어가는 글** • 8

## 2장  용기 있는 자만이 엄마가 될 수 있다

## 3장  잃어버린 '나'를 찾기로 결심하다

## 4장  날개를 펼치고 날아오르다

## 들어가는 글

엄마는 그래야 하는 줄 알았습니다. 나보다 아이들이 먼저일 때가 많았지요. 밥을 할 때면 아이늘이나 남편이 좋아하는 반찬 위주로 만들어 두곤 했습니다. 내 옷은 안 사더라도 식구들 옷은 하나 사 왔습니다. 어쩌다 맛있는 것을 먹게 되면, 순간 떠오르는 것도 가족이었습니다. 간혹가다 아파도 마음 놓고 누워있을 수만은 없었습니다. 출근해야 할 남편, 학교 가야 할 아이들에게 뭐라도 챙겨 먹여 보내야겠다 싶어 몸을 일으켰지요.

하루 11시간 장사하며 살던 저에게 하루는 둘로 나뉘어 있었습니다. 가게에서의 시간, 엄마로서의 시간. 쉬는 시간이라고는 잠자는 시간밖에 없던 2019년 이전의 나. 하루 24시간, 나는 내 삶을 살지만 정작 '나'를 우선하여 살지는 않았지요. 엄마라면 응당 그래야 하는 줄 알았습니다. 마흔을 코앞에 둔 2019년 1월, 문득 내가 보이기 시작했습니다.

엄마로 사는 것이 불행하지는 않았습니다. 아껴주는 남편, 나만 믿고 태어난 아이들과 함께하는 시간은 선물 그 자체였지요. 하지만, 엄마로만 살고 싶지는 않았습니다. 나도 세상에 태어난 이유가 반드시 있을 터인데, 하늘이 나에게 엄마로만 살라고 세상에 내보이지는 않았을 테니까요. 남편 그리고 아이들이 전부인 나의 세상에서 조금씩 '나'라는 한 사람이 보이기 시작했습니다. 가족들이 무엇을 좋아히고 잘하는지 물어보면 척척 답을 하면서도 정작 나에게 그 질문을 하니 답하지 못하겠더라고요. 나는 나에게 야박한 사람이었음을 그제야 알았습니다. 다른 사람들 돌볼 줄은 알면서 나에게는 관심 한 조각도 주지 않았던, 야속한 사람이었습니다.

이 책은 엄마가 아닌 한 '사람'으로서 당당히 세상을 향해 발걸음을 내디딘 10명의 멋진 이야기입니다. 엄마들이 일으킨 반란은 작은 날갯짓이 되었습니다. 더 좋은 엄마, 더 나은 사람으로 살아가겠다는 다짐이기도 합니다.

삶의 결정적인 순간마다 좌절하게 되는 일이 생기더라도 본인만의 삶의 걸음으로 당당히 헤쳐 나간 *김미성 작가*
두 아이의 엄마로 살게 되면서 아이 때문이 아닌, 아이 덕분에 무기력을 극복하고 가정을 경영하는 CEO로 살아가게 되었다

는 이은정 작가

신중한 성격 탓에 시작이 늦었지만, 작은 시작 이후 꾸준함이
라는 무기를 장착해 삶을 변화시켜가고 있는 김은희 작가

의미 없는 삶을 살다가 이제 은빛 날개를 펼쳐내시려는 이애련 작가

스타트업으로 회사를 세워 치열하게 움직이는 남편에 맞춰 살
다가 용기 내어 다른 삶을 시작하자 남편이 변했다는

이윤진 작가

우울감과 번 아웃에 스스로 만들어낸 형틀에서 빠져나와 나
로서 살기 시작한 문혜원 작가

직장과 집으로 출근하며 내가 빠진 삶을 살다가 자신과 아이
들을 위해 삶을 즐기게 된 김민혜 작가

돈을 벌기 위해 선택한 일이었지만 그만둔 뒤 무기력해진 일상
에서 벗어나기 위해 책을 선택했다는 김형희 작가

직장과 육아 둘 다 잘 해내야 한다는 무언의 강박 속에서 읽고
쓰는 삶을 통해 새로운 숨을 쉬게 된 임현경 작가

결혼하면서 전업주부의 삶을 선택했지만, 그로 인해 낮아졌던
자존감을 자신의 또 다른 선택으로 되찾은 유은희 작가


열 명의 작가는 자신의 삶을 그대로 끄집어내 주었습니다. 소탈하
게 지금까지 살아온 엄마로서의 삶을 꺼내준 것이죠. 그 삶 속에 작
가들은 '엄마'라는 역할을 충실히 해왔고 더 좋은 엄마가 되기 위해
노력해왔습니다. 이제는 더 좋은 엄마가 되기 위해 자기 자신을 예뻐

해 주기 시작했습니다. 나 자신에게 더 나은 사람이 되기 위해 끊임없이 공부하고 노력하고 나아갑니다. 그 결과 이전과의 나에게서 한 발 더 나아가 아이와 남편도 잘 챙기고 내 삶도 잘 돌보는, 그런 사람이 되어갑니다.

이전까지의 내 삶은 미운 오리 새끼와 같다고 생각할 수 있습니다. 지우고 싶을 때도 있었지요. 더 이상 이렇게 살고 싶지 않다는 외침은 아이러니하게도 진정한 내 모습을 찾게 해주었습니다. 나에게도 존재했던 꿈을 되찾게 해주었습니다. 이전의 내 삶이 이제는 '미운 오리 새끼'같지 않아졌습니다. 그때의 삶이 없었다면 날개를 펼치고 날아오를 힘을 갖지 못했을 테니까요.

엄마는 그래야 하는 줄 알았던 지금까지의 길에서, 이제는 엄마는 그래도 된다는 새로운 길로 나아가려 합니다. 작은 반란을 시작합니다. 엄마들의 반란에는 이유가 있었습니다. 이제는 다르게, 조금은 더 나은 삶을 살고자 한다면 그녀들의 이야기에 귀 기울여 주세요. 예전의 나와 같은 또 다른 이가 자신의 삶이 미운 오리 새끼와도 같다며 앞으로 나아가기 주저한다면 이 책이 작은 틈은 되어 줄 겁니다. 틀을 깨고 세상 밖으로 나아갈 작은 시발점 말이지요.

엄마는 그래도 됩니다. 나를 위한 삶은 내가 사랑하는 모든 이들을 위한 삶이 되기 때문입니다. 나 자신을 찾고 내가 가장 좋아하는 일, 가슴 뛰는 일을 찾아 자신의 꿈을 향해 나아가는 삶. 그렇게 살아도 됩니다. 2019년의 제가 그러했듯, 여기 이 책의 열 명의 작가가 그러했듯 그렇게 자신을 믿고 한 걸음 내디뎌 보아요. 세상은 이미 내가 태어난 이유를 손에 쥐고 나를 기다리고 있습니다. 이제 그 세상으로 나아갈 작은 반란으로 여러분을 초대합니다.

원효정 (부자마녀)

**엄마들의 이유 있는 반란**

**결혼하기 전,** 지금의 남편과 했던 대화가 아직도 생생하다. 왜 대부분의 한국 여자들은 결혼하고 아이를 낳으면서 모두 '엄마'만 하느냐고, 남자는 계속 남자인데, 왜 여자는 계속 여자일 수 없고, '엄마'여야 하냐고 물었다. 나는 엄마이면서도, '여자'이고 싶다고 했다. 엄마만 하고 싶지는 않았다. 20대의 나는 아직 해보지 못한 것이 많고, 이뤄보고 싶은 것도 많은, 꿈 많은 여자였다. 그런 나에게 남편은 결혼 이후에도 '계속 일할 수 있도록 도와주겠다.'라고 했다. 결혼하고, 아이가 태어났다. '엄마'라는 강력한 본능으로부터 나오는 책임감은 어느덧 '나'라는 이름을 서서히 지워냈다.

내 삶의 이유이자 존재만으로도 의미가 되는 아이들은 엄마 눈만 말똥말똥 바라보며 젖 달라고, 기저귀 갈아 달라고, 안아 달라고, 재워 달라고 보챘다. 한시도 눈을 뗄 수가 없었다. 말이라도 하면 조금 나으려나 싶지만 좀처럼 육아의 끝은 보이지 않았다. 그동안은 그 누구보다 '나'를 사랑해왔던 삶이었다. 하지만 이제 '나'를 돌볼 시간 여유조차 없다. '나'보다는 아이들의 존재가 더 커졌기 때문이다. '엄마'만이 채워야 할 것 같은 육아의 무게가 서서히 나를 짓눌러왔다. 하지만 그 무게는 내가 감당해야 할 몫이다. 무겁다고 내려놓을 수 있는 것이 아니었다. 감당해야 했다. 그렇게 감당해내는 하루가 쌓이고, 또 하루가 쌓였다. 언제 끝날지 알 수는 없지만, 어느덧 그 무게에 익숙해지고 있었다.

익숙해질 것이라 기대하지 않았던 무게가 익숙해질 무렵, 엄마의 마음 한쪽에서 '나'를 좀 알아봐 달라고, 챙겨 달라고 또 다른 아이가 울부짖기 시작했다. 그 아이는 내 배 속으로 낳은 아이들을 챙기느라 한동안 돌보지 못했던 '나'였다. 혼란스럽기 시작했다. '엄마'로서의 삶에 충실하기만 해도 충분할 줄 알았는데, 아니었다. '나'를 돌아보았다. 몸도 마음도 많이 지쳐있다. 책을 읽어 볼까? 운동을 다시 시작해 볼까? 하나씩 시도해 봤지만 오래가지 못했다. 그저 어제가 오늘 같고, 내일도 오늘과 비슷할 것만 같았다. 만나는 사람들도 비슷했다. 변화하고 싶은 마음은 컸지만, 현실은 어디서부터 어떻게 시작해야 할지 막막했다.

당장 물리적인 환경을 바꿀 수는 없으니, 다른 세상을 찾아보기로 했다. 바꿔보고 싶다고 마음먹은 순간, '하늘은 스스로 돕는 자를 돕는다.'라고 했던가? 그렇게 엄마들 열 명이 내면의 목소리를 따라 이곳에 모였다. 인생의 변화와 성장을 갈망하는 우리는 나의 이야기를 솔직담백하게 풀어냈다. 그저 엄마로서 살아온 나의 경험이 단 한 사람에게라도 닿아 울림을 줄 수 있었으면 좋겠다는 동기에서 한 줌의 용기를 꺼내 시작한 일이다.

책을 쓰기 전, 이미 우리는 온라인 세상에서 서로의 염원에 따라 접점을 찾아가고 있었다. 다양한 삶의 여정을 거쳐 온 엄마들을 만

**엄마들의 이유 있는 반란**

나 서로에게 영감을 받고 배울 기회가 생겼다. 변화하겠다고 마음을 먹고 뛰어들자, 기회의 문과 격려해주는 말들이 쏟아졌다. 덕분에 마음만 먹고 실행에 옮기지 못하고 있었던 수많은 일을 과감하게 하나씩 시도해 보았다. 대단하게 마음을 먹어야지만 이뤄낼 수 있으리라 생각했던 일들이었다. 나와 이전까지 아무런 연결점이 없으리라 생각했던 사람들에게 응원을 받고, 지지를 받았다. 오프라인으로 만나는 관계만이 진정한 인간관계의 시작이고 성장과 발전을 도모할 수 있다고 생각했는데 코로나가 이 모든 생각을 뒤집어 놓았다.

새로운 세상에는 '엄마'로서의 충실한 삶을 지속하면서 '나'를 찾아가고자 열망하는 사람들로 가득했다. 어제보다 조금씩 성장하는 삶을 위한 사람들의 에너지가 모여 시너지를 이루었다. '엄마'로서의 내 삶을 타인의 삶과 비교하면서 나도 모르게 위축되곤 했었다. 하지만 자신에게 닥친 어떠한 어려움에도 어제보다 나은 삶을 위하여 조금씩 현실을 흔들어 대는 엄마들을 보며, '이렇게 웅크리고만 있을 수는 없겠다'라는 결심이 섰다. 꿈을 꾸기에 나이는 상관없다는 것을 보여주는 선배 엄마들을 보며, 이미 늦었다고 생각했던 나 자신이 한없이 부끄러웠다. '나이는 숫자에 불과하다'라며 큰소리 뻥뻥 쳤지만, 막상 나이가 들수록 '인제 와서 뭘 할 수 있을까?'라고 생각했던 민낯을 제대로 들키고 말았다. 정신이 번쩍 들었다.

더는 이렇게 '미운 오리' 마냥 숨어 있을 수만은 없었다. 뭐라도 해 보자고 움직여 보았다. '늦었다고 생각할 때가 가장 빠를 때'라고 하지 않는가? 아직 펼치지 못한, 해보지 못한 꿈들이 많다. 그저 그렇게 하루하루를 흘려보내기에는 나의 청춘이 너무 아쉬웠다. 일어나는 시간을 바꾸고, 생각을 키우기 위해 다양한 종류의 책을 읽으며, 배울 것이 있으면 누구든지 선생님이라 생각하고 함께 성장해 보고자 그 속으로 뛰어들었다. 혼자 시작했더라면 조금 가다가 지쳐서 포기했을지도 모른다. 하지만 우리는 '엄마'라는 이름으로 한데 뭉쳤다.

숙였던 고개를 다시 당당하게 들고, 움츠렸던 어깨를 활짝 폈다. 도망가고 싶고, 사라지고 싶었던 마음을 다독이며 용기를 냈다. 언제 그랬냐는 듯 세상은 친절하게 우리를 반겨 주었다. 내가 먼저 세상에 친절함을 꺼내놓는 순간, 세상은 언제든 우리가 '백조'가 될 수 있도록 품어 줄 수 있는 곳이었다. 자신을 스스로 '오리'라고 생각하고 더 이상의 날갯짓은 없을 것이라 단정했지만 아니었다. 이만큼 해봤으니, 나보다 젊은 당신도 할 수 있고, 이렇게도 힘든 날들을 나도 겪어 냈으니 당신도 할 수 있다고 아낌없는 격려를 보내주었다. 함께 성장하고자 하는 엄마들의 응원은 대단했다. '육아'라는 공통의 환경과 다양하면서도 비슷한 경험을 바탕으로 한 공감과 소통은 큰 힘이 되어 주었다.

가족과 함께 '나'를 챙기기 시작하며, 이제는 새롭게 도전해서 가보고 싶은 목적지도 생겼다. 목적지를 향한 출발 지점에 우리는 이렇게 모였다. 그러나 예전처럼 더는 혼자 떠나는 여정이 아니다. 서로에게 든든한 조력자가 되어 주며, 함께 떠날 여행이기에 더욱 설레고 용기가 난다. 함께 슬퍼하고, 다 같이 축하해주는 조력자들이다. 그 용기는 엄마라서 낼 수 있었던 용기이기도 하지만, '나'로서 내는 용기이기도 하기에 의미가 있다. 매일 어제보다 조금 더 설렌다. 희망의 꿈을 꾼다. 그리고 그것이 점점 나이가 들고 있어도 두렵지 않은, 또 하나의 이유다.

거창하지 않아도, 나 혼자서 조용히 키워 온 그 작은 꿈들이 한데 모이면 큰 위력을 발휘할 것이다. 그 힘의 중심에 엄마들이 있다. 변화의 중심에 엄마들이 있다. 우리에게는 그럴 힘이 있다. 이제 그 힘을 거침없이 발휘하는 당신의 하루를 온 마음 다해 응원한다.

김미성 (엘샤릴라)

# 1장

# 나를 위한 삶이
# 모두를 위한 길이었다

# 내 인생은 내가 책임진다

김미성, 엘사랄라

밖이 시끄럽다. 서로를 비난하는 날것 그대로의 말들이 오간다. 발단은 있었겠으나 이제 그 잘잘못을 따지기도 힘든 지경이다. 언제쯤 끝날지 알 수 없다. 나와 내 동생은 그저 숨죽이고 기다리고 있을 뿐이다. 밤은 길었다. '곧 잠잠해지겠지.' 하염없이 기다렸다. 부모님은 왜 하필 시험 전날 언성을 높이는지 이해할 수가 없었다. 내가 내일 시험인지 아는 엄마는 계속 '그만 좀 하자.'고 하지만, 아빠는 오히려 더 역정을 낼 뿐이었다. 내가 나서게 되면 일은 더 커진다는 것을, 나는 안다. 내 힘으로 바꿀 수 있는 것에만 집중하기로 결정을 내려야 했다. 그렇다면 지금 내가 집중할 수 있는 일은 '공부' 밖에 없었다. 공부에 매진한 덕분에 2002년 7월, 원하던 서울 소재 대학의 합격 통지서를 받을 수 있었다.

본격적인 대학 생활이 시작되었다. 두꺼운 전공 책을 굳이 손에 들고 지하철을 탄다. 탈 때마다 부대끼는 지하철이지만, 힘든 줄을 몰랐다. 하지만 부모님은 마치 이때를 기다리기라도 하신 것처럼, 함께 운영하시던 중식당을 접으시고 각자의 길로 가겠다고 선언하셨다. 오랜 고심 끝에 내린 결정이시리라. 결혼 후 지금까지 한곳에서 중식당을 운영하시면서 우리를 키우셨다. 매일 같은 시간에 일어나 라디오를 틀고, 장사 준비를 하셨다. 성실함에 음식 맛까지 좋았으니, 잘될 수밖에 없는 장사였다. 그런 와중에 아버지는 우리 가족 더 잘살아 보겠다며 새로운 도전을 하셨다. 엄마는 온몸으로 뜯어말렸지만, 결국 아버지는 계획하신 대로 강행했다. 은행에서 돈을 끌어와 우리가 살 집을 포함하여 빌라를 몇 동을 지어 올리셨는지 모른다. 하지만 IMF가 터질 줄 누가 알았나. 세상이 뒤집힐 정도의 국가 부도 위기에 아버지 혼자서 세상을 버텨 내실 재간은 없으셨다. 부모님께서는 여기저기서 돈을 빌려와 막아 보셨지만, 우리 가족의 터전만을 간신히 남기고, 대부분은 하루아침에 경매로 넘어가게 되었다.

그 이후로도 엄마의 손은 언제나 퉁퉁 부어 있거나 기름이 튀어 팔뚝 곳곳에 화상 자국이 있었다. 아버지는 두 발 편히 뻗고 쉴 수 있는 짬도 없이 움직이셔야 했다. 몸은 몸대로 지치고, 손에 남은 것은 빚밖에 없다는 절망 속에서 하루하루를 사셨다. 일상의 고단함이 이제는 그 누구를 탓하는 것조차 지칠 정도가 되었다. 두 분 관계에도 더 이상의 희망이 보이지 않았기에, 함께 하시던 일을 정리하겠다는 부모님의 결정을 존중해야만 했다. 시끄러운 집안 사정을 감추기 위해, 나는 더 씩씩하고 밝게 굴었다. 대학이라는 새로운 곳에서 나의 미래를 위해 내가 해야 할 일을 찾아야 했고, 그런 내 눈앞에 보이는 것 역시 공부였다. 전공과 교양을 가리지 않고 그저 무식하게 덤볐다. 학비와 용돈은 스스로 해결했다. 시간을 쪼개서 공부는 공부대로 과외 아르바이트는 아르바이트대로 해나갔다. 다행히 결과는 만족스러웠다.

졸업 즈음, 계획했던 대로 임용 준비에만 박차를 가하면 되었다. 하지만 부모님께 경제적 부담을 드리고 싶지 않아서 과외 아르바이트를 하며 공부해야 했기에 마음잡기가 어려웠다. 결정해야 했다. 끝까지 임용고시를 준비해서 학교 선생님이 되는 것이 맞는지, 아니면 내 길을 찾아가는 게 맞는지. 긴 고민 끝에 강사의 길을 걸어가기로 했다. 사회생활을 시작하자마자 번 돈은 생활비만 빼고 대부분 저축했다. 그때 아버지가 조심스럽게 집 근처에 가게를 하나 내보고 싶으시단다. 재기하시겠다는 아버지를 위해 내가 모아놨던 천만 원이 조금 넘는 돈을 선뜻 내어 드렸다. 돈은 언제든지 다시 벌면 되겠다고 생각했다. 전혀 아깝지 않았다. 그렇게 내어 드린 돈으로 아버지는 장사를 시작하셨고, 아버지가 다시 마음을 잡는 것 같아 내심 마음이 놓였다. 하지만 그것도 잠시, 동업했던 분과의 불미스러운 일로 아버지는 크게 다치셨고, 하루아침에 생사의 갈림길에 서게 되셨다. 중환자실에서 집중 치료를 받는 동안 앞으로 어떻게 될지는 장담할 수 없다는 말만 전해 들을 뿐이었다. 하늘이 원망스러웠다. 능력을 인정받아 내가 하는 일에도 탄력이 붙고 있었고, 부모님도 이제 조금은 편안해지시나 생각하던 즈음이라 충격은 더욱 컸다. 다리에 힘이 풀리고, 눈앞이 캄캄했다. 아무것도 하고 싶지 않았다. 하지만 엄마는 달랐다. 자식들을 생각하며 꿋꿋하게 아버지의 옆자리를 지켰다. 오히려 내 할 일에 최선을 다하라며 힘을 불어넣어 주셨다. 당시는 남자친구였던 지금의 남편 역시 나에게 무슨 일이 생겨도 내 곁에 있겠다며 안아주었다. 자리를 털고 다시 기운을 내서 묵묵히 나아가는 것 말고는 달리 도리가 없어 보였다.

다행히 수술은 잘됐다. 비록 왼쪽 신경이 마비되기는 했지만, 건강을 많이 회복하셨다. 본인의 강한 의지까지 발휘하셔서 통원하며 재활 치료를 받을 수 있을 정도가 되셨다. 건강 하나만큼은 자부하셨던 분이 이렇게 하루아침에 본인 뜻대로 몸을 움직이지 못하게 되셨으니, 그 속상함을 어찌 다 헤아릴 수 있을까? 아버지는 그 원통함을 종종 술로 푸셨다. 우리 가족은 시간이 해결해 주리라 믿고 기다릴 수밖에 없었다. 한편 나는 나대로 새로운 삶을 시작했다. 연애하는 6년 동안 나만 바라봐 준 지금의 남편과 결혼을 결심했다. 삶의 변화가 필요했다. 결혼하기에 완벽한 조건을 갖추었기에 결혼을 결심한 건 아니었다. 오히려 결혼을 늦춰야 하는 상황들만 가득했다. 나의 집안 분위기야 말할 것도 없었고, 그즈음 남편은 잘나가던 회사에서 누명을 쓰고 나와, 떠밀리듯 자기 사업을 시작했다. 이제 시작한 일이니 자리를 잡는 데까지 앞으로도 시간이 더 필요할 테지만, 그래도 나는 나의 선택을 믿었다.

드디어 결혼식 날이다. 절뚝거리는 아버지의 팔을 꿋꿋하게 잡고 신부 입장을 했다. 나에게 해줄 것이 없어 미안해하는 남편에게는 더 환하게 웃었다. 그렇게 나는 그 누구의 이야기도 듣지 않고 내 생각대로 나아갔다.


결혼한 직후부터 지금까지 언제나 남편을 믿었다. 때로는 흔들리기도 하고, 무너지기도 했지만, 서로에게 의지하며 여기까지 왔다. 그 시간 덕분에 되려 '경단녀'라는 타이틀 없이 꾸준하게 일을 할 수 있었다. 나의 실력 또한 날로 무르익었다. 멈추지 않고 수업을 한 덕분에 종잣돈을 모아 내 집 마련도 했다. 그 안에 공부방을 만들었다. 특목고와 대학 입시를 앞둔 학생들을 대상으로 영어 수업을 계속 진행했다. 내 선에서 할 수 있는 최선을 다하고 있었다. 그러면서 두 아이는 틈틈이 시부모님께서, 혹은 아이 돌보미가 와서 아이들을 돌봐주셨다. 내가 더 오랜 시간 아이들 옆에 있어 줘야 하는데, 일한다는 이유로 아이들을 소홀히 하는 것은 아닌지 하는 마음이 들어 마음이 편치 않을 때도 종종 있었다.

남편 뒷바라지와 아이들 키우는 일. 내 마음속에는 이 두 가지를 제대로 하지 못하고 있다는 죄책감과 아쉬움이 때때로 떠밀려 왔다. 그러나 학창 시절 내 공부에 충실하였고 결혼하고 나서도 끝까지 내 일에 집중하고 열심히 살았던 것이 어떻게 보면 이기적인 모습 같지만, 결국은 양가 부모님과 우리 가족 모두에게 도움이 되었다는 사실을 확인할 수 있었다. 남편은 나로 인해 탄탄한 사업장을 구축하는 발판을 마련했고, 아이들 역시 나의 모습을 보고, 스스로 자기 할 일은 챙기고자 하는 독립적인 아이들로 성장해 가고 있다. 내가 내 삶에 충실하며 나 자신을 아끼고 사랑하는 태도가 결국은 주변 사람 모두를 행복하게 만드는 길이었다. 끝까지 포기하지 않고 내가 선택한 길에서 이탈하지 않았다. 간절히 미래의 내 모습을 그려내며 그저 내게 주어진 일에 충실했을 뿐이었다. 나를 위해 충실했던 삶이 곧 모두가 행복해지는 길과 다르지 않았다.

# 2

# 무기력에서 벗어나
# 가정의 CEO가 되다

이은정, 소소작가

읽던 책을 펼쳐놓았더니 18개월 된 첫째 아이는 책을 손으로 가리키며 "엄마!"라고 말한다. 책 읽는 엄마로 변화를 가장 먼저 눈치챈 건 아이다. 엄마가 책 읽는 모습이 아이의 눈에 익숙했나 보다. 집에 있는 책은 모두 '엄마 거'란다. 옆에서 남편은 자신도 책 많이 읽는데, 아이가 그 모습을 못 본 것 같다며 귀여운 질투를 한다. 책 읽는 엄마로의 변신은 무죄다.

아이를 갖기 전, 1년에 한 번은 해외여행을 갔던 나였다. 직장생활 10년간 해마다 해외 출장도 다녔다. 계획 없이 무작정 떠나는 국내

여행은 수를 세기도 어려웠다. 훌쩍 떠나고 싶을 땐 떠나야 직성이 풀리는 자유로운 영혼이 나였다.

2021년 11월, 한겨울에 아이를 낳았다. 추운 날씨와 코로나의 여파로 생후 100일까진 집 밖을 나갈 수 없었다. 집은 가장 안전한 감옥이었다. 집에서 딱 2분이면 갈 수 있는 카페에서 라테 한 잔을 사 오고 싶었다. 아이를 꽁꽁 싸맨 채 밖으로 나갔다. 엘리베이터를 타고 1층으로 내려가기는 성공했다. 공동현관문이 열리고 찬바람이 피부에 닿는 순간 단 2분도 걸을 수 없음을 깨달았다. 아직 백일이 채 되지 않은 아이에게 겨울의 찬바람은 아무리 꽁꽁 싸매었대도 무리였다. 다시 엘리베이터를 타고 집으로 올라왔다. 바로 코앞이라고 생각했던 집 앞 카페조차 작은 아기를 데리고는 나갈 수가 없었다. 달라져 버린 내 삶의 활동반경에 당혹스러웠다. 아이를 간절히 원했건만, 막상 마주한 육아의 현실은 나에게 자유를 앗아가 버렸다. 커피 한 잔 마음 편히 마실 자유, 잠을 깊이 잘 자유를 빼앗겨 버린 나는 어느새 반짝이던 내가 아니었다.

큰아이가 태어난 지 백일이 조금 넘었을 때였다. 둘째를 임신했다. 결혼 전부터 아이가 셋은 있으면 좋겠다고 생각했었다. 그래도 이렇게 빨리는 아니었다. 마음이 복잡했다. 둘째가 찾아와 준 건 너무 감사한 일이었다. 다만, 연이은 임신이 원인이었는지 '임신성 갑상선

항진'을 진단받았다. 무기력에 시달렸다. 아무것도 하고 싶지 않았다. 누워만 있고 싶었다. 남편이 오기만 기다렸다. 남편이 오면 아이를 남편에게 맡기고 잠시라도 혼자 누워 자고 싶었다. 잠을 자도 피로가 풀리지 않았다. 큰아이는 새벽 4시면 어김없이 깨어서 배고프다고 울었다. 밤에도 푹 자지 못하고 종종 깨어 놀아달라고도 했다. 낮에도 품에서 재우다가 침대에 살포시 눕혀도 깨버렸다. 낮잠을 자는 내내 안고 있어야 했다. 그러니 난 늘 잠이 모자랐다. 잠시라도 쉴 틈이 생기면 어떻게든 잠을 청했다. 잠이 오지 않으면 드라마를 보며 스트레스를 풀었다. 그러는 사이 나는 괴물이 되어있었다. 좁은 거실엔 아이가 가지고 놀던 장난감이 그대로 펼쳐져 있었다. 개지 않은 빨래도 바닥에 아무렇게나 흩어져 있었다. 설거지통에는 설거짓거리가 가득하였다. 내 몸도 잘 씻지 않았다. 씻을 시간이 있으면 차라리 잠을 자고 싶었다. 모든 것이 불평불만이었다. 남편하고 다툼도 잦아졌다.

이대로는 안 되겠다 싶었다. 둘째 임신 7개월 때였다. 이 상태에서 벗어나고 싶어 책을 읽기 시작했다. 이대로라면 나도 더 망가지고, 부부관계도 심각해질 뿐이었다. 아이들에게 좋은 엄마가 되기도 어려웠다. 새벽 4시, 아이가 깨어서 배고프다고 우는 시간에 분유를 먹이며 책을 읽기 시작했다. 잠이 얕은 아이는 옆에 사람이 없으면 깨서 울었기에 팔베개를 해주며 아이와 같이 누웠다. 아이를 안은 채 누워서 한 손은 토닥토닥하며 한 손으로 전자책을 읽고 블로그에 글을 썼다. 새벽 4시~6시, 아이가 깨기 전 두 시간은 나에게 허락된 고요한 시간이었다. 비록 아이와 함께 몸은 누워있었지만, 책을 읽고, 글을 쓰며 내 뇌는 어느 때보다 또렷하게 깨어있었다.

낮에도 쉴 틈이 생기면 잠시라도 책을 손에 쥐었다. 집 안을 조금씩 정리하고, 남편이 퇴근해서 아이를 봐주면 샤워했다. 눕고만 싶은 마음을 누르고 몸을 조금씩 움직이기 시작하니 무기력도 조금씩 사라져갔다. 자기 계발을 시작하고 열 달도 채 되기 전에 전자책을 두 권을 완성한 작가가 되었다. 내가 쓴 책을 보고 강의를 요청하는 분들도 생겼다. 아주 작은 습관 만들기 챌린지를 운영하는 리더가 되었다. 엄마들의 독서 모임을 운영하고도 있다. 무기력하고 정돈되지 않은 삶을 살았던 내가 조금씩 성장하는 사람이 되어가고 있다.

육아를 하며 읽고 쓰는 걸 놓지 않으려고 발버둥 치는 나에게 "너무 인정받고 싶어 하는 거 아니야? 좀 내려놓으렴." 걱정의 말을 건네는 이도 있다. 내려놓을 수가 없다. 난 인정받고 싶다. 나 자신에게, 우리 아이들에게, 늘 사랑받고 싶은 남편에게도. 인정받는 엄마, 아내가 되고 싶어 아이를 키우며 나를 키우니 내 마음도 몸도 우리 가정도 훨씬 건강해졌다. 시간을 밀도 있게 사용하기 시작했고, 육아의 힘겨움과 외로움으로 징징대지 않게 되었다. 나는 오늘도 인정받는 엄마가 되고자 노력 중이다.

거실에서 남편이 둘째를 품에 안은 채 첫째에게 책을 읽어주고 있다. 일 마치고 피곤할 텐데, 내색도 하지 않은 채 차분하면서도 밝은 음성으로 아이와 대화한다. 환하게 웃고 있다. 나도 덩달아 얼굴에 웃음이 가득하다.

새벽에 일어나 읽던 책을 펼쳤다. 밑줄도 긋고, 노트에 옮겨 적기도 하고, 잠시 머리를 들어 방금 읽은 문장을 반복해 중얼거리기도 했다. 그저 좋은 말로 끝나는 것이 아니라, 내 마음에 남고 일상에 적용할 수 있어야 한다. 책 읽으면서 가장 많이 깨달은 바는, 읽을 책이 많다는 사실이다. 해야만 한다는 부담에서 벗어나 책을 읽을 수 있다는 사실, 그리고 공부할 것이 많다는 사실에 괜히 미소를 짓게 되는 새벽이다.

처음에 자기 계발은 무기력에서 벗어나기 위한 발버둥이었다. 지금은 아니다. 좋아서 한다. 즐기고 있다. 행복한 자기 계발이다. 내가 좋고 즐기고 행복하니, 남편과 아이들도 많이 웃는다. 나를 위한 시간이 그들을 위한 시간이라는 믿음이 생겼다. 앞으로도 주어진 시간을 소중하게 활용하려 한다. 나와 내 사랑하는 이들을 위해서. 리더의 역할은 자신을 따르는 이들을 행복하게 성장시키는 거라고 믿는다. 아이들이 웃을 수 있도록 노력하는 나는 가정의 리더, 엄마 CEO다.

# 3

# 작은 시작, 꾸준하게

김은희, 빛풍경 캘리그라피

전자책을 썼다. 예스24, 알라딘, 유페이퍼 등에서 검색된다. 몇 권 팔리기도 했다. 신기했다. 내 경험으로 누군가를 도울 수 있다는 사실에 용기 낸 결과다. 매일 컴퓨터 앞에 앉으면 하는 새로운 루틴이 생겼다. 내 책 몇 권이나 팔렸나 '판매지수'를 검색해 보는 일이다. 불과 1년 전만 해도 상상할 수 없던 일. 책을 쓴 작가가 될 줄 꿈에도 몰랐다. 아직도 가끔 꿈인가 생시인가 한다. 작게 시작했다. 꾸준하게 했다. 결실 보았다.

작년 4월부터 걷기 시작했다. 책도 펼쳤다. 난생처음 자기 계발. 서미숙 작가님의 《50대에 도전해서 부자 되는 법》을 읽고, 나도 뭔가 공부해야겠다고 결심했다. 공부하겠다고 생각하니, 가슴이 설레고 당장이라도 책상 앞에 앉고 싶은 욕구가 생겼다. 친구 Y에게 내가 읽은 책에 관해 이야기했다. 특별하지 않은 사람도 노력하다 보면 삶이 달라진다는 말은 Y의 가슴 또한 설레게 했나 보다. Y도 자기 계발을 시작해 보고 싶다고 했고, 우리는 같이 하기로 했다.

걷기 시작한 것도 책 덕분이었다. 성공한 사람들은 운동하는 습관이 있었다. 체력이 뒷받침되어야 뭐든 지속할 수 있다는 사실에 공감했다. '무슨 운동을 할까?' 자신 있는 운동은 걷기였다. 비용 들지 않고 장비 필요 없다. '만 보 걷기 챌린지' 유행하던 무렵이었다. 인스타그램 통해 인증하는 방식으로 만 보 걷기를 시작했다. 처음에는 한 달 15만 보만 걷자며 작게 시작했다.

새벽 기상에도 도전했다. 평소에는 아침 6시에 일어났다. 한 번에 일찍 일어나기보다 조금씩 시간 앞당기기로 했다. 덜 힘들게 새벽 기상에 성공하는 방법이라고 책에서 봤기 때문이다. 30분씩 당겨 보자. '챌린지'에 도전하길 좋아하는 성향이 나에게 있나 보다. 새벽 기상도 인스타그램 '미라클 모닝 챌린지'이벤트와 함께 시작했다.

무언가 시작하기 전, 우물쭈물하는 경향이 있던 나였다. 그런데 성공한 사람들은 단호했다. 일단 뛰고 나서 생각하고, 일어난 다음에 고민했으며, 읽고 난 다음 생각한다. 내가 망설이고 주저한 원인은, 자신에 대한 확신 부족. 검열했다. 옳은가? 그른가? 맞는 건가? 틀렸는가? 그러다 보니 시간만 흐르고 결실은 보지 못했었다. 인스타그램을 통해 도전할 때도 어느 정도 성과 냈을 때부터 인증을 시작했다. 처음부터 결단하고 인증했더라면 훨씬 더 크게 성장할 수 있었을 텐데.

2022년 4월 26일, 인스타그램에 사진 두 장을 처음 올렸다. 자기 계발 시작하겠다고 마음먹은 지 한 달이 지나서였다. 새벽에 일어나 책 읽기, 처음에는 쉽지 않았다. 졸리고 무슨 내용인지 이해되지 않을 때도 있었다. 하지만 포기하지 않았다. 읽은 책에 대해 주변 사람들과 대화 나누고, 달리기 경험을 친구들에게 전하기도 했다. 새로운 도전에 관한 나의 경험을 세상 사람들과 나누는 시간이 즐거웠다. 비로소 변화가 시작된 거다.

새벽 4시 30분에 일어났다. 오늘은 3.5 킬로미터 뛰었다. 오전에 1시간 책을 읽었다. 작게 시작한 지 1년 넘었다. 어디 자랑할 만한 수준 되지 못했던 '작은 시작'이 1년이라는 '꾸준함'을 만나 내 삶을 바꾸고 있다. 어제 자기 계발을 하려는 동료가 성장 비결을 물었다. 일단 시작하는 것이 중요하다고 이야기했다. 작게 시작해 조금씩 늘리며 꾸준히 지속한 방식이 성장 비결이라고 이야기해 줬다.

성과에 따른 보상이 주어지면 동기는 더 확실해진다. 계속 달리다 보니 체력이 좋아졌다. 운동하니 생활에 활력이 넘친다. 이제는 달리기를 멈출 수가 없을 정도이다. 일찍 일어나면서 하루가 꼼꼼해졌다. 피곤하다며 오전 시간 다 날리고 어영부영 하루 보내던 나는 사라졌다. 알차다. 해내는 일이 많아졌다. 하루가 내 손에 쏙 들어온다. 매일 책을 읽어서 세상 보는 눈이 달라졌다.

예전에는 내가 옳다고 생각할 때가 더 많았다. 내 이익을 우선으로 생각하기도 했다. 내 주장만 고집했던 경우 적지 않았다. 이세는, '나와 다를 수 있음'을 인정하고 받아들인다. 적어도 그렇게 하려고 노력은 한다.


달리기와 새벽 기상, 독서를 '꾸준히' 실천한 데 따른 보상이 작지 않았을 뿐 아니라 아름다웠다. 걷기, 달리기에는 별도의 보상도 주어졌다. 가장 두드러지는 이벤트 포상 8만 포인트. 야호! 큰돈 아니지만, 나의 성장과 발전에 따른 보상이다. 기분 좋았다. 소소하지만 작지 않게 느껴지는 보상. 동기부여에 큰 도움 되었다.


자기 계발 관련 오픈 채팅방에서도 함께 했다. 무료 특강에 자주 참여했다. 의지가 더 불타올랐다. 열심히 사는 사람들이 이렇게 많다니! 놀랍기도 하고 반성이 되었다. 새벽에 공부하는 사람이 생각보다 많았고, 남녀노소 직업 다양한 이들이 함께 노력한다는 사실에 자극

받았다.

'치열하게 사는 이들이 많음에도 성과 내는 사람 적은 이유 무엇일까?'

핵심은 끈기다. 지속하는 사람 많지 않다. 무엇이든 꾸준하게 해야 성과 낼 수 있다. 꾸준함은 필수다. 아니, 꾸준함이 전부다. 나 역시 자기 계발하다 말았다면 예전과 같은 모습일지 모른다. 작은 행동들이 쌓였을 때, 무시할 수 없는 결과로 이어진다. 전에 없던 자신감이 생겼다. 시작에 대한 두려움이 줄었다. 삶에 활력도 더해졌다. 해냈다는 성취감 덕분에 매일 웃으며 지낸다. 그런 내 모습 보며 가족도 좋아한다. 의심에 찬 눈초리로 나를 지켜보던 주변 사람들은 어느 순간 온 마음으로 응원해 주고 있다. 비록 '작은 시작'이었지만, 포기하지 않고 '지속한' 덕분에 삶이 달라졌다.

# 4
# 내가 선택한 길에서
# 희망을 찾아야 했다

이애련

서로가 너무 좋아서, 계획이란 건 세우지도 않고 결혼했다. 결혼만 하면 모든 게 내 뜻대로 펼쳐질 줄 알았다. 그래서 반대하는 결혼을 하면서도, 친정 부모님께 불효를 저지른다는 생각은 하지 않았다. 그렇게 우리 둘은 대책 없이 철없는 결혼생활을 시작했다. 결혼 전부터 계획되어 있었던 일이라 남편은 예정대로 유학을 갔다. 남편이 없는 시댁에서 앞으로 어떤 일이 생길지도 모르는 나는 혼자서 시집살이를 시작했다. 처음에는 다정해 보이시던 시댁 어른들이 같이 살기 시작한 한 달 후부터 다르게 보이기 시작했다. 주사가 심한 시할머님, 시아버님으로 인한 시댁에서의 생활에 두려움에 떠는 날이 많았다.

내가 꿈꾸었던 삶은 이게 아니었다, 왜 나는 여기에 이러고 있는지, 앞으로 어떻게 살아야 하는지. 매일매일 자신에게 질문을 던졌다. 시댁에서 의미 없는 삶을 살아가고 있었다. 시어머님은 혼자 지내는 며느리가 안쓰러웠는지 무슨 일이든 내 편을 들어주셨다. 막내 시동생은 할머님과 아버님의 주사 앞에서 방패막이가 되어 주었다. 방학 때가 되어 집에 온 둘째 시동생도 무서워하는 형수를 위해 든든한 버팀목이 되어 주었다. 지금도 그때 형수를 챙겨 주던 시동생들을 생각하면 고마운 마음뿐이다. 시할머님과 시아버님은 순박한 분들이었지만, 술이 원수라고 술만 들어가면 말릴 사람이 없었다. 낯선 시골 시집살이를 시작한 도시에 살던 새댁 눈에는 그 모습이 무섭기만 했다. 큰 공포였다.

농사가 주업인 시골에서 층층시하 시집살이를 시작하면서, 며느리 역할을 열심히 했다. 하지만, 할머님 아버님의 주사는 감당하기가 어려웠고, 현실이 보이기 시작했다. 시댁에서 같이 사는 동안, 나는 일주일에 2~3번은 도망을 다녀야 했다. 한밤중에 맨발로 시골집을 도망 나가 담벼락에 기대어 울기도 많이 울었다. 괜히 결혼했나 하는 후회도 많이 하던 시절이었다. 임신 6개월. 첫아이를 가진 몸은 천근만근이었지만, 나는 정을 붙이고 열심히 살아가려고 노력했다. 하루 종일 일을 하고 저녁 늦게야 귀가하는 시어머님은 시골에서 남편 없이 혼자 있는 며느리가 안쓰러웠나 보다. 저녁 먹고는 자주 밤늦게까지 이야기를 나누었다. 시어머님은 그 시절 나에겐 친정엄마였다. 내가 믿을 사람은 어머님과 시동생들뿐이었다.

결혼 직후 남편의 유학계획만 세웠기에, 남편이 얼른 공부를 마치고 오면, 알콩달콩 살 수 있겠거니 했다. 그때까진 그저 막연하게 나는 혼자서 시골 생활에 적응하며 살고 있기로 했다. 시골에서 나는 평일에는 피아노 교실을 운영했고, 일요일은 집안일도 하고, 새참을 준비하기도 했다. 농사짓는 집의 집안일은 해도 해도 끝이 없었다. 광주리에 부침개, 미숫가루, 수박화채 등을 만들어 머리에 이고 나르기를 몇 차례를 했는지 모른다. 시골 논두렁길을 참 많이도 걸어 다녔다. 점점 불러오는 배가 허리를 짓누르고 숨이 턱까지 차올랐지만, 내가 해야 하는 일이었다. 농사를 짓는 시댁 생활은 풀 한 포기 길러본 적 없는 내게는 말할 수 없이 힘들었다. 힘들다는 소리는 하지 않았다. 참아야만 했었다. 그렇게 사는 것이 모두를 위한 길인 줄 알았다.

친구들 결혼식이나, 친정 부모님 생일엔 시골집을 벗어날 수 있기에, 숨통이 트였다. 친구들이 예쁘고 깜찍한 신혼집에 결혼사진을 걸어놓고 사는 걸 보면 그렇게 부러울 수가 없었다. 인생에서 가장 아름다워야 할 신부 화장을 중년의 아줌마처럼 해주었던 시골 미용실 덕분에 내 방에는 결혼사진이 없다. 친척분들이 올 때마다 결혼사진을 보자고 하셨지만, 나는 깊숙하게 숨겨두고 절대로 꺼내지 않았다. 얼마 전에 문득 꺼내 본 결혼사진 속에는 여전히 중년의 아줌마가 있었다. 이제는 슬며시 미소 지으며 쳐다볼 수 있는 여유도 생겼다. 도시 생활과는 너무 다른 시골의 삶에 어느덧 적응했다. 도시 아가씨였던 내가 영락없는 시골 아낙네가 되었다. 그래도 씩씩하게 살아가려고 노력했다. 딸이 없는 시댁에서 딸 노릇도 하면서, 무슨 말이든 배꽃처럼 연하게 대답하였다.

나를 위한 삶이 어떤 거였는지 생각할 마음 여유도 없었다. 남편이 돌아오면 나는 이곳을 벗어날 수 있을 거라는 실오라기 같은 한 줄기 희망만 가지고 있었다. 평생을 농사만 지으며 착실하게 살아오신 시부모님들하고의 생활은 무난하게 지나가고 있었다. 술만 안 드시면 세상 그 어디에도 없을 순하디 순한 할머님과 아버님이셨으니까. 때때로 시내 나가서 점심 먹고 커피 마셔주는 막내 시동생도 있었다. 어머님의 따뜻한 말 한마디는 나를 시골에 머물 수 있게 해 주었다. 그러나, 조용하게 멈추어 있는 것 같은 시골 생활은 삶에 대한 나의 의욕도 멈추게 해 주었다. 그렇게 나는 꿈을 잃어갔다. 또래 친구들도 없는 시골 생활은 무엇을 해야 하는지 보여주지를 않았다. 힘든 유학 생활을 하는 남편에게 투정 섞인 전화도 할 수 없었다. 그 당시 내 꿈은 조용히 밭 갈고 있는 쟁기에 딸려서 땅으로 들어가고 있었다.

너무도 조용한 시골 생활에 나는 갑갑증이 생기기 시작했다. 무료함을 달래줄 책이라도 있을까 하여 집안 곳곳을 뒤졌다. 건넌방에서 책장을 찾아냈다. 《대망》 전 20권. 누르스름한 색이 오래된 책임을 알려 주었다. '그래, 이거라도 읽어 보자.' 따뜻한 희망이 생기기 시작했다. 임신 중의 태교라고 생각하기로 하고, 잠자기 전에 읽기 시작했다. 책을 읽는 그 시간은 행복한 시간으로 남았다. 시댁으로 들어올 때 가져온 책들도 다시 읽었고, 친구 만나러 갈 때면, 서점에 들러 책을 몇 권씩 사기도 했다. 시골에서 나는 태교를 논누렁길 걷는 거로, 또 책 읽는 것으로 했다. 남편이 없는 시간은 서러움도 주었지만, 혼자서 조용히 태교하는 시간도 만들어 주었다. 넉 달 만에 대망 20권을 다 읽었다. 그때의 기분은 모든 것을 다 이룬 듯했다. 그렇게 읽기 시작한 책은 나의 마음을 차분하게 해 주었다.

　　그런 모습이 어머님의 눈에는 좋게 보이셨나 보다. 혼자 있는 며느리가 무슨 말을 해도 이해해 주셨다. 특별히 태교를 할 수도 없는 시골 중의 시골인데도 독서를 할 수 있는 시간이 고마웠다. 가끔씩 책을 보러 시내버스 타고 서점을 갈 때는 기분이 좋았다. 그 시절 나의 꿈은 책을 읽는 거였다. 나를, 또 배 속에 있는 나의 아이를 위한 시골의 삶이 결코 나쁘지는 않았다. 답답함은 있어도 마음은 여유를 가질 수 있었던 생활이었다. 어떤 환경에서든 적응할 수 있다는 말이 나한테도 맞는 말이었던 것 같다. 남편 없는 시골 독서는 시댁에서 버틸 수 있는 유일한 길이었다. 답답하기만 했던 시골에서의 책읽기는 또한 내가 선택한 태교였다. 독서는 길고 긴 시댁 생활에서 빛이 되어 주었다. 바쁜 도시에서의 삶보다는 여유 있는 마음을 가질 수 있었던 논두렁길 독서가 힘이 되어 준 시간이었다.

## 5

# 나의 행복한 기운이
# 가족에게 스며들다

이윤진, 자몽

버스가 끊겨 택시를 잡아타고서야 집에 도착했다. 옷만 겨우 갈아입고 그대로 침대에 쓰러졌다. 아침에 눈을 뜨면 다시 출근이다. 매일 똑같은 일상이었다. 프로젝트 단위로 움직이던 회사였다. 바쁜 시기에는 주말까지 출근해야 했다. 내가 뭘 하고 싶었던 건지, 그런 것이 있기는 한 건지 생각할 겨를이 없었다. 그런데 그 시기에 눈빛을 반짝이며 '하고 싶은 것이 있다'는 남자를 만나게 되었다. 바로 지금의 남편이었다.

안정적인 직업, 고소득 전문직, 내로라하는 대기업만이 정답인 사회 분위기 속에서 나는 이상한 사람이었다. 공무원도, 대기업에 뼈를 묻겠다는 사람에게도 흥미를 느끼지 못했다. 그때 옆 건물에서 일하던 동생이 내게 다짜고짜 소개팅하라고 하는 게 아닌가. 대기업에 다니던 남자였다. 별 기대하지 않았다. 몇 번 만남이 이어졌다. 그런데 이 사람, 자기가 하고 싶은 것이 있다고 했다. 그래서 본인은 회사를 그만둘 거고, 사업을 하기 위해 돈을 모아두고 있다고 말했다. 눈빛이 빛나고 있었다. 그에 매료되었다. 고등학교를 2년 만에 졸업한 똑똑한 사람이 사업을 하겠다는데, 하고 싶은 것도 마땅히 없는 내가 도와주고 싶었다. 올인하자! 그렇게 나는 마음먹었다. 이게 무슨 의미인 줄도 모르고 나는 겁 없이 이 남자의 삶에 뛰어들었다. 이때부터 나는 내 역할을 '도와주는 사람'으로 정해버렸는지 모른다. 벌써 17년 전 일이다.

우리는 만난 지 9개월 만에 결혼했다. 한 달 후 남편은 계획대로 회사를 그만두었다. 모아두었던 돈은 모두 첫 회사에 들어갔다. 투자했던 돈은 다달이 사라져갔고, 집으로 가져오는 월급은 없었다. 내가 벌고 있으니 괜찮았다. 마침 나도 이직해서 월급이 더 늘어났고, 그것으로 생활하면 되었다. 나는 괜찮았는데 오히려 주변에서 걱정했다. 집에서 노는 것도 아니고, 뭔가 해내기 위해 열심히 하고 있는데 뭐가 어떤가 싶었다. 나는 이 사람이 멋있었다.

처음 시작했던 회사를 접고, 갑자기 일본으로 가게 되었을 때도 괜찮았다. 잘 다니던 회사를 그만두고 가는 건 아까웠다. 하지만 부부는 함께여야 하니까 같이 짐을 쌌다. 남편이 일 년 만에 돌연 다시 한국으로 돌아가자고 했을 때도, 다시 사업을 시작하겠다고 말했을 때도 하자는 대로 따랐다. 똑똑한 사람이니 같이 사업을 하자는 이야기도 나오는 거겠지. 또 그러려니 했다. 이 사람을 돕기로 그렇게 정해버렸으니까. 내가 뭘 하고 싶은지는 여전히 생각하지 못한 채 내 인생은 남편의 계획에 맞춰 흘러가고 있었다.

남편은 그렇게 다시 스타트업에 뛰어들었다. 이번에는 나도 함께였다. 돌도 되지 않은 첫째는 친정에 맡겼다. 미래가 불투명한 스타트업에서 우리는 4년을 함께 일했다. 그 사이 둘째도 태어났다. 한 공간에서 같이 일하긴 했지만, 위치는 달랐다. 남편은 그 사이 회사 대표가 되었고, 그만큼 일에 모든 것을 집중할 수밖에 없었다. 이해했다. 그래서 힘들다고 말할 수가 없었다. 나는 친정과 아이들 사이에서 전전긍긍하며 여전히 스스로 집중하지 못한 채 수동적으로 살고 있었다. 어쩔 수 없다고 생각했다. 나만 참으면 될 일이었다.

회사가 미국 회사에 인수되면서 우리 가족은 캘리포니아로 이사했다. 미국에 오자마자 생긴 딸까지 이제 세 아이의 엄마가 되었다. 아는 사람 하나 없는 외국에서 전업주부로 새 출발을 해야 했다. 그로부터 3년 후, 코로나가 터졌다. 다섯 식구가 집에서 북적대기 시작했다. 3살 막내는 엄마만 따라다니는 아이였다. 초등학생이던 두 아들은 수업 시간이 달라 점심을 따로 차려야 했다. 오늘은 몇 시에 누가 밥을 먹는지 스케줄을 짜는 게 일이었다. 하지만 남편은 몇 시에 먹을 수 있는지 알려주는 사람이 아니었다. 계속 시계를 봤다. 방에서 나오자마자 먹을 수 있도록 준비되어 있어야 했다. 예약 시간 없이 들이닥치는 까다로운 손님을 기다리듯 불안했다. 어떤 집은 아이를 돌보는 아내를 위해 남편이 밥을 차린다고 하고, 어떤 집은 정해진 시간에만 밥을 차려 준다고 했다. '대체 나는 왜 이러고 살아야 하지?' 그래서 밥 먹는 시간을 미리 알려줄 수 있는지 조심스럽게 물어봤다.

"아니, 내가 보통 회사원이랑 같아?"

날카로운 목소리가 날아든다. 실패다. 그래 안다. 이 사람은 회사원이 아니다. 대표다. 그래도 이건 배려의 문제였다. 미팅은 미리 정해질 텐데 아침에 확인하고 알려만 주면 될 것을. 알겠다고 말하고 돌아선다. 어쩔 수 없지. 내가 이해해야지. 속으로 화가 나지만 앞에서는 말을 못 한다. 밖에서는 유능한 사람일지 몰라도 나에게는 배려 없는 남편일 뿐이었다. 이 화는 만만한 아이들에게 분출되었다. 남편한테는 꼼짝도 못 하면서, 아이들에게는 왜 그렇게 화가 솟구쳐 폭발하는지. 가끔은 목이 쉴 정도로 소리를 지르는 나를 보며 괴물이 된 것 같았다. 거울을 보는데 정말 보기 싫은 아줌마가 서 있었다. 뭐 저런 게 엄마라고. 아이들을 보는데 웃음이 나오질 않았다.

한동안 글을 쓴다는 것조차 남편에게 말하지 못했다. 3개월간 아르바이트를 할 때도 눈치가 보였다. 가계부 모임이 유료라는 이야기는 입 밖으로 꺼내지도 못했다. 나쁜 일을 하는 것도 아닌데 당당하지 못했다. 집안일에 지장이라도 주면 돈도 안 되는 거 그만두라고 할 것만 같았다. 응원받지 못할 거라 생각했다. 본인을 가장 중요하게 생각하는 사람으로 보였으니까. 남편이 하는 일에 비해 내가 하는 것들은 하찮았으니까.

그러던 내가 용기를 내서 말했다. 지금 매일 글을 쓰고 있다고, 나중에 책을 내고 싶다고. 처음에는 일을 그만둔 것이 좋았는데 지금은 아니라고, 뭐라도 하고 싶다고, 이렇게 엄마로만 살고 싶지는 않다고. 남편의 반응은 나쁘지 않았다. 처음에는 별 관심 없어 보이더니 아내가 뭔가 해보겠다고 도전하는 게 보였나 보다. 남편이 조금씩 변했다. 새벽 기상하느라 내가 일찍 자게 되면서 남편은 결혼 16년 만에 처음으로 설거지하기 시작했다. 줌으로 수업을 듣고 있으면 방해되지 않도록 문을 닫아주었다. 글을 쓸 때는 아이들을 데리고 나가주었고, 집이 정신없으면 커피숍에 다녀오라고 나를 내보냈다. 중간중간 글을 잘 써지는지 묻기도 하고, 내가 하는 이야기에 맞장구도 쳐 주었다. 퇴고 일정이 맞지 않아 미리 잡아놓은 여행에 차질이 생기자, 아이 셋만 데리고 열흘 여행을 새로 짜기도 했다. 다시 남편이 멋있어졌다. 이 사람이 이런 사람이었나? 생전 처음 받아보는 외조에 웃음이 났다.

요즘 나의 일상이 바빠졌다. 그래서 아이들과 보내는 시간이 예전보다 줄어들었다. 하지만 시간이 많다고 내가 아이들에게 대단히 많은 것을 해줬던 건 아니었다. 오히려 시간이 짧은 만큼 그 순간에 더 집중하게 되었다. 이제는 나보다 더 큰 첫째 아들 앞에서 발뒤꿈치를 들고 한껏 끌어안는다. 가운데에서 서러움이 많았던 둘째 손도 한 번 더 잡는다. 저녁이면 지쳐서 빨리 재우기 급급하던 내가, 자기 전에 막내에게 책도 읽어준다. 이제 막내는 익숙한 듯 스토리 타임에 읽을 책을 미리 골라둔다. 잘 준비를 마치면 내 손을 잡고 방으로 끌고 간다. 같이 걸어가며 아이의 옆구리를 손가락으로 쿡 찌르자 뭐가 그렇게 재밌는지 깔깔거리고 웃는다. 내가 기분이 좋으니 마음에 여유가 생겨 화도 잘 나지 않는다. 어쩔 수 없다고 생각하며 참아왔던 지난 16년의 세월이 주마등처럼 지나간다. 내가 참아야만, 일방적으로 뭔가 해줘야만 우리 가족이 행복해지는 것이 아니었다. 결국 내가 행복해야, 그 기운이 가족들에게도 가는 것을 느낀다. 요즘 나는 행복하다.

# 6

# 엄두가 나기 시작했다

문혜원

'엄두'란 '감히 무엇을 하고 싶은 마음'이라는 뜻이다. 남에게는 부끄러워 차마 할 수 없었던 말인데, 나는 내 인생을 위해 무언가 결정하는 것이 엄두가 나질 않는 사람이었다. 그래서인지 나는 주변 사람들이 이야기해 주는 것에 따라 장래 희망이 자주 바뀌는 편이었다. 뚜렷하게 되고 싶은 것도 없었고, 좋아하는 것도 없었다. 공부했던 이유도 나를 위해서라기보다는 남들이 하므로 했다. 대학 졸업을 앞두고 IMF로 등 떠밀리듯 선택한 직업은 나쁘지만은 않았다. 재미도 있었고, 성과도 있었다. 다만 반복적인 일이다 보니, 시간이 갈수록 단순해지고 점점 양만 많아졌다. 발전은 없었고, 양적인 확대만 있다

보니 더 하고 싶은 생각이 사라졌다. 새로운 무언가를 배우고 싶은 간절한 생각이 들었다. 내가 하고 싶었던 것은 일이 아니라 유학이었다. 3년 동안 나가서 공부하고 들어오면 인생 제2막을 살 수 있지 않을까 막연한 기대감이 생겼다. 설레는 마음으로 유학원을 알아보던 중이었다. 친한 친구 J가 생일선물로 소개팅을 주선해주었다. 그다지 기대하지 않고 나간 자리에서 만난 그 사람은 의외로 편했고, 대화도 잘 통해 또 만나고 싶은 생각이 들었다. 이 사람이라면 평생을 함께하고 싶다는 생각이 들어, 다음에 만날 자리를 약속했고, 만날수록 헤어지기 싫었다. 결국 유학은 결혼으로 바뀌었고, 남편의 고향인 부산에서 새로운 삶을 시작했다. 익숙했던 지역, 가족, 친구들을 떠나 낯선 부산으로 가도 해맑게 웃기만 했던 것은, 언제나 남편과 있을 수 있다는 생각에서였다. 나보다 강해 의지가 되었다. 이 사람과 함께라면, 새로운 지역에서 무슨 일이든 할 수 있을 것 같았다.

아이가 생기기 전까지 참 행복했다. 경력을 살려 취업도 했고, 남편과 시댁에서 하는 말을 잘 따르면 되었다. 아이가 생긴 후가 문제였다. 당시 남편이 사업을 시작하여 고정적인 수입이 없어 내가 출근할 수밖에 없었다. 첫째를 아이 돌보미에게 맡기고 출근하려 했을 때, 시댁과 남편은 반대했다. 우리 핏줄을 어떻게 남의 손에 맡기느냐는 의견이었다. 아이를 위해서는 시댁에서 봐주시는 것이 좋았지만, 어쩐지 나이 드신 어머님께 아이를 맡겨야 하는 마음 한구석은 불편했다. 그래도 내가 선택할 수 있는 방법은 없었다. 아이 돌보미를 해주시는 분과 동일한 비용으로 시어머님께 매월 돈을 챙겨드렸고, 필요한 것은 바로 지원해드렸다. 아이 한 명을 돌보는 것과 두 명을 돌보는 것은 체력과 신경을 쓰는 일이 단순하게 1+1=2를 훨씬 뛰어넘는 것이었다. 퇴근 후에는 나 혼자 두 아이를 봐야 했고. 주말과 휴일이 무서웠다. 두 아이는 사랑스럽고 귀여운 존재이지만, 나는 쉬고 싶어도 쉴 수가 없었다. 힘들고 속상한 일이 있어도 털어놓을 곳이 마땅치 않았다. 남편은 일로 바쁘고 예민할 때였다. 그저 아이들이 빨리 자라기만을 기도했다 아이들이 어느 정도 자랐을 때, 다니던 회사를 그만두고 남편의 회사로 이직했다. 아침이면 아이들은 어린이집으로, 나와 남편은 회사로 출근했다. 일은 내가 해왔던 일들과는 많이 달랐다. 바로 대응해야 할 일에 어수룩했던 나는 실수도 참 많이 했다. 남편이 보았을 때는 초창기라 주의를 집중해도 모자란 시기에 왜 자꾸 실수해서 상황을 곤란하게 만드는지 내가 참 미웠을 것이다. 나도, 남편도 서로에 대한 이해보다는 야속함이 많았던 시간이었다. 남편은 직선적이고 이성적이며 완벽주의자다. 나는 돌려서 말하고, 감성적이며 완벽보다는 그때그때 상황에 맞추는 것을 더 좋아한다. 누가 잘하고 잘못하고가 아니라, 상황에 대처하는 방법의 차이였다. 매번 갈등이 생기다 보니, 내 생각대로 일을 처리하기보다는 점점 남편에게 물어보고 일을 처리하는 횟수가 많아졌다. 남편은 점점 수동적으로 되어가는 나를 답답해했고, 그런 남편에게 미안했다. 내가

**엄마들의 이유 있는 반란**

사랑하는 사람에게 맞추지 못하는 자신을 미워하기 시작했다. 2021년 2월 퇴근길, 교통사고를 당했다. 버스에서 내려 신호등이 없는 건널목을 건너다가, 앞지르기하던 차가 발등을 그대로 밟고 지나갔다. 1년간 걷는 것이 힘들었다. 걷는 게 나을 무렵에는, 요리하다 손가락이 심하게 베여 한 달 동안 손을 사용하지 못했다. 내 몸마저 맘대로 할 수 없었던 해였다. 가뜩이나 남편 하나 못 맞추는 자신이 미워 죽겠는데, 몸까지 마음대로 안 되니 더 속이 상했다. 결국 2022년 4월, 우울증과 번 아웃을 진단받았다. 처방받은 약은 먹을수록 더 우울해졌다. 무언가를 할 엄두가 나질 않았다.

이대로 다 그만두고 싶다고 말했을 때 의사 선생님은 아이들을 생각하라 말씀하셨다. 다른 사람들에 비해 일찍 돌아가신 엄마의 자리가, 참 많이 그리웠다. 그것을 아이들에게 겪게 하고 싶지 않았다. 아이들을 생각하니 가만히 있을 수만은 없었다. 먼저 우울증이라는 감정 벗어나야 했다. 시간이 많이 소요되는 병원 치료는 중단했다. 대신 우울증 관련 책부터 읽기 시작했다. 대부분 책에서는 몸을 많이 움직이라고 말했다. 뭐가 도움이 될까 싶었지만, 일단 따라 했다. 출퇴근을 자동차로 하니 하루에 걷는 걸음 수는 얼마 되지 않았다. 걷는 시간은 새벽으로 정했다. 새벽 기상은 잠을 빼앗기는 것 같아 죽기보다 싫었지만, 도전해 보았다. 첫날 새벽에 일어나 한 시간 정도를 걸었다. 오랜만에 운동한 몸은 쑤시기보다는 개운했다. 그 기분이 좋아 다음날에는 저절로 일어났다. 어느새 매일 새벽에 일어나 걷지 않으면 무언가 허전했다. 그 무렵 새벽 기상 오픈 채팅방에 가입했다. 그곳은 주말을 제외한 한 달 동안 내가 정해놓은 새벽 시간에 목표로 잡은 한 가지를 꾸준히 하는 것을 인증하며 응원하는 곳이었다. 처음 시작에는 '내가 이것을 매일 할 수 있을까'의문이 들었지만 결국 해냈다. 한 달을 해내니 두 번째 달부터는 어렵지 않았다. 해낼 때마다 자신이 기특해졌다. 나도 꾸준히 무언가를 할 수 있는 사람이라는 것을 깨달았다. 해보고 싶었지만 자신이 없어 생각만 했던 일들에 엄두가 나기 시작했다.

변화는 나만 찾아온 것이 아니었다. 이런 모습이 보기 좋아서였는지 남편과 큰아이는 새벽에 일어나 본인을 위한 시간을 보낸다. 남편은 음악을 듣거나 가끔은 나와 같이 아침 운동을 한다. 큰아이는 6시에 일어나 7시까지 원하는 그림을 그리거나, 숙제하거나 관심 있는 유튜브를 본다. 저녁이라는 시간도 있지만, 새벽에 일어나서 무언가를 하니 더 집중이 잘된다고 한다. 그리고 그 시간에 무엇을 하더라도 엄마는 뭐라고 하지 않기로 약속했다. 아이가 자기 자신을 위해 잠을 포기하고 만든 귀중한 시간이기 때문이다. 우리 가족은 그렇게 새벽 시간 활용으로 하고 싶었지만 못했던 것들에 엄두를 내기 시작했다.

# 7

# 엄마인 내가 '나'를 먼저 챙겨야 했던 이유

김민혜, 김작가 미네미네

"집으로 출근합니다."

오후 4시. 사무실을 나서며 인사한다.

하루에 두 번 출근한다.

첫 번째 근무지는 '부대'다. 10살 유준이가 아침 학교 갈 준비하는 모습을 보고 있으면 속에선 열불이 터진다. 늦게 일어나는 것은 물론 티셔츠를 입다가 멈추고는 어깨에 옷을 반쯤 걸친 채로 10분이 넘도록 동생들과 이야기하기도 한다. 1분 1초가 바쁜 나는 다급해진다. 5살 세하에게는 옷을 '빨리'고르라고 재촉한다. 처음에는 골라주는 대로 입었지만, 이제는 취향이 생겨 주는 대로 입지 않는다. 그래서 입고 싶은 옷을 직접 골라 갖고 오라고 시켰다. 문제는 골라온 옷이 계절이나 날씨에 전혀 적합하지 않을 때다. 한낮 기온이 28도로 예상되는 날씨에 기모 소재의 공주 드레스를 입고 어린이집에 가겠다고 떼를 쓰는 바람에 실랑이하다가 버럭 화를 내기도 했다. 그나마 8살 가은이는 아침 준비가 빠른 편이다. 하지만 초등학교 1학년이라 엄마의 손길이 아직 필요하다. 숙제와 준비물 등을 미리 꼼꼼하게 챙겨야 한다. 그렇지 않으면 아침에서야 오늘 준비물이 지금 낭상 구할 수 없는 '줄넘기'라는 사실에 한숨 나오는 곤란한 상황을 줄일 수 있다. 아이들을 챙기는 동시에 나도 출근 준비를 서두른다. 유준이와 가은이가 어느 정도 학교 갈 준비가 마무리되면, 두 아이보다 먼저 집을 나선다. "오늘 비 온대. 우산 꼭 챙겨!", "실내화 가방 깜박하면 안 돼!" 문을 닫으면서도 신신당부한다. 어린이집에 다니는 세하를 데리고 집에서 나와 어린이집으로 향한다. 어린이집 선생님과 함께 신발 벗고 교실로 들어가는 아이의 모습이 사라지자마자 지하 주차장으로 부리나케 뛰어간다. 휴, 오늘도 지각은 겨우 면했다.

업무는 일과시간 내에 마무리해야 한다. 계획에 없던 야근을 하면 세하 어린이집 하원부터 저녁 시간이 순서대로 차질이 생긴다. 남편이 일찍 퇴근할 수 있으면 남편 퇴근 전까지 어린이집에 연락 정도만 하면 된다. 하지만 남편 역시 퇴근이 늦으면 친한 동네 엄마들에게 부탁하거나, 어린이집과 학원에 전화하여 아이들 시간에 공백이 생기지 않도록 해야 한다. 바로 해결될 때도 있지만 그러지 못해 전전 긍긍하는 경우도 종종 있다. 그래서 어떻게든 야근을 피하고 정시에 퇴근하려고 애쓴다. 가끔 같이 일하는 사람들이 저녁 한 끼 먹자고 해도 정중하게 거절한다. 계획된 저녁 약속은 남편과 시간을 미리 조율해서 참석하면 되지만, 당일 생기는 저녁 자리에 참석하겠다고 여기지기 진화해서 아이들 시간 맞추느라 애쓰는 깃보다 차라리 '죄송합니다.'한마디 하고 거절하는 편이 훨씬 쉬웠다. 가끔 '너만 애 키우냐?'며 핀잔주는 사람도 있었지만, 한 귀로 듣고 한 귀로 흘렸다. 자연스레 저녁 모임에서 으레 빠지는 사람이 되었고, 때론 소외감도 느껴졌지만 어쩔 수 없는 일이었다.

두 번째 근무지는 '집'이다. 집에 오자마자 가방만 내려놓고 아이들을 씻기는 일부터 저녁 시간을 시작한다. 서로 먼저 안 씻겠다며 실랑이를 벌이는 유준이와 가은이에게 가위 바위 보를 시켜 지는 사람이 먼저 들어오라고 한 뒤, 혼자 씻을 수 없는 세하를 데리고 화장실로 간다. 세하가 수도꼭지를 올리는 바람에 벽에 걸린 샤워기에서 나온 물에 옷이 다 젖었다. 참을 인(忍)을 새기며 씻긴다. 세하가 마무리될 때쯤 가은이가 투덜거리며 화장실에 들어온다. 가위 바위 보에서 진 모양이다. 내일부터는 달력에 순번을 적고 순번대로 씻으라고 해야겠다고 생각했다. 저녁밥을 준비한다. 저녁밥을 식탁에 차리고 밥 먹자고 하면 한 명씩 식탁에 와서 앉는다. 나의 엉덩이는 엉거주춤 의자에 반쯤 걸쳐있다. 국물이 부족하거나 아이들 손이 닿지 않는 곳에 있는 빈 접시가 필요할 때는 내가 일어나야 해서 의자를 바짝 당겨 앉으면 앉았다 일어서기 불편하다. 숙제와 공부가 끝나고 책가방까지 확인하면 밤 9시다. 나는 이제 씻는다. 지금 씻는 이유는 집안일이 적당히 마무리된 상태에서 깔끔한 기분으로 씻고 싶고, 또 이 시간쯤 돼야 아이들이 나를 덜 찾는다. 씻는 중간에도 수시로 화장실 문을 열고, '오빠가 혼자만 젤리를 먹었다.'거나, '가은이가 내 책상을 더럽혔다.'는 등의 이야기를 번갈아 가며 와서 이른다. 화장실 문이라도 잠그면 내가 반응할 때까지 문을 두드리며 '엄마'를 부른다.

"나도 좀 씻자!"

세 아이와 함께 잠자리에 누웠다. 오늘 밤에는 잘 잤으면 좋겠다. 새벽 2시. 크려는지 잠이 깊게 들지 못한 세하가 밤새 뒤척인다. 나도 같이 뒤척였다.

세 아이 엄마이자 일하는 엄마로 살았다. 반복되는 일상 속에서 나를 위한 시간을 가졌던 적이 언제였는지 기억나지 않는다. '아내'와 '엄마'로 불리며 가정을 챙겼고, 직장에서는 일 못 한다는 소리 듣고 싶지 않아 더 악착같이 일했다. 그러는 동안 '나'의 존재는 희미해지고 있었다. 정신없이 하루를 보내고 지친 몸으로 침대에 누우면 '내일도 오늘과 비슷할 텐데…'하며 깊은 한숨이 절로 나왔다. 현재의 모습을 당연하게 받아들이고 있었다. 또래의 아이를 키우는 엄마들과 이야기하고, 친정엄마의 모습을 돌이켜봐도 '엄마'의 삶은 대체로 비슷했기 때문에 그러려니 했다. 그래서 '나'를 위한 일보다 아이들을 위한 일을 먼저 하는 것이 당연했고, 그것이 모두를 위한 일이라 착각했다.

'엄마' 역할을 잘하고 싶었다. 역할을 잘한다는 것은 아이들을 건강하게 키우는 것은 물론이고, 나아가 아이들이 나의 기대대로 성장했으면 하는 바람이기도 했다. 나의 바람은 '자신의 삶을 즐길 줄 아는 사람으로 성장하는 것'이었다. 자신 없었다. 나도 지금의 삶을 즐기지 못하면서 아이들에게 나의 바람을 당당하게 말할 용기가 나지 않았다. 고민하고 또 고민했다.

'그래. 보여주자.'

직접 보여주면 되겠다는 생각이 들었다. 아이들에게 책 읽으라고 하지 않고, 내가 책 읽는 모습을 보여주면 된다. 내가 '엄마'의 역할과 '김민혜' 사이에서 균형을 유지하며 당당하게 살아가면 된다. 그러면 아이들도 자연스럽게 자신을 소중한 사람으로 생각하고, 역할에 따른 자신의 태도를 분명히 하여 자신의 삶을 즐길 수 있을 것이다.

나는, 나와 모두를 위해, 삶을 즐길 줄 아는 사람이 되기로 했다.

# 8

# 나를 찾아서

김형희, 행복한 꿈

시골에서 태어났다. 부모님께서 농사일하시면서 직장에 다니셨다. 바쁘게 일하시는 모습을 보는 경우가 대부분이었다. 집에 소를 키워 여물을 주고 밭에 잡초를 뽑았다. 집안일을 언니, 오빠와 함께 도와드렸다. 부모님 일 돕는 게 당연하다고 생각했다. 부모님께서는 '공부해라', '숙제해라' 말씀하신 적이 없다. 형편이 넉넉지 않아 4남매 세세히 살필 여유가 없으셨다. 각자 스스로 알아서 해야 했다. 부모님께 걱정을 끼쳐드리지 않는 딸이 되고 싶어 노력했다.

초등학교 때 꿈에 대해서 발표하는 시간이 있었다. 그때 간호사가 꿈이었는데, 아픈 사람들을 돕고 싶은 마음에서였다. 병원에 가보고 생각이 바뀌었다. 간호사의 모습이 내가 생각했던 것과 달랐다. 모든 간호사가 그렇지는 않겠지만 내가 만난 간호사는 친절하지 않았다. 감정이 느껴지지 않는 로봇처럼 형식적으로 사람을 대했다. 간호사가 되고 싶다는 꿈을 더는 꾸지 않게 되었다.

중학교 때 시험공부를 새벽까지 했다. 시험 보는 당일 잠이 쏟아졌다. 문제를 푸는데 눈꺼풀이 힘없이 무거웠다. 빨리 문제를 풀고 잤던 기억이 난다. 시험을 잘 보려는 욕심이 커 밤새며 공부한 것이 문제였다. 잠이 쏟아지는 바람에 실력을 발휘하지 못했다. 그 이후부터는 밤을 새우지 않고 공부하게 되었다. 고등학교 때는 급식이 없어 도시락 두 개를 싸서 야간 자율학습을 하였다. 대학에 가는 게 목표였다. 수능 보는 날 긴장해 시험을 망쳤다. 부모님께 죄송스러웠다. 그래서 다시 공부하기로 했다.

언니 집에서 학원 다닐 때였다. 학원에서 돌아왔는데 현관문에 종이가 붙어 있었다. 약도를 보니 우리 집이었다. 집에 아무도 없어서 언니한테 전화했다. 가슴이 두근두근 뛰었다. '아버지께서 돌아가셨다.'고 이야기한다. 순간 뭐에 얻어맞는 기분이었다. 아버지께서 심장마비로 갑자기 돌아가셨다. 일하시던 중 동네 분과 고기를 드시다가 순식간에 일어난 일이란다. '누군가 심폐소생술을 할 수 있었다면, 괜찮으셨을까?' 그때 공부에 대한 고민과 아버지가 세상에 계시지 않는다는 사실이 나에게 큰 아픔으로 자리 잡았다. 잘 해드리지 못한 마음이 컸다. 고생만 하시다가 세상을 떠나셨다.

학교에 들어가서 마음 편하게 공부만 할 수 없었다. 공부를 잘해서 장학금을 받는 상황이 아니었다. 아르바이트하면서 학교에 다녔다. 어린이집과 사회 복지관에서 실습했다. 사회 복지 쪽은 공부를 더 해야 했고, 난 돈을 먼저 벌어야 했다. 돈을 벌기 위해 어린이집에 취업하였다.

어린이집에서 일하면서 내성적인 성격이 조금씩 달라지기 시작했다. 나의 다른 면을 보게 되었다. 일하는 게 재미있었다. 아이들과 소풍, 견학하러 가는 시간이 즐거웠다. 몸은 힘들지만 보람 있었다. 아이들을 위해 동화책을 만들고 수업 준비하며, 좋아할 모습을 생각하니 힘든지 몰랐다. 아이들을 보면서 배우는 점이 많았고, 한 번 더 웃게 됐다. 원장님께서는 이런 내 모습을 보며 성실하다고 칭찬해 주셨다. 내 적성과 맞는 일이라고 생각했다.

한 남자아이가 우리 반에 들어왔다. 아이는 정리된 교구를 엉망으로 만들고, 친구들과 어울리지 못했다. 그 주변은 조용할 날이 없었다. 점심시간, 다른 문제가 생겼다. 햄만 먹는 아이이다. 다른 반찬이 나오는 날이면, 거의 먹지 않고 교실을 뱅글뱅글 돌아다녔다. 영

엄마들의 이유 있는 반란

어 시간에는 둘이 교실 밖으로 나와 놀아야 했다. 그 아이만 돌본다면 문제가 되지 않겠지만 다른 아이들도 함께 돌봐야 했다. 스트레스를 받고 몸이 아파지기 시작했다. 아이 엄마는 '죄송합니다.'라는 말씀과 함께 우시기만 하셨다. 아이만 예뻐해서는 할 수 있는 직업이 아니었다. 내가 선택한 일에 대한 회의감이 들고, 출근하는 발걸음이 무거웠다. 자꾸 동굴 안으로 들어가고 싶어졌다. 초임인 나로서는 감당이 안 되었다. 보조교사도 없던 시절. 혼자의 힘으로는 역부족이었다.

다른 길을 찾기로 했다. '어디서부터 다시 시작할까?', '내가 원하는 게 어떤 거지?' 나를 뒤돌아보는 시간을 가졌다. 큰언니 집에 있을 때 아무 일 없이 있으니 눈치가 보였다. 다시 뭐라도 시작해야겠다는 생각이 들었다. 일을 그만두면 뭔가 뾰족한 방법이 있을 줄 알았다. 시간 흘러 생활 방식만 바뀌었다. 게을러지고 무기력해졌다. '안 되겠다.' 이대로 가만히 있으면 멈출 것 같았다. 뚜렷한 목표 없이 하루하루 살았다. 부모님, 언니 그늘에만 있었다. '주변 사람들에게 의지하지 않고 내 길을 걸어가야지!'

결혼 후 아이들이 자라 어린이집, 초등학교에 다니게 되면서 나만의 시간이 생겼다. 다시 일을 시작하기로 마음먹었다. 10년 가까이 쉬고 있던 나를 뽑아 주신 원장님을 업어드리고 싶을 정도였다. 나에게 일터가 생겼다. 네 시간 반, 짧게 일하고 아이들도 돌볼 수 있는 꿈 직업이다. 작은 애가 자주 아파 길게 일을 못 했지만 직장에 다시 나가며 살아있는 기분을 느꼈다. 출근하게 되니 나를 꾸미게 되고 옷도 사게 되었다. 아이를 낳고 키워본 경험은 직장에서 도움이 되었다. 말 안 듣는 아이에게 혼내지 않고, 관심을 주었다. 관심을 주고 아이들을 안아주고, 칭찬해 주었다. 20대 일할 때와는 조금 다른 느낌이었다. 사랑으로 대하니 아이들이 나를 좋아한다. 다시 일하게 되면서 자신감도 생기기 시작했다. 내 일이 있다는 즐거움이 피곤해도 버틸 수 있게 해줬다. 성실하게 일하다 보니 원장님께서 나를 신뢰하셨다. 내 일만 하는 게 아니라 전체를 살피는 여유도 생겼다. 나무만 보지 않고 숲을 볼 수 있게 된 것이다. 점차 적극적으로 변하기 시작했다.

한동안 전업주부로 남매를 키우고 가족을 위해 살아갔다. 친구가 "넌 육아가 체질인가 봐."라고 이야기했다. 엄마로서 아이에게 해줄 수 있는 건 해주려고 노력했다. 아이 책을 읽어 주는데 나를 위해 책 보는 시간은 없었다. '이제는 나를 위해서도 자기 계발하고 싶다.' 아이가 책을 읽는 동안 내 관심사 책을 보게 되었다. 책을 보는 나의 모습이 스스로 흐뭇했다. 딸이 "엄마가 본 책은 버리지 마."라고 했다. 나중에 자기가 커서 그 책을 읽고 엄마가 써놓은 글도 보고 싶다고 말했다. 딸도 엄마가 열심히 책 보는 모습이 보기 좋았나 보다. 내가 독서를 하고, 자기 계발을 하는 것은 날 위한 길이다. 우리 가족을 위한 길이기도 하다. 내가 웃으니 가족들이 뭐 좋은 일 있는지 물어본다. 어느 순간 남편도 나에게 필요한 것들을 지지해 주고 있었다.

# 9

# 읽고 쓰는 삶은 나를 구원했다

임현경

속도위반을 했다. 임신. 그것도 쌍둥이 임신이었다. 아무리 우리가 결혼을 준비하는 중이었어도 독실한 기독교 집안인 양가에서 기절초 풍할 사건이었다. 허겁지겁 결혼식을 올렸지만, 신혼은 꿈도 꿀 수 없 었다. 쌍둥이 출산 준비를 서둘러야 했다. 해야 할 일이 태산이었다. 그 중 가장 힘든 건 회사에 출산 휴가를 신청하는 일이었다. 회사 창립 이 래 출산 휴가를 쓴 여직원이 없었다. 내가 제1호 임산부 직원이었다. 더구나 직원이 10명도 안 되는데 출산 휴가를 당당히 신청하는 건 쉽 지 않았다. 대체 인력이 많은 대기업이나 공무원들이야 마음껏 출산 휴가와 육아 휴직을 쓸 수 있지만, 단 한 명의 공백도 아쉬운 중소기업 에서 나는 천덕꾸러기가 되어야 했다. 법적 권리는 빛 좋은 개살구일

뿐. 내가 자발적으로 그만두기를 바라는 말도 서슴지 않는 상황에서 잘리지 않는다는 사실 만으로 감지덕지해야 했다.

힘들게 출산 휴가를 받고 아이를 낳으면 끝이라고 생각했다. 조리원에 있는 2주간은 육아에 대한 두려움은 잊고 편하게 쉬자 마음먹었다. 그런데 인생은 내 뜻대로 흘러가지 않았다. 조리원에 들어온 지 3일째부터 배가 아프기 시작했다. 배 속에서 누군가 쥐어짜는 듯한 통증이 계속되었다. 처음엔 간헐적으로 지속되던 증상이 나중에는 온종일 계속되었다. 너무 아파서 식사는 손도 대지 못하고 종일 침대에 누워 있었다. 내 증상을 설명했지만 모두 젖몸살이라고만 했다. 원래 이렇게 아픈 거라며 참으라고 말했다. 방법이 없다고 하니 참을 수밖에 없었다. 하지만 통증은 갈수록 심해졌고 결국 나는 진통제라도 달라고 하소연까지 하게 되었다. 그제야 조리원에서는 내 상태의 심각함을 인지했다. 아이들은 조리원에 남겨둔 채 나만 응급실로 보내졌다. 내 병의 원인은 제왕절개 수술 후 발생한 장꼬임이었다. 병원에서는 내게 응급수술을 받지 않으면 장폐색으로까지 커질 수 있다며 빨리 수술해야 한다고 했다. 제왕절개를 한 지 2주도 안 되었는데 다시 수술해야 한다는 사실이 무서웠다. 하지만 살기 위해서 나는 또 수술대에 올라야 했다.

병원에 거의 한 달간 입원했다. 퇴원한 나를 기다리는 건 어느새 한 달이 지난 쌍둥이였다. 퇴원 후 제대로 쉬지도 못한 채 살벌한 육아 실전에 투입되어야 했다. 어머님이 종종 도와주셨지만 온종일 아이를 돌보는 생활은 쉽지 않았다. 남편이 퇴근할 때까지 자리를 뜨지 못하고 아이를 안고 있을 때도 많았고 아이가 낮잠을 잘 때는 해야할 집안일이 산더미였다. 바깥에 꽃이 피는지 지는지도 알지 못하고 온종일 아이들을 돌봐야 했다.

하지만 내가 가장 힘들었던 건 쌍둥이 육아가 아니었다. 나의 가장 큰 벽은 주변의 고정관념이었다. 그중에서도 '모성'에 대한 남편의 고정관념은 나를 숨 막히게 했다. 힘들다고 말할 때마다 돌아오는 대답은 항상 똑같았다. "넌 엄마가 돼서 왜 그러냐?", "나는 노냐?"같은 핀잔들이었다. 단지 내가 힘든 걸 알아주길 바랐다. 하지만 남편은 이 푸념을 하는 것조차 엄마로서 부족하다고 몰아세웠다. 나는 더이상 말하지 못했고 외로웠다.

외로움은 바깥에서도 계속되었다. 3개월 출산 휴가가 끝난 후 당연히 완전 복직을 할 수 있으리라 생각했다. 하지만 회사에서는 나에게 아무런 상의 없이 육아기 단축근무를 신청하라고 통보했다. 이유는 한 명도 아닌 쌍둥이 육아를 하는 내가 언제 그만둘지 불안했기 때문이었다. 회사는 앞으로 있을 수 있는 업무의 공백을 대비하는 조치라고 설명했다. 이 일에 대해 옛 직장 상사는 회사에서 나를 위한 배려라고 말씀하셨지만, 나의 선택이 아닌 회사의 일방적인 단축근무 명령을 긍정적으로 생각할 수 없었다. 무엇보다 다시 정상 근무로 돌아온다는 보장도 할 수 없는 상황에서 어떻게 배려라고 할 수 있겠는가. 하지만 회사의 명령을 따를 수밖에 없었다. 나는 을이었다. 내가 출산 휴가를 사용한 유일한 직원이었던 만큼 나의 입장을 상의할 수 있는 사람도 없었다. 회사에서 잘리지 않기 위해서는 내게 선택의 여지가 없었다. 이 일에 대해 남편과 의논했지만 남편은 아이를 볼 수 있는 시간이 더 생겼다며 단축근무 사실을 반겼다. 내 입장에서 생각해 주는 사람은 없었다.

사람들은 대개 단축근무를 하면 시간이 여유가 있을 거라고 생각한다. 하지만 그건 아이가 없는 사람들에게만 해당했다. 워킹맘은 더 바쁘게 움직여야 했다. 오전에 아이들 등원과 집안일을 해치우면 부랴부랴 출근 준비를 했다. 퇴근하면 다시 육아 모드로 돌입해야 했다. 시간은 더 부족했고 빠르게 지쳐갔다. 무엇보다 나는 이 상황을 나눌 사람이 없다는 사실이 가장 힘들었다. 남편은 힘들다는 내 말을 듣기 거북해했고 회사에서는 나를 복직시켜 준 것만으로도 의기양양했다.


이대로 내 인생이 끝나버리는 것 같아 무서웠다. 하지만 극복할 방법을 알지 못한 채 우울증은 더 심해졌다. 그때 우연히 한 출판사에서 서평단을 모집한다는 공고를 보게 되었다. 위즈덤하우스 출판사에서 출간한 정치 시사 책이었다. 대학 졸업 후 책을 멀리했고 서평이 뭔지도 몰랐던 나는 호기심에 서평단에 신청했다. 공짜로 책을 준다는 데 못할 이유가 없다고 생각했다. 마침 내가 관심 있는 주제였으니 금상첨화였다. 처음으로 블로그의 존재를 알게 되었다. 책을 읽고 서평을 쓰기 시작했다. 이 활동에는 제약이 없었다. 컴퓨터와 책만 있으면 되니 아이들이 잠든 시간에 책을 읽고 블로그에 글을 쓰기만 하면 끝이었다. 한 권의 서평을 끝낸 후 다른 서평단 모집 글을 검색했다. 그렇게 나는 책을 읽어나가며 글을 쓰기 시작했다. 그전까지 나의 중심엔 아이들 육아와 남편에 대한 원망이 대부분이었다. 하지만 독서는 나의 관심을 책으로 분산시켜 주었다. 외로웠던 마음이 책을 읽으며 채워졌다. 어느 때는 새벽 3, 4시까지 책을 읽기도 했다. 회사와 집만 오가던 나에게 블로그는 새로운 이웃들을 알게 해 주었다. 내 글에 공감해 주며 댓글로 응원해 주는 글을 보니 내 외로움은 조금씩 작아졌다.

독서를 하기 전, 나는 '모성'이라는 단어에 억눌려 있었다. 엄마는 용감하다, 엄마니까 감당해야 한다 등 엄마로서 희생만 강조하는 말들뿐이었다. 육아를 도와줄 사람도 없는데 왜 하필 내게 한 명도 아닌 쌍둥이를 주셨냐며 하나님을 원망했다. 아이들만 없으면 행복할 것 같았다. 고민을 나눌 사람도 없는 내게 책은 좋은 상담자가 되어 주었다. 책을 읽기 전에는 철저한 나 혼자였다. 집에서는 남편에게 공감받지 못했다. 회사에서도 다른 미혼 직원들과 공감대를 형성할 수 없었다. 하지만 책에는 많은 엄마들의 이야기가 있었다. 엄마가 되면서 겪는 이야기들을 통해 공감할 수 있었다. 그들이 한계를 돌파하며 앞으로 나아간 이야기는 내게 용기를 주었다. 특히 신미남 대표의 에세이 〈여자의 미래〉는 내게 끝까지 일할 수 있는 동기부여가 되어 주었다. 신미남 대표는 아이 둘 엄마지만 포기하지 않았던 자신의 경험을 이야기하며 죄책감이 아닌 자신감을 갖고 일하리고 조언해 주었다. 일한다는 게 미안할 일이 아니라는 걸 알고 나서야 일에 집중할 수 있었다. 주변에서는 전혀 내게 들려주지 않았던 이야기들이었다. 읽으면서 나는 더 이상 주변의 말에 휩쓸리지 않게 되었다. 내 중심이 바로 서게 되자 아이들은 더 이상 나의 방해꾼이 아니었다. 아이가 있어도 내가 꿈을 다시 꿀 수 있다는 걸 알게 되면서 내 안의 원망도 줄어들었다. 처음에 남편은 내 변화를 못마땅해했다. 책을 보더라도 아이들을 위한 육아서를 보기 원했고 책 볼 시간에 아이들을 더 챙겨주기 바랐다. 모두 독서가 쌍둥이 육아에 방해가 된다고 생각했다. 하지만 정반대였다. 걸림돌이 되기는커녕 나를 위한 이 공부를 시작한 이후에야 비로소 아이들을 사랑할 수 있게 되었다. 책을 읽지 않았더라면 나는 여전히 아이들을 원망하고 있었을 것이다. 하지만 책이 들려주는 말들을 통해 내가 변했다. 내가 변하니 가족도 함께 변하기 시작했다.

## 10
# 엄마여서 괜찮았던 시간이었다

유은희, 리치희야

"안녕하세요, 태규 엄마입니다."

결혼 8년, 전업주부 8년에 내 소개를 처음 했던 큰아이 자모회. 누가 시킨 것도 아닌데 하나같이 제 이름은 없다. 나도 한때 잘나가는 프리랜서 강사였다. 여기저기 학원에서 콜도 받았다. 강사 경력이 쌓이면서 내가 내 몸값을 부르기도 했다. 컴퓨터 유행이 막 시작된 터라 컴퓨터학원은 성황을 이루었고, 나는 '강사님'으로 불리면서 나이 많은 학생들에게도 꼬박꼬박 예우받는 나름 괜찮은 직업인이었다. 그랬던 나는 과거에 묻혔다. 자유롭게 일할 수 있는 학원 강사였기에 내 터전이 바뀌었어도 분명 직업을 가질 수 있었다. 하지만 결혼과 함께 아이를, 육아를 선택했다. 전업주부라는 역할도 전문직업인만큼 중요하다는 것이 내 신조였고, 이를 실천했다. 그럼에도 불구하고 '태규 엄마'라는 역할을 이름처럼 소개하는 내 모습에 까맣게 잊고 있던 '유은희'라는 이름에게 미안했다. 엄마들의 이름 따위는 궁금해하지도 않았고, 궁금할 이유도 없었다. 이름 하나로 뜬금없이 억울한 기분이 들었다. 이름의 의미가 뭐길래 그런가? 에미야, 자기야, 태규 엄마, 정규 엄마……. 결혼 8년 동안 만들어진 내 이름이다. 소중한 인연을 만나 사랑했고, 사랑의 선택으로 결혼했고, 예쁜 아이를 낳았다. 엄마의 역할에 온전히 충실하고 싶다는 생각은 누구의 강요도 아닌 내 선택이었다. 나는 내 가치관을 지켰고 실천했다. 그러고 보니 나의 8년이 만들어 준 이름들에는 새롭게 생긴 가족의 역사가 고스란히 담겨있었다. 8년 전엔 없었던 인연들이 이제는 그 무엇보다 소중한 존재가 되어 나와 함께임을 알려주는 이름들이다. 그렇다. 내 이름이 묻힌 게 아니라, 새로운 이름들이 생겨난 것이다. 인생의 중요한 선택 하나가 만들어 낸, 시쳇말로 '부캐'였다. 억울할 일이 아니라 뿌듯해야 할 일이었다. 내가 없어진 것이 아니라, 더 많이 태어난 것이었다. 내가 가진 많은 이름 모두가 '나'인 것이다.

나의 결혼엔 좀 유별난 선택도 있었다. 남편이 맏이였기에 시부모님과의 인연은 남달라야 한다는 것이 내 지론이었다. 결혼이라는 제도는 또 하나의 부모를 만들어 준다. 하지만 새롭게 생긴 부모는 서로 정을 쌓을 틈도 없이 각자 살아가야 하는가 하면, 세월이 지나 늙고 병든 부모가 되면 자식에게 의탁하는 수순을 밟는 경우가 많다.

평범한 나도 어쩔 수 없이 그 수순을 밟아야 한다면, 부모는 맏며느리인 내 차지다. 그렇다면 서로가 예의 차릴 수 있는 갓 새댁일 때 부대끼며 정을 쌓는다면 20년, 30년 후 늙고 병들었을 때도 의무가 아닌 연민으로 대할 수 있지 않을까. 갱년기를 보내고 있는 며느리가 의무감만으로 병든 시부모를 보살펴야 할 때, 원망으로만 가득 찬 시간을 보내고 싶지 않았다. 이런 논리로 결혼 첫해에 남편과 떨어져 시댁에 들어갔다. 신혼의 주말부부다. 내 선택이었기에 힘들어도 투성 부리지 못했고 섭섭해도 화내지 못했다. 가끔 '식모살이' 온 기분이 들긴 했지만, 분명 그 시간은 27년 결혼생활에서 숨은 보석 같은 역할을 했고, 앞으로도 든든한 적금 같은 역할을 할 것이다. 시부모님은 아직도 그때의 내 선택을 귀하게 여겨주시고 고마워하신다. 남들은 내 선택을 의아해하며 대가 없는 희생이라 하지만, 시부모님과 우리 부부 모두에게 의미 있는 시간으로 간직되고 있다. 가족과 함께하는 시간은 결코 희생이 아니다. 돌 지난 큰 아이를 안고 분가했을 땐 새로운 신혼에 대한 기대만큼이나 헤어짐에 대한 섭섭함이 있었다. 내가 보낸 시간은 서류상 가족이 아닌 희로애락의 추억이 쌓인 진짜 가족을 만들어 주었다.

결혼 9년 차, 나에게 또다시 선택의 때가 왔다. 남편의 외벌이가 벅찬 시점이 온 것이었다. 하지만 아직 엄마의 역할과 돈이 공존해야 할 시기였기에 집에서 돈 벌 수 있는 일을 찾기로 했다. 결혼 전 학원

프리랜서 경력은 컴퓨터학원의 사양길로 인해 쓸모가 없었다. 그러다 '창의력'과 '조기교육'의 열풍으로 다양한 방법의 공부법이 생겨나는 것에 착안해 '창의력 수학공부방'을 만들었다. 우리 집 거실을 공부방으로 만든 것이다. 학습지나 학원 없이 놀이처럼 공부시키는 나의 교육법을 알려보기로 한 것이었다. '초등학교까진 내 아이의 하루를 엄마가 책임진다.'는 내 가치관도 지킬 수 있었고, 큰돈은 아니지만 빈찬값 정도는 기쁜히 벌 수 있었다. '누구 엄마'로만 부르던 동네 아줌마들도 아이를 맡기는 순간, 호칭은 '선생님'으로 바뀌었다. 역할의 승격이랄까. '아줌마'로 부르기보다 '선생님'으로 부르는 동네 아이들이 점점 더 많아졌다. 비록 동네 공부방 선생님이긴 했지만 내 교육방식이 엄마들에게 호응을 얻고 있는 것도 놀랍고 신기했다. 즐겁게 공부시키고 싶다는 엄마의 마음이 돈을 벌게 해줄지는 꿈에도 생각지 못했다. 나는 길을 찾았고, 그 길은 내 안에 있었다. 엄마여서 가능했고 엄마여서 찾을 수 있었던 길이었다.

공부방 선생님 8년 차, 아들 둘은 어느새 훌쩍 커버려 퇴근 시간보다 더 늦은 하교 시간을 맞이하게 되었다. 이제 아이 지킴이에서 졸업할 때가 된 것이었다. 처음으로 온전히 '엄마'를 떼어낸 '나'만 생각해보게 되었다. 이젠 아이에게서 독립할 때가 된 것이다. '나'는 무엇을 하고 싶었을까? '나'와 노후를 함께 할 직업이 있을까? 돈도 벌고 싶었지만 무엇보다 출근과 퇴근의 맛을 느껴보고 싶었다. 거실로 출근하고 부엌으로 퇴근하는 직업이 아닌, 회사 명찰을 목에 걸고 명함을 내미는 사람이 되고 싶었다. 고민했고, 준비했고, 실천했다. 그즈음, 내가 마치 두루두루 보살피는 큰언니 같다면서 사회복지를 하면 참 잘하겠다고 진지하게 말해주는 이가 있었다. 사회복지사로 일하다가 휴직 중이라는 한 학부모가 마치 내 고민을 알고 있는 것처럼 건네는 말이었다. 잘 어울릴 것 같다는 말, 참 잘할 것 같다는 말. 타이밍이 절묘했다. 귀가 얇은 편이 아니었는데 귀신에 홀린 듯 그 말에 기운을 얻어 사회복지대학원에 입학했다. 너무 신이 났다. 노익장을 과시하듯, 열심히 공부했다. 젊은 친구들과 경쟁하는 게 좋았다. 다시 스무 살이 된 것 같았다. 중학생 아들에게 말이 아닌 행동으로 보여주고 싶어서 장학금도 타고, 졸업논문도 쓰고, 1급 국가고시 자격증을 한 방에 합격하기도 했다. 남편과 아이들의 응원은 당연한 것이었고 놀라웠던 건 시부모님과 시동생의 응원이었다. 나이를 거스르고 공부에 도전할 수 있는 건 아무나 하는 게 아니라며 칭찬해주니 괜스레 어깨 뽕이 올라갔다. 가족의 자랑거리가 된 것 같아 뿌듯했다. 그 뿌듯함은 졸업과 함께 이력서를 내면서 당혹과 실망으로 바뀌었다. 자신만만하게 사회로 발을 내디뎠지만, 45세라는 나이가 걸림돌이 될 거라곤 미처 생각지 못했다. 스무 살이 하는 공부를 한다고 진짜 스무 살이 되는 건 아니었던 것이다. 하지만 거기서 멈춘다면 산전수전 겪은 엄마가 아니다. 아이들에게 '끝까지' 가는 오기를 가르치면서 나는 일찌감치 포기를 할 순 없었다. '포기'는 배추 셀 때

나 쓰는 말이라고, 하고자 하면 무한히 열려있는 게 기회라는 걸 보여주고 싶었다. 역시나 포기하지만 않으면 되었다. 방향을 선회하기로 했다. 눈높이를 낮추니 취업의 문도 열렸고, 적극적으로 달려드니 한 달 만에 정규직으로 전환되는 전설을 만들어버렸다. 이력서를 내고 다녔던 1년 동안 면접조차도 보지 못했었는데, 정규직의 행운은 '갑자기', '훅' 내 것이 되었다. 간절히 원한만큼 실천할 수 있었고, 열심히 실천한 만큼 성과를 손에 쥘 수 있었다. 정말이지 포기하지만 않으면 되는 거였다.

엄마 뭐 하냐는 질문에 '우리 엄마는 아무것도 안 해요.'라고 답하는 직업이 전업주부다. 심지어 남편조차도 '우리 집사람은 그냥 집에 있어.'라고 말하는 직업이 전업주부다. 이런 '전업주부'에 대한 통념은 가끔 내 자존감에 상처를 주기도 했다. 하지만 현관문을 들어서며 '다녀왔습니다.'를 외치는 아이의 밝은 목소리에 다시 힘을 얻을 때가 많았다. 엄마의 간식을 먹으며 선생님 이야기, 친구 이야기로 조잘대는 아이와의 시간이 진짜 행복이었음을 지나고 나니 알 수 있었다. 아이와 함께 만드는 소소한 행복들, 전업주부이기에 가질 수 있었던 추억들, 그거면 충분했다. 아무것도 아닌 시간, 그냥 지나간 시간이 아니었다.

엄마로만 충실했던 시간은 내 평생, 아이 평생에도 다시 오지 않을 시간이다. 엄마와 직업인으로 역할을 나누어 살아왔던 시간은 엄마이기에 종종거렸지만, 엄마이기에 최대한의 능력을 발휘할 수 있었던 시간이었다. 나는 확신한다. 엄마여서 괜찮았던 시간에서 이루어진 나의 선택들 모두가 옳았음을. 내 아이의 엄마여서 더 괜찮은 삶을 누리고 있음을.

# 2장

# 용기 있는 자만이
# 엄마가 될 수 잇다

# 나에게 용기를 선사한 건
# 엄마라는 자리였다

김미성, 엘사랄라

2013년 첫 아이가 태어났다. 내가 장녀로서 느껴왔던 책임감에 대한 부담 때문이었는지 아이를 낳게 되면 첫째는 아들이었으면 싶었다. 두상이 동그랗고, 아빠 얼굴을 많이 닮은 그런 아들이었으면 했다. 그런 나의 간절함이 그대로 전해져 첫째는 아들, 둘째는 딸이다. 딸은 또 딸 나름대로 나를 닮아서 보고만 있어도 행복하다. 하지만 아이를 낳았다고 바로 부모가 되는 건 아니었다. 매 순간 나는 내 아이를 지키기 위해 더 용감하고 씩씩해야 했다.

하루하루가 도전이었다. 작은 사고가 끊이질 않았다. 첫째가 아직 스스로 앉지도 못할 즈음에는 잠시 소파에 올려놓고 화장실을 다녀온 사이에 아이가 굴러 쿵 하고 떨어져 울고 있는 것이 아닌가. 얼른 아이를 안고 이리저리 살폈다. 눈에 띄는 외상은 없었지만 걱정되는 마음에 한동안 핸드폰을 붙잡고 이것저것 알아보느라 얼마나 초조했는지 모른다. 첫째 아이가 조금 커서 이제 막 몸을 뒤집고 손과 발을 버둥거릴 때는 우리 집에 '안마의자가 있는 거 아니냐?'며 아랫집 사람들이 경비아저씨를 대동하고 올리오기도 했다. 돌 즈음에는 열 경기를 했다. 응급실에 도착하고 나서도 열이 내리지 않자 아이가 점점 시퍼레졌다. 그 모습을 바로 알아챈 남편은 빨리 조치해 달라며 소리를 쳤고, 그제야 긴급 조치가 취해져 아이는 조금씩 안정을 되찾았던 일도 있었다. 아무 일도 일어나지 않고 지나가기를 아침마다 바랐던 날들이다.

첫째를 키우는 것이 조금 익숙해질 무렵, 세 살 터울로 둘째를 낳고 싶어서 바로 아이를 가졌다. 그토록 바라던 딸이었다. 둘째인 데다가 딸이니까 육아는 한결 더 수월한 줄 알았다. 하지만 병원에서의 마지막 날, 아이의 청력검사 결과 한쪽 귀는 정밀검사가 필요하다는 이야기를 들었다. 아이가 아직 어려서 그렇게 검사 결과가 나오는 경우도 비일비재하다지만, 아이 귀가 부적 작은 편에 어찌나 머리에 딱 붙어 있던지 조리원에서 몸조리하는 2주 동안 마음 편히 쉴 수 없었다. 조리원 퇴소하는 날에 맞춰 1급 병원에 진료 예약을 했다. 검사

당일. 태어난 지 얼마 안 된 아이에게 수면마취제를 써서 검사해야 한다는 이야기를 듣고 마음을 굳게 먹어야 했다. 다행히 청력검사는 정상으로 나왔지만, 검사 결과를 기다리며 초조함에 반쯤 넋이 나갔었다.

아이가 둘이어도 나는 일을 멈추지 않았다. 다만 두 아이를 키워야 하니 아이를 돌봐줄 새로운 방법과 수단을 동원해야 했다. 아이 돌보미도 첫째 아이 따로, 둘째 아이 따로 구했다. 시부모님이 도와주시고, 주말에는 남편이 전담했다. 정말 급할 때는 친정엄마가 일을 마치고 달려와 주셨다. 밤 10시가 넘은 시간이었다. 아이를 출산할 때마다 고3 입시생들이 많았기에 수업을 오랫동안 비울 수도 없었다. 첫째와 둘째 때 모두 출산 전날까지 수업하고, 병원과 조리원에서 한 달 몸을 풀고 바로 수업을 이어 나갔다. 내 아이들과 가르치는 학생들만 생각했다. 그렇게 결정하고 나니, 주변에서도 도와주었고 헤쳐 나갈 방편들이 나타났다. 해보겠다고 마음을 먹었더니, 이후에는 어떻게 해서든 해낼 방법을 찾아 나가며 앞으로 나아가게 되었다.

일을 놓을 수가 없었기에 우리 아이들은 비교적 일찍 기관 생활을 시작했다. 하지만 아무래도 어린이집 생활을 하면 감기와 같은 전염성 질병에 쉽게 노출이 된다. 한 번은 둘이서 동시에 급성 폐렴이 와서 첫째는 아빠와 병원에 입원하고, 둘째는 나와 병원에 입원하게 되는 일도 있었다. 그야말로 생이별이었다. 그 어린아이들에게 긴 바늘을 꽂아 수액을 맞히는 일조차도 남편과 나는 마음이 아파서 혼났다. 아이들이 어리니 바늘을 꽂는 것도 여간 힘든 일이 아니라는 걸 알면서도 막상 간호사가 아들 혈관을 찾지 못해 여러 번 바늘을 찔러 대자 급기야 남편은 참지 못하고 수간호사를 호출하기도 했다.

아이들이 한 번씩 아프면 나부터 돌아보게 된다. 내가 지금 잘 키우고 있는지 순간순간 불안하고 두려운 마음이 든다. 하지만 아이를 키우며 겪은 그 숱한 과정들이 모두 '엄마'로서의 나를 성장시켜 주는 자양분이 되었음을 알았다. 더불어 비록 나 '김미성'으로서의 성장 속도는 다소 늦춰졌다고 해서 초조해하지 않기로 했다. '나'로서의 성장 속도는 아이들이 커가는 속도에 맞춰 나가기로 했다. 두 아이 덕분에 앞만 보고 달리는 경주마 같은 삶이 아닌, 가끔 초원을 뛰어놀며 경치를 즐기는 여유를 배웠기 때문이다. 진정으로 사랑을 주고 사랑을 받는다는 것이 무엇인지도 처음부터 다시 배웠다.


가족의 존재를 내 몸 안의 세포 하나하나에 새기면서 목적은 점점 또렷해져 갔다. '두 아이를 위하여 내가 뭘 더 해줄 수 있을까? 어떤 부모가 되어 주면 좋을까?'를 고민하며 필사적으로 공부했다. 엄마들과 차 마시는 시간조차 아까웠다. 책에 밑줄을 긋고, 필사하며, 나만의 육아 철학을 세우기 위해 더 부지런히 공부했다. 우리 아이들이 앞으로 살아나갈 세상은 어떤 세상이 될지 공부해야 했다. 어린이집에서 아이들이 오면 아이들과 시간을 보낸다. 저녁을 챙겨주고 씻기고 재워야 엄마로서 일과가 끝이 난다. 남편이 일찍 오는 날이면 남편과 교대하고 나는 수업하러 갔지만, 남편이 일 때문에 늦어지면 아이들을 어떻게든 재워 놓고 밤 9시에 잠들 뻔한 몸을 다시 깨워 수업하러 갔다. 그러니 남편과 어쩌다 맥주라도 한잔 마실 여유가 생기면 그렇게 감사할 수가 없었다. 자주 가질 수 없는 시간이었기에 더 간절해지고, 간절함이 더해지면서 매 순간이 소중해지는 것이었다.

아이들과 함께하는 시간은 고등학생 위주로 수업을 짜면서 확보했다. 고등학생은 저녁 늦게도 수업 시작이 가능했기 때문이다. 이렇게 하루를 빈틈없이 꽉 채우는 날들이 계속되면서, 초저녁이 되면 지칠 대로 지쳐버렸다. 아이들이 어느 정도 커서 둘이 놀 수 있게 되자, 아이들에게 '엄마는 잠시 안방에서 쉬고 오겠다.'라고 말하고 핸드폰 시계로 알람을 맞춰 놓은 후 침대에 눕는 일이 다반사였다. 그마저도 마음껏 쉬지 못하고 상황이 허락하는 만큼, 15분, 20분, 길어야 30분 맞춰 놓고 눕는다. 눕는 즉시 침대 속으로 빨려 들어간다. 눈을 감았는지 모르게 눈이 감기고, 잠이 들었는지 의식하지 못한 사이 잠이 든다. 그렇게 잠드는 일이 빈번해지자, 뭔지 모를 두려움이 올라왔다. 내가 건강해야 육아도 건강해진다.

두 아이를 낳고 몸을 추스를 충분한 시간도 없이 바로 일과 육아

**엄마들의 이유 있는 반란**

에만 전념했더니, 걷는 것조차 힘에 부치는 지경까지 이르렀다. 오전에 가볍게 걷기부터 시작했다. 걷는 거리를 서서히 늘렸다. 천천히, 무리하지 않는 선에서 늘려가며 만 보를 채웠다. 만 보를 채우면서 코어가 생기고 필라테스를 시작했다. 요가도 다시 했고 집에 있는 사이클을 돌렸다. 밤에 수업이 끝난 후에는 시끄러울 수 있으니, 아이들이 노는 트램펄린에 올라가 다리를 있는 힘껏 들어 올리며 뛰기도 했다. 그렇게 무너졌던 코어를 살리고, 힘이 빠진 근육들을 다시 탄탄하게 잡았다. 독서를 통해 정신의 코어도 꾸준하게 잡았다. 시간 단위로 계획하며 쪼개서 시간을 썼다. 내가 낳은 아이들에 대해 부모된 자로서 책임을 지는 게 마땅했고, 그 책임이 아이들을 양육하게 하는 원동력이었다. 포기하지 않고 가족만 생각하며 오직 주어진 하루를 살았다. 바로 그 하루하루가 모여서 이제야 나에게도 '용기'라는 것이 생겼음을 깨달았다. 부모라는 자리가 나를 '용기'로 무장하게 해 주었다. 세상을 헤쳐 나갈 바로 그 '용기'를 말이다.

# 2

# 너의 실패를 응원해

이은정, 소소작가

아침 6시, 누군가는 아직도 침대에 누워 단잠을 이룰 시간에 부지런히 발걸음을 옮겼다. 이른 시간에 서둘러 간 곳은 난임병원. 6시 20분에 도착해서 대기표를 뽑았다. 대기 번호는 7번이다. 7번이면 진료를 받고 제 시간에 출근하기엔 빠듯하다. '좀 더 서두를 걸 그랬나?'하는 후회가 들었다. 지각이 나을지, 반차를 쓰겠다 해야 할지 결정해야 했다. 여러 차례 시술로 연차 휴가가 거의 남아있지 않아 마음이 초조했다. 시험관 시술을 위해 병원에 다니는 내내 6시 언저리면 병원 번호표를 뽑는 게 일상이었다. 7시가 되기도 전에 이미 대기 번호표는 25번을 찍는다. 대한민국 부부 12명 중 1명은 난임이라고 하니 유명한 이 병원에 진료 시작 전부터 25명이나 대기하는 모습은 이상한 게 아닐지도 모르겠다.

결혼한 지 3년째, 아이가 생기지 않아 난임병원을 찾아갔다. 다행스럽게도 둘 다 건강하다는 검사 결과가 나왔다. 건강하니 시술만 하면 금방 아이가 생길 거라는 기대가 있었다. 하지만 반복된 인공수정, 시험관 시술로도 아이는 오지 않았다.

여름치곤 몹시 덥지는 않은 날이었다. 조금은 서늘하게 느껴지기도 했던 그 여름날 아침, 생리가 터졌다. 이는 이번 시술도 실패했음을 뜻했다. 인공수정 3차 시술 후 '이번엔 정말 아이가 생기겠지.' 생각하며 임신을 기다렸다. 시술 전, 착상이 잘되도록 자궁 내시경 시술까지 했던 터라 기대가 컸다. 실망은 더 컸다. 앞선 두 번의 실패 때 차마 흘리지 못했던 눈물까지 함께 터져 흘렀다. 남편 품에 안겨 울었다. 성인이 되어 울어본 울음 중 가장 큰 소리로 울었다. 말없이 안아주는 남편이 고마웠다. 함께해 주는 남편이 있음에도 결국 나의 마음은 홀로 단단해졌어야 했다. 난임 시술의 과정은 여자에게 더욱 고되었다. 시술의 차수가 더해지면서 우울감이 생겼다. 몸마저 뚱뚱해졌다. 여자로서의 자신감은 사라졌다. 끝이 보이지 않는 긴 어둠의 터널을 터덜터덜 걸어가는 느낌이었다. 빛도 없고, 종착지도 알 수 없는 끝없는 터널 속에 오롯이 나 혼자 걷고 있었다.

이유 없는 난임, 반복되는 실패, 그런데도 다음 시술을 하기로 했다. 엄마가 되기로 마음먹고 시술을 시작했던 그때부터 나는 이미 엄마였다. 나에게 와줄 아기가 나의 포기로 오지 못할까 싶어 험난한 날들을 견디었다. 시술이 실패로 끝날 때, "마음을 내려놓으면 아이가 생긴대. 마음을 편히 가져."라고 위로해 주는 말에도 '이렇게 간절한데 마음을 어떻게 내려놓지?'라며 뾰족한 마음 가득한 못난 나였다. 매번 실패와 마주하는 지독한 고통 앞에 주저앉아 더 이상 나아갈 힘이 없는 날들이 많았다. 하지만 포기하지 않았다. 자궁 내시경 시술 2번, 3번의 인공수정, 4번의 시험관, 총 9번이나 되는 시술 끝에 콩알만 한 아가를 만날 수 있었다. 결혼한 지 6년 만이었다. 무사히 열 달을 품어내어 2021년 11월, 드디어 난 그토록 바라던 진짜 '엄마'가 되었다.

사랑하는 나의 아기를 만나기까지 흘린 눈물이 얼마나 되는지, 혹시나 어렵게 내 뱃속으로 온 아기를 잃지나 않을까 마음의 불안함이 얼마나 컸는지, 나의 아이가 몰라주어도 괜찮다. 아이를 만난 기쁨의 감격이 얼마나 컸을지, 아이에게 쏟은 정성과 사랑의 마음을 다 몰라도 괜찮다. 난 그냥 나의 아이를 사랑함으로 충분하다. 그저 엄마의 이 사랑이 내 아이에게 따뜻한 정서로 남아있길 바랄 뿐이다. '나는 사랑받는 아이구나.'라는 자신감이 마음속 깊이 뿌리 내려 있길 바랄 뿐이다.

돌이 지난 지 얼마 되지 않은 어느 날, 엄마에게 찾아오는 길이 험난했던 나의 아가는 "엄마 뽀뽀"를 외치며 내 볼에 입을 대고 "푸우~"한다. 아빠가 배에다 해주던 배 방귀를 뽀뽀로 알고 따라 하는 아가다. 아이로부터 처음 뽀뽀를 선물 받은 날 창밖의 겨울은 참으로 따뜻했다. 아직 겨울이 분명했는데도 내리쬐는 햇살은 따사로웠고 공기엔 봄 내음이 느껴지는 듯 싱그러웠다. 잎이 없는 벌거벗은 나뭇가지는 차지 않은 겨울바람과 춤을 추듯 일렁기렸다.

아이의 기억에는 없을 그 겨울날은 황홀했다. 아이의 입술이 나의 볼에 닿을 때 더 없을 기쁨에 환호했던 기억은 앞으로 혹여나 만날 어려운 날에도 살아갈 힘이 되어 줄 거라는 믿음이 생겼다.

마주했던 수많은 실패는 고통스러웠지만, 육아의 고된 순간엔 마음 한구석에 실패 경험이 많아서 다행이라고 여길 때가 종종 있다. 두 시간에 한 번 깨어 주린 배를 채워야 하는 신생아에게 나의 잠잘 권리를 빼앗길 때, 이유식을 먹다가 다 엎어 음식물로 지저분해진 방바닥을 치워야 할 때, 말을 제법 알아들으면서도 못 알아듣는 척 원하는 건 기어이 해달라고 떼를 쓰는 어린 악마를 만나는 그 모든 순간에도 '네가 존재해 줘서 고맙다.'라는 마음을 가질 수 있던 건, 아이를 만나기까지 겪은 실패들 덕분이다.

누군가에겐 엄마가 되는 게 당연한 일인데, 나에겐 엄마가 되는 것만으로도 실패를 감수해야 하는 커다란 도전이었다. 실패를 반복하며 마음이 단단해지는 성장을 했다. 시간을 돌려 과거의 나에게 한마디 건넬 수 있다면 이렇게 말하고 싶다. "너의 실패는 시도했기 때문에 찾아온 용기의 증거다. 용기 있는 선택을 한 너를 응원한다."

힘든 상황에 처해 있는 누군가에게 말로 위로할 재주가 없다. 말이 위로가 되지 않는다는 걸 잘 알기에, '고생이 많아!'라는 마음을 담은 눈빛으로 응원을 보내리라. 그 눈빛을 보고 혹시나 내 품에서 우는 누군가가 있다면 그저 조용히 품을 내어주는 것으로 위로의 마음을 표하리라.

수많은 실패를 보내고 만난 나의 아이에게도 남기고 싶은 이야기가 있다. "앞으로 만날 도전들 앞에서 실패해도 괜찮으니 너무 머뭇거리지 않길 바란다. 실패를 통한 배움이 너를 더 강하고 지혜롭게 만들어 줄 것을 믿는다. 너의 실패를 진심으로 응원한다. 사랑한다."

# 3

# 엄마라는 이름으로

김은희, 빛풍경 캘리그라피

결혼하니 이름 여러 개. 아내, 며느리, 딸. 아이 낳고 엄마라는 이름이 하나 더 생겼다. 처음 해보는 엄마 역할. 서투른 게 당연한 거다. '돈 좀 모아놓고 결혼했어야 했는데.' '육아 지식 빵빵한 엄마였다면 더 잘 키웠겠지?' 더 준비된 상태에서 엄마가 됐다면 처음부터 잘했을 줄 알았나 보다. 엄마도 경험을 통해 성장하는 자리인데, 하나씩 경험해 보며 '엄마라는 이름'이 부끄럽지 않게 변화한다는 걸 처음엔 알지 못했다.

첫아이 어린 시절, 거실에서 장난감 가지고 같이 놀고 있었다. 시계가 정오 12시를 가리킨다. 소리 나는 책을 펼쳤다. 버튼을 누르니 음악 소리 났다. 아이가 따라 눌렀다. 혼자 이것저것 눌러본다. 아이 관심이 온통 소리책에 있어 보였다. '이때다!' 주방으로 향했다. 채소 삶고, 고기는 먹기 좋게 잘랐다. 어느새 음악 소리가 들리지 않는다. 거실로 갔다. 아이가 없다. '방으로 갔나?' 안 보인다. "철퍼덕" 어디선가 작은 소리가 났다. 소리가 난 장소는 욕실이었다. 샴푸 범벅이 된 아이. 손으로 샴푸액 만지느라 눈길도 주지 않는다. 지금 봤다면 웃음부터 났을 거다. "촉감 놀이했구나. 느낌 어때?" 여유로운 목소리로 아이 모습 확인하고 씻겼겠지. 초보 엄마는 당황했다. 샴푸액 입에 넣은 건 아닌지, 미끄러져 넘어지기라도 했다면?! 일어나지도 않은 일까지 상상했다. 걱정됐던 마음이다. 괜찮다는 걸 확인하고 목소리가 커졌다. 잘 챙기지 못한 내 잘못을 아이 탓하고 있었다. 전엔 화장품 못 쓰게 만들더니 오늘은 샴푸냐고. 예전 일까지 들추어 가며 사고뭉치로 몰아갔다.

혼을 낸 날 밤에는 어김없이 반성했다. 상냥한 엄마이지 못해 속상했고, 이해하며 받아주지 못해 미안했다. 내일은 웃는 모습으로, 한 번 더 안아주는 엄마가 되자 다짐하지만, 다음날은 다른 문제로 인상 쓰고 있다. 잘하려 노력하다 오히려 어긋나게 되었다. 조금 힘 빼고 마음의 여유 가지며, 상황마다 할 수 있는 일을 찾으면 됐을 텐데. 정답 있는 시험지에 답 쓰듯 정해진 대로 해야 한다는 생각은 상황을 더 악화시킬 뿐이었다.

임신했던 때를 떠올리면 마음이 안 좋다. 태교를 잘하지 못했기 때문이다. 입덧이 심했다. 임신 초기, 서 있다가 어지러워 주저앉은 순간도 있었다. 살이 빠졌다. 먹은 게 없다 보니 5kg이 순식간에 빠졌다. 집에서 누워 있다시피 생활했다. 그나마 그 상황을 제일 잘 아는 남편이 마음 써주어 버틸 수 있었다.

예정일을 2주 앞두고 투명한 액체가 흘러나왔다. 양수기 터진 것이다. 날 새고 정신없이 짐을 챙겨 병원으로 향했다. 유도 주사 맞고 24시간 안에 아기를 출산해야 한단다. 태어나 처음 느끼는 고통이었다. 특별한 경우가 아니라면 자연분만해야지 했었다. 시간이 지나자 수술하겠다는 소리가 목 끝까지 올라왔다. 한 번 더 온 힘을 내봤다. 그렇게 첫아기가 우리 품에 왔다. 2.8kg 작은 몸으로 태어나 3개월 만에 우량아가 되었다.

첫아이 낳고 키운 경험은 둘째를 생각하고 싶지 않게 했다. 하지만 둘째까지는 낳아야 했다. 제사 지내는 집 외아들과 결혼했기 때문이다. 연애 기간이 길지 않았고 속 이야기를 잘 하지 않는 남편이었다. 제사 지내는 집 외아들이라는 걸 상견례 때 처음 들었다. 아들 낳아야 하는 상황이었기에 갖은 노력해 봤다. 한약 지어 먹고, 산부인과에서 배란일 체크는 기본이었다. 주변에서 아들 갖는 방법이라고 알려준 건 거의 시도해 봤다. 성별은 모르지만 아이는 왔다 갔다.

스트레스로 위경련이 왔다. 결혼을 다시 생각하게 되는 시간이었다.

그러는 사이 지금의 둘째가 내게 왔다. 안타깝게도 성별 유무 확인하는 순간, 기뻐할 수만은 없었다. 두 아이 모두 배 속에 있을 때부터 마냥 축복해 줄 수 없는 엄마였다. 나만이라도 온 마음으로 축복해 주었어야 했는데. 아이들에게 가장 미안한 건 그때의 내 마음가짐이다.

원래는 아들 원하지 않았다. 어릴 때부터 남동생과 차별받는 느낌이었다. 딸 하나 낳아 공주처럼 키우겠다고 다짐했었다. 그랬던 내가 아들을 낳아야 하는 사람과 결혼하다니. 인생이란 생각한 대로만 되지는 않는다. '미리 알았다면 상황 달라졌을까?' 딸 둘 낳은 건 괜찮지만, 시부모님을 떠올리면 죄인 된 느낌이었다.

둘째 돌이 지나 젖 뗄 무렵. 마음 깊은 곳에 숨어 있던 내 마음이 보였다. 당황했다. 온전하게 아이를 받아들이지 못했나 보다. 미안하다는 말로도 부족하게 마음이 저렸다. 끌어안고 한참을 울었던 그때 떠올리면 아직도 목이 메어온다. 그때부터 둘째 향한 내 마음은 남달라졌다. 미안한 마음 보상이라도 하듯 온 정성을 쏟았다. 더 예뻤다. 어느 순간 아이가 둘이라는 사실이 든든했다. 둘째는 언니 바라기. 첫째 아이는 관심 없는 척하면서도 동생을 챙긴다. 서로 위하는 아이들 모습이 보기 좋다.

물론 아이들 키우며 버겁게 느껴졌던 상황은 손가락 열 개로는 부족하다. 잠시 잠깐도 맡기지 않았다. 다른 사람 손 빌리지 않고 우리 힘으로 키운 아이들이다. 맡길 곳이 없기도 했지만, 직장 나가지 않고 아이들 챙기며 할 수 있는 일을 찾은 이유도 우리가 키우고 싶은 마음에서였다. '엄마!' 소리 수없이 외치던 아이들. 중학생, 초등학교 고학년 되었다. 스스로 할 수 있는 일이 점점 늘고 있다. 내게 집중할 수 있는 시간 또한 그만큼 늘게 되었다. '엄마'도 '이름'이 있다는 걸 알려줘야지.

한때 아이들에게 이런 이야기 했었다. 결혼 생각 없다면, 강요하지 않을 테니 하고 싶은 대로 살라고. 지금은 덧붙이고 싶은 말이 있다. 용기 내 결혼했고, 아이 낳아 지금까지 키웠기에 할 수 있는 엄마 이야기. '엄마'라는 이름으로도 무엇이든 할 수 있다는 걸 말해주고 싶다. 그리고 그것을 증명이라도 해보려는 듯 나를 찾는 여정에 올라서 있다. 엄마이지만 나로 굳건하게 일어서 보자. 배우면서 성장하는 모습 옆에서 지켜보는 것만으로도 좋은 본이 될 거라 믿으면서. 때론 부족할 수 있고 버거운 일도 생길 것이다. 하지만 지금까지 그래왔던 것처럼, 선택한 삶을 책임지며 꿋꿋하게 나아가 보려 한다. 엄마니까. 세상에서 제일 강한 '엄마라는 이름'이 나를 찾는 과정에 '용기'를 더해줬다.

# 4

# 그렇게 이모에서 엄마가 되었다

이애련

남편이 없는 시댁에서 첫아이를 출산했다. 두렵고 긴장된 시간 속에서 딸을 낳았다. 아들이기를 바라는 시부모님의 실망한 표정이 역력했다. 하지만, 그게 어찌 내 뜻대로 되는 일인가. 다음에 아들을 낳으면 된다는 말씀이 무언의 압박으로 다가왔다. 대학생이었던 시동생들이 혼자서 딸을 낳은 나를 많이 응원해 주었고, 형을 대신해 조카를 엄청 예뻐해 주었다. 돈도 없는 가난한 대학생들이었던 시동생들은 없는 용돈 모아서 조카 옷도 사주고 금반지도 사주었다. 남편없는 첫 출산에 시동생들의 배려는 내게 큰 위안이 되어 주었다. 지금 생각해도 고마운 시동생들. 감사한 마음뿐이다. 남편은 딸이 태어나고 보름 만에 방학을 이용하여 집으로 왔다. 출산의 순간을 같이 하지 못했던 남편은 어색한지 물끄러미 아이를 바라보았다. 한참 후 어설프게 아이를 안아 본 남편은 고맙다고, 미안하다고 말을 해주었다.

산후조리 할 겨를도 없이 아이 낳은 지 일주일 만에 일을 시작했다. 피아노 학원 원생들이 나를 기다렸다. 일을 하면서 시댁 살림과 육아까지 하기엔 역부족이었던 나는 친정으로 전화했다. 친정 부모님께 남편이 돌아오는 날까지 길러 달라고 부탁했다. 하나밖에 없는 딸이 고생길로 들어가는 게 싫어 결혼을 반대했던 친정엄마는 기꺼이 외손녀를 맡아 주었다. 태어난 지 두 달 이틀째 되던 날, 아이를 업고 친정으로 데려다주었다. 돌아오는 버스 안에서 얼마나 울었는지 모른다.

유학 중인 남편이, 혼자서 아르바이트까지 하면서 공부하기 힘드니 와주면 좋겠다 했다. 남편을 따라 태어나서 처음으로 가 본 외국 일본. 그곳에서 나는 아르바이트 자리를 알아보기 시작했다. 우선 말을 못 하니 처음에는 한국 유학생들이 있는 곳에서 일을 시작했다. 관광호텔 주방 설거지였다. 소통이 힘들면 한국 유학생들이 통역해 주었다. 말을 잘 못 하는 답답한 생활이 계속되자, 나는 같이 일하시는 분께, 점심 식사 후 20분씩 일본어를 배우기 시작했다. 3개월 동안 꾸준하게 배우다 보니, 짧은 기간임에도 간단한 대화 정도는 할 수 있게 되었다. 내 생애 처음으로 생존을 위해 배운 외국어였다.

조금 말이 익숙해지자 돈이 필요한 나는 시간당 알바비를 더 주는 곳을 찾게 되었다. 한국 음식을 파는 식당이었다. 더듬거리는 말로 주문을 받고 테이블을 세팅하고, 치우고, 하루 종일 서빙을 했다. 저녁 늦게 퇴근할 때는 다리가 퉁퉁 부어 감각이 없을 지경이었다. 말을 알아듣지 못하는 경우도 있어서 긴장 속에서 일을 했다. 같이 일하는 농료들이 고생한다고 따뜻하게 대해 주어서 그나마 견딜 수 있었다. 잠을 자다 경련이 일어나면 공부에 지쳐 잠든 남편을 깨우지도 못하고, 혼자서 주먹을 움켜쥐고 아픈 다리를 두드렸다. 하지만, 친정 부모님께는 속상해할까 봐 잠깐씩 아르바이트한다고 거짓말을 했다. 불효를 저지르고 있는 나. 죄송했다. 시간이 지나 친정엄마와 그때의 일을 웃으며 이야기할 수 있을 즈음에 하얀 거짓말을 했다고 솔직히 말했다. 어쩐지 가끔 저녁에 전화하면, 매번 마트 갔다, 목욕탕 갔다 하니 이상하다 생각했다고 하셨다.

월세 집에서 지하철을 세 번 갈아타고 간 식당에서 아침 10시부터 밤 10시까지 일했다. 다시 지하철을 세 번 갈아타고 집으로 돌아오는 생활이 3년이나 되었다. 3년. 친정엄마에게 맡긴 딸은 말을 배울 정도로 컸다. 저녁 늦게 퇴근하면서 한국에 있는 딸한테 가끔 전화를 하곤 했다. 아무것도 모르는 어린 딸은 나를 엄마가 아닌 이모

라고 불렀다. 친정엄마가 '엄마'라고 얘기하라고 시켜도 딸은 "이모,
이모 언제 와?"라고 했다. 그런 딸의 목소리에 얼마나 많은 눈물을
흘렸던가. 이런 삶을 살려고 결혼한 건 아닌데, 내가 왜 여기서 이러
고 있어야 하나. 모든 게 원망스럽고 한스러웠다. 당장이라도 비행기
에 몸을 싣고 내 딸을 보러 가고 싶었지만, 나는 남편을 졸업시키고
떳떳하게 돌아가야 했다. 남편의 미래를 위해, 또 딸하고 같이 행복
하게 살아야 하기에 나는 일을, 남편은 공부를 열심히 했다. 젊은 시
절의 눈물겨운 고생이었지만, 우린 미래를 보며 살고 있었다. 그때 나
는 하도 힘이 들어 살이 10kg이나 빠져 점점 말라가고 있었다. 낯선
타국 땅에서 치열한 신혼을 보내면서 억척스러운 아줌마가 되어갔
다. 일하면서 생활하고 또 틈틈이 딸아이에게 줄 선물을 사기도 했
다. 가장 중요한 어린 시절을 엄마인 내가 보지도, 듣지도, 겪지도,
못하면서 지냈기에 항상 아이한테는 미안한 마음이 가득했다. 가끔
백화점에 가서 예쁜 물건이 있으면 아이 생각에 사곤 했다. 얼마나
컸을까 생각하면서 버틴 시간이었다. 3년 후, 마침내 돌아왔다. 공항
에 도착하자마자 친정으로 가 아이를 만났다. 그립고, 보고파 매일
눈물을 흘리게 했던 우리의 딸! 곧 만난다 생각하니 더욱 보고 싶고,
궁금했다. '얼마나 자랐을까. 포대기에 싸여서 떠나보냈던 아이가 지
금은 두 발로 뛰어 다니겠지.'라고 생각하면 그런 딸을 더 빨리 만나
야 했다. 마중 나온 남동생의 차를 타고 뛰는 마음 진정시키며 친정
으로 갔다.

아이는 친정엄마 뒤로 숨었다. 생전 처음 보는 아저씨, 아줌마가 와서는 아빠다 엄마다 하니 놀라서 도망가 버렸다. 친정엄마가 괜히 미안해하셨고, 아이는 친정엄마 치맛자락만 잡고 있었다. 남편한테 는 '형', 나한테는 '이모'라고 부르는 아이하고 친해져야만 했다. 우리 는 며칠을 안아주고 쓰다듬어 주고 손잡아 주면서 친해지려고 노력 했다. 하지만, 낳은 정보다 기른 정이 더 크다고 했던가. 우리 집으로 데리고 오고 나서 딸은 사흘 밤낮을 밥도 안 먹고 울기만 했다. 울다 지치면 자고, 일어나서는 물 한 모금 마시고 그 힘으로 또 울기를 반 복했다. 어떻게 해야 할지 몰라서 같이 울기도 많이 울었다. 남편은 다시 친정으로 데려다주자고 했다. 하지만, 이러다가는 영영 아이하 고 친해지지를 못할 거 같았다. 앞이 캄캄했고, 나는 방법을 찾아야 만 했다.

백화점 문화센터에서 아이하고 엄마하고 같이할 수 있는 종이접 기, 구연동화를 배우기로 했다. 처음에는 어색한 모녀 사이가 종이접 기 강의를 한 번 듣고는 서로를 보면서 웃기 시작했다. 1시간의 놀이 학습은 대단한 효과를 주었다. 아이가 '엄마, 좋아.'라고 해주었고, 서 로를 쳐다보며 웃을 때 나는 눈에 눈물을 머금었다. 내 아이가 좋다 고 한다. '엄마 좋아'라고 얘기한다. 얼마나 듣고 싶었던 말이었나. 가 슴이 먹먹했다. 우리는 그렇게 아주 천천히 서로를 알아가면서, 엄마 와 딸로서의 인생을 그려가기 시작했다. 주말에는 남편과 함께 셋이서 가까운 공원에 도시락 싸서 소풍도 다녔다. 같이 피자도 만들었다. 딸은 서서히 아빠에게도 마음을 열기 시작했다. 힘들었지만 우리 두 사람의 노력은 '형에서 아빠로, 이모에서 엄마로' 자리를 찾아가게 해주었다. 그렇게 1년이 흘러갔다.

나는 아이와 함께 배운 종이접기를 협회에 가서 더 배워, 종이접기 강사가 되기로 마음먹었다. 2년을 열심히 배운 결과 종이접기 사범 자격증을 따면서, 강사로서의 생활을 시작했다. 우선은 아이 친구들을 대상으로 시작했고, 그 후엔 엄마들 상대로도 가르치기 시작했다. 남편이 커다란 강화유리로 된 책상을 만들어 주어 그 위에서 자르고 붙이고 접기를 했다. 방 하나를 아예 공방으로 만들어 수업을 했다. 강의 후에는 접는 방식을 기록하고 파일에 넣어주었는데, 다들 너무나 좋아했다. 한 번 하고 끝나는 수업이 아닌, 기록하고 보관할 수 있는 수업이라 기뻐했던 것 같았다. 특히 엄마를 자랑스러워해 주는 딸이 있어 더욱 보람을 느낀 시간이었다. 4년의 어린 시절을 보듬어 주지 못했던 나는 그제야 엄마로서 딸에게 인정받을 수 있었다. 우리는 친구 같은 모녀 사이가 되었고, 이모에서 엄마로 자리를 바꿔 앉을 수 있었다. 엄마가 되었을 때 나는 온 세상을 다 가진 기분이었다. 어린 시절 떨어져 지내야 했던 시간을 채워주고 싶었다. 며느리, 딸이 아닌 엄마이기에 견뎌낼 수 있는 시간이었다. 엄마라는 자리에 있었기에 용기를 낼 수 있었다. 그 딸이 지금 32살이다.

# 5

# 아이들이 존재하는 것만으로도
# 내 인생은 빛난다

이윤진, 자몽

첫째가 돌도 되기 전이었다. 다른 사람에게 맡겨야 했다면, 일을 다시 하기는 어려웠을 거다. 친정 부모님은 내가 직장을 다니길 바라셨다. 그래서 우리 세 가족이 일본에서 돌아왔을 때, 선뜻 아이를 봐주시겠다고 하셨다. 친정과 같은 아파트 단지에 전세를 얻고 직장맘이 되었다.

아침에 친정에 아이를 데려다주고 돌아설 때마다 마음이 편하지 않았다. 열세 시간 후에야 아들을 만날 수 있었다. 퇴근하자마자 친정으로 달려갔다. 그래도 늦었다. 엄마는 지쳐있었고, 아들은 졸음을 참으며 나를 기다리고 있었다. 아들을 받아안으면, 엄마는 피곤에 찌든 얼굴로 저녁을 차려 주셨다. 육아에 지친 엄마가 차려 주는 밥을 먹는 게 죄송했다. 하지만 밖에서 먹고 오면 집에 더 늦게 도착하기에 어쩔 수 없었다. 저녁을 먹자마자 짐을 싸서 아이를 데리고 나왔다. 그래야 엄마의 하루가 끝나니까. 아장아장 걷는 아들을 데리고 언덕을 올랐다. 더 일찍 퇴근하면 좋을 텐데. 그럼 엄마도 덜 힘들었을 테고, 애도 졸린데 참고 기다리지 않았을 테니까. 미안했다. 아들이 거가는 모습도 엄마가 찍이놓은 핸드폰 영상으로 봐야 했다. 출근할 때와 자기 전에만 만나니 내 아들인데도 어색했다. 주말에 집에 둘만 있게 되면 뭘 해줘야 할지 몰랐다. 회사 부장님 대하듯 어색하게 웃고만 있었다.

아이는 같이 낳았는데 육아는 나만의 몫이었다. 친정집이 언덕에 있다고 남편이 구시렁거릴 때마다 가슴이 갑갑했다. 부모님 집을 옮기라고 할 수도 없는데, 나더러 어쩌라는 건지. 엄마 아빠는 힘들게 애를 봐주시는데 고마워하기는 하는 건지. 고생은 고생대로 하면서 대접도 못 받으신다 생각하니 속상했다. 나도 피곤한데 내색을 할 수 없었다. 그렇게 친정과 남편, 어린애들 사이에서 나는 갈피를 잡지 못했다. 육아로 힘든 엄마에게 하소연할 수도 없었다. 한 회사에서 같이 일하게 되면서 남편은 더 이상 편한 존재가 아니었다. 우리는 걸핏하면 싸웠다. 회사에서 의견이 맞지 않으면 집에서 불편했고, 집에서 싸우면 회사에까지 영향을 끼쳤다. 회사 동료에게 말할 수도 없었다. 처음부터 남편의 친구들로 구성된 회사였다. 동료로 느껴지지 않았다. 싸운 티가 나면 다른 동료들이 불편할 게 뻔했다. 말할 곳이 없었다.

거실 소파에 앉아 베란다를 바라봤다. 커다란 창문이 눈에 들어왔다. 문득 여기서 뛰어내리면 종이 인형처럼 가볍게 내려앉을 것 같았다. 꽃잎처럼 살랑거리며 날아올라 결국에 사라지면 좋겠다는 생각이 들었다. 한 번 그런 생각을 하기 시작하니 걷잡을 수가 없었다. 베란다 창문을 볼 때마다 그 생각이 떠올랐다. 내가 정말로 뛰어내리기라도 할까 봐 무서웠다.

어느 날, 점심을 먹고 혼자 사무실로 걸어가던 길이었다. 눈이 채 녹지 않은 길을 조심스럽게 걷고 있었다. 근처 초등학교를 막 지나기 시작했을 때, 엄마에게 전화가 왔다. 오빠의 신혼집 이야기였다. 전세를 구한다고는 들었지만, 생각보다 금액이 컸다. 모아둔 돈도 없는데다 갖추고 시작해야 하는지 이해가 가지 않았다. 처음엔 작게 시작하게 하고, 그 돈은 놔뒀다가 둘이 잘 살면 나중에 주는 게 어떻겠냐고 의견을 말했다. 그때였다.

"너도 그렇게 해주는 집에 시집가지 그랬니."

순간 다리에 힘이 빠졌다. 목에 뭔가 차오르는 것 같았다. 가슴이 날카로운 것에 찔리기라도 하듯 아팠다. 눈물이 쏟아질 것 같았다.

화도 났다. 하지만 아무 말도 할 수가 없었다. 아이를 맡긴 입장이었다. 엄마랑 어색해지고 싶지도 않았다. 심기를 건드렸다가 더 이상 아이를 못 봐주겠다고 하시면 큰일이었다. 알겠다고 하고 조용히 전화를 끊었다. '어떻게 그런 말을 할 수 있지?' 아무리 딸이라도 하지 말아야 할 말이 있다. 왜 나는 그렇게 해 주지 않았냐며 불만을 가진 것도 아니고, 돈 아까우니 주지 말라는 것도 아니었다. 형편도 넉넉하지 않아서 힘든 상황에 엄마의 말은 가슴을 깊게 눌렀다. 몇 걸음 더 걷다가 그대로 주저앉아 한참을 울었다.

그래서 내가 전업주부가 되면 좋은 엄마가 될 거라 생각했다. 집에서 아이와 내내 붙어 있으면 당연히 행복이 따라오는 줄 알았다. 만만하게 봤다. 하지만 2015년 8월, 미국으로 건너온 지 얼마 되지 않아 그 환상은 쉽게 깨졌다. 처음 해보는 살림은 서툴렀다. 미국에서는 아이들 픽업이 많다고 듣기는 했지만 직접 겪는 현실은 완전히 달랐다. 도와주는 사람도 없었고, 남편은 항상 바빴다. 살림도 소질이 필요하다는 것을 처음 알았다. 나는 소질이 없었다.

미국에 온 지 4개월, 막 적응하던 시기에 셋째가 생겼다. 나이가 들어서인지 몸이 따라주지 않았다. 둘째 때도 조기 진통으로 29주부터 입원했는데 셋째는 초기부터 배가 뭉쳤다. 진통을 늦추는 약을 처방받아 매일 먹었고, 누워있는 시간이 늘어났다. 체력은 바닥인데 아이들 일정은 많았다. 살림도 놓을 수가 없었다. 집에 있는 동안 아이들은 방치되었다. 둘이 알아서 노는 시간이 늘어났다. 전업주부가 되면 미안할 일이 없을 줄 알았는데 나는 다시 아이들에게 미안해졌다.

막내가 50일 되던 무렵, 임신 막판에 도와주러 오셨던 부모님이 한국으로 돌아가셨다. 나는 다시 혼자가 되었다. 컨디션에 따라 졸리면 자고 배고프면 먹었던 막내는 카시트에 앉은 채 오빠들 스케줄을 따라다녔다. 카시트와 아기. 합하면 10kg이 넘었다. 하루에도 스무 번씩 올리고 내리기를 반복하니 허리에 무리가 갔다. 삼십 대인데도 눈이 침침해졌고, 계단을 매일 오르내리니 무릎에도 이상이 생겼다. 처진 가슴과 늘어난 배, 헝클어진 머리, 지저분한 옷, 아픈 무릎을 바라보는데 보기가 싫었다. 거울을 쳐다볼 수 없었다.

크게 잘못한 것이 없는데도 늘 미안했다. 그릇도 안 되면서 왜 셋이나 낳았을까 자책도 많이 했다. 내가 좀 더 다정한 엄마였더라면, 아이들 습관을 잘 길러 주었더라면, 옆에 끼고 공부도 잘 가르쳤더라면. 늘 화살을 나에게 돌렸다. 다른 엄마들은 옆에서만 봐도 눈에서 꿀이 떨어지는데 난 그러지 못했다. 자기 전에는 '내일은 더 잘해줘야지' 하면서도 다음 날이 되면 변한 게 없었다. 더 좋은 엄마를 만났더라면 아이들이 행복하지 않았을까 생각하니 미안했다. 그렇게 내 탓을 하는 동안 서서히 빛을 잃어가는 기분이 들었다. 내 존재가 사라져 가는 것 같았다.

작년에 엄마가 텍사스에 놀러 오셨을 때, 함께 카페에 갔다. 날이 너무 좋아 바깥 테이블에 자리를 잡았다. 밖에 심어진 꽃도 이뻤고, 나무 사이로 들어오는 햇빛을 보니 절로 기분도 좋아졌다. 나는 먹고 싶던 어니언 수프를 시켰고, 영어로 된 메뉴판을 어려워하는 엄마께는 익숙한 오믈렛을 시켜드렸다. 커피도 한 잔 시켜 나눠 마셨다. 친구들이랑 히듯이 음식 사진도 찍고, 엄마도 찍어드렸다. 사진에 주름이 많아 보였다. 화장 앱으로 다시 사진을 찍어드렸더니 너무 좋아하신다. 계속 찍어드렸다. 친구들과의 단체 채팅방에 자랑하시던 엄마가 흐뭇하게 웃으며 말씀하셨다.

"나는 딸이랑 이런 데 오는 게 너무 좋아. 지난번에 스타벅스에 둘이 갔을 때도 좋았어."

엄마 프로필 사진이 한동안 스타벅스 사진이었던 게 기억이 났다. 햇살 때문인지 그 말을 하는 엄마가 빛나 보였다. 순간 이런 생각이 들었다. 나랑 함께했던 시간이 엄마에게는 모두 행복이었겠구나. 내가 있어서 엄마는 그렇게 빛이 났겠구나. 나도 지금 우리 세 아이들의 엄마라는 것만으로도 빛이 나는 존재구나. 허무하게만 느껴졌던 내 인생이 사실은 계속 빛나고 있었음을 마음으로 깨달았다.

...

# 6

# 엄마는 만들어지는 것이다

문혜원

　큰아이는 7개월 만에 세상에 나왔다. 어렵게 가진 아이였는데 임신을 알게 되면서 시작된 입덧은 출산하는 날까지 계속되었다. 사실 둘째 가졌을 때의 입덧도 출산하는 날까지였지만 정도가 달랐다. 첫째의 경우는, 입덧이 너무 심해 입덧 주사는 기본이었고, 한동안 먹는 것은커녕 일어나는 것조차 힘들었다. 눈뜨면 남편이 운전하여 회사로 데려다주었고 퇴근 시간에 맞추어 데리러 왔다. 저녁도 거른 채 바로 잠자리에 들었다. 아침부터 잠들기 전까지 흔들리는 배에 계속 실려 다니는 느낌이다 보니 하루하루가 끔찍했다. 출산 또한 수월하지 않았다. 전치태반을 진단받아, 하혈의 조짐이 보이면 바로 병원으로 가야 했다. 하필 그날이 출산휴가가 시작되기 바로 전날이었다.

**엄마들의 이유 있는 반란**

수술이 예약된 곳은 양산 부산대학교 병원이었지만, 진료는 편의 때문에 회사 근처 부산대학교 병원으로 다니던 중이었다. 생각지 못한 상황에, 급하게 택시를 잡아타고 가까운 부산대학교 병원 응급실로 향했다. 다행히 아주 응급한 상황은 아니어서, 수술이 예약된 양산 부산대학교 병원으로 바로 이동하여 수술을 진행할 수 있었다. 무사히 아이를 안았지만, 다음이 문제였다. 임신 주 수에 따른 지식은 책으로만 공부해도 큰 문제가 없었다. 그러나 출산 후 육아는 책에 나온 내용과 달랐다. 젖을 물려도, 새 기저귀로 갈아줘도, 안아줘도 울기만 했다. 밤새도록 울기만 하여 잠을 잘 수가 없었다. 나는 수면에 예민한 편인데, 아이 때문에 방해받고 있었다. 주위에 물어봐도 돌아오는 대답은 참으라는 이야기뿐이었다. 방법이 없었다. 아이를 안고 쏟아지는 잠을 참아내야만 했다.

첫째가 돌이 되었을 때 둘째를 가지게 되었다. 둘째의 존재는 큰 애에게 큰 충격이었나 보다. 출산하고 조리원에 들어가 있는 동안, 매일 보던 엄마와 떨어져 할머니 댁에 있어야 했던 첫째였다. 겨우 엄마를 보게 되었는데, 엄마는 내가 아닌 다른 아기와 함께였다. 그리고 그 아이만 봐주다 보니 엄마가 밉고 서운했나 보다. 점점 예민해지더니 결국 야경증 증세까지 생겼다. 낮까지 잘 놀다가, 밤만 되면 자다가 심하게 울었다. 그때는 남편도 사업 초기라 예민한 상태였는데 밤에 애가 울어대니, 나도 남편도 잠을 잘 수가 없었다. 내가 할 수 있는 건, 그저 우는 첫째를 업고, 남편과 둘째가 깨지 않게 베란다로 나가서, 달을 좋아하는 큰 애를 달래주는 것뿐이었다. 달래다 보면 어느새 내 마음도 차분해지고 있었다. 이것도 둘째가 깨지 않았을 때 잠깐의 호사였다. 둘째가 깨서 울면, 첫째는 업고 둘째는 안아서 달래야 했다. 그러다 보면 어느새 동이 트고 있었다. 남편도 나도 점점 예민해져 갔다. 용하다는 한약을 먹여보아도 증세는 나아지지 않았다. 다행히 할머니 댁에만 가면 잠을 잘 잔다고 했다. 큰 애는 엄마를 동생에게 빼앗겼다는 생각에 속상해하다가도 할머니로부터 위안을 받았던 것 같다. 내 욕심만 생각하면 아이를 보내고 싶지 않았다. 그래도 하루라도 아이가 밤에 편하게 잘 수 있다는 생각에, 엄마가 못 해주는 위안을 할머니한테서나마 받을 수 있다는 생각에 참을 수밖에 없었다. 엄마는 때로는 아이를 위해 고집을 포기할 수 있어야 했다.

항상 음식을 입에 물고만 있고 단 것만 좋아했던 큰 애는, 4세 때 기어이 어린이 치과에서 마취제까지 맞아가며 7개의 치아를 치료했다. 어린것이 매우 힘들었는지 바로 그다음 날부터 시름시름 앓기 시작했다. 병원에 가보니 폐렴이라고 했다. 폐렴은 아이가 음식만 잘 먹으면 집에서 치료도 가능했지만, 큰애는 음식을 잘 먹지 않다 보니 주사를 맞아야 해서 입원 치료를 해야 했다. 이 무렵 남편은 해외 출장 중이라 둘째는 시아버지에게 맡겼다, 나는 퇴근 후 병실에서 큰애와 자고, 아침에 시어머니가 오시면 출근했다. 퇴근 전까지 큰아이는 병원에서 할머니와 하루를 보내야 했고, 둘째는 할아버지와 함께 본가에서 매일 밤 12시 넘어까지 오지 않는 엄마를 기다렸다고 한다. 그래도 엄마는 출근해야 했다. 그때는 남편의 사업도 자리가 잡히지 않은 상태여서, 내 월급으로 생활을 해야만 했다. 아이들을 지켜야 한다는 책임감으로 엄마인 나는, 눈물을 훔치며 출근하고 있었다.

큰 애는 냄새, 맛, 음식의 모양에 민감하다. 예쁘지 않은 음식, 고춧가루 하나라도 들어간 음식, 처음 보는 재료의 음식은 먹지 않았다. 입에 음식을 넣어주면 씹지는 않고 물고만 있다가 결국에는 뱉어냈다. 가뜩이나 칠삭둥이라 그런지 체격도 작은 애가, 제대로 먹지 않으니, 식사 때마다 여간 곤혹 치르는 게 아니었다. 두 살 어린 동생보다도 점점 작아지는 첫째, 뭔가 방법이 필요했다. 돈. 중요했다. 남편은 사업 초창기라 벌이가 일정치 않았고, 내 급여의 대부분은 애들 봐주시는 시어머니한테 드려야 했던 시기라 한 푼이 아쉬웠다. 그 당시 알뜰 타임을 이용하여 비교적 저렴하게 고기와 식재료를 사서 요리를 했다. 둘째는 또래보다도 잘 먹는 편이라 성장도 빠른 편이지만, 큰애는 잘 안 먹어 항상 건강검진 결과가 미달이었다. 좋다는 한약과 홍삼을 먹여도 시원치 않았다. 그러던 어느 날, 유심히 살펴보니 아이는 저렴하게 사 온 과일이나 고기 음식들은 손을 잘 대지 않아 상당 부분 버리지만, 품질이 좋은 과일이나 고기, 음식은 제법 잘 먹었다. 이 모습을 보고 나는 생각을 바꾸었다. 매주 사 먹는 고기와 과일을 사서 먹다가 버리느니, 2~3주에 한 번을 사더라도 이른바 '상품'을 사서 애들이 잘 먹는 것이 나았다. 그때부터 남편과 나는 청과물 시장에 가서 싱싱한 과일을 사 왔고, 소고기로 유명한 지역에 가서 고기를 사다 구워주었다. 갈치를 좋아했던 큰애를 위해 인터넷에서 비교적 크고 두툼한 것을 주문해 구워주고, 전복 철이 되면 포항이나 통영까지 직접 가서 활전복을 사다 먹었다. 음식에 의심이 많은 큰 애를 위해 조리과정도 많이 보여주었고, 큰애가 좋아하는 가격이 아주 비싼 머랭 쿠키는 집에서 만들어 먹었다. 다행히 이 방법이 통했다. 시간이 흐르니 큰 애는 조금씩 살도 붙고 집에서 만든 음식은 의심하지 않고 먹게 되었다. 방학 때마다 돌봄 교실을 가는 아이들은, 점심을 도시락 전문점에 신청하거나 집에서 매일 도시락을 가지고 다니던가 둘 중 하나를 선택해야 했다. 당연히 도시락 전문점 것을 신청하겠지 했는데, 큰애가 내게 이런 말을 했다. "엄마, 우리 나이 때 집밥을 먹어야지, 나중에 크면 먹기 싫어도 외식이나 밖에 밥을 많이 먹어야 하잖아? 왜 이런 걸 몰라?" 그 말 한마디에 아이들 도시락통을 구매했다. 그리고 방학 때면 매일 아침 아이들을 위해 두 개의 도시락을 쌌다. 온종일 도시락통을 들고 다니는 것이 귀찮을 법도 할 텐데 꼭 챙겨갔다. 단지 나를 위해서 혹은 남편을 위해서라면, 나는 절대로 도시락도 비싼 재료도 사지 않았을 것이다. 엄마가 만든 밥이 먹고 싶어 도시락을 싸달라는 큰애 앞에서는 할 수밖에 없었다. 이렇게 또 아이들은 나를 좋은 재료로 집밥을 만드는 세

**엄마들의 이유 있는 반란**

심한 엄마로 만들어 주었다.

　엄마가 아이를 키운다고 말하지만 나는 아이가 엄마를 만든다고 생각한다. 마치 이런 일들이 일어날 때마다 내 귀에 아이들이 이렇게 속삭이는 것 같다. "이봐, 좀 더 힘을 내봐. 나를 지켜주려면 이 정도는 할 수 있어야지. 당신은 충분히 할 수 있어. 그래서 내가 당신에게 온 거야." 나만 생각하면 절대 하지 않을 일들이다. 엄마인 나는 아프면 약국에 가서 약을 사 먹지 병원을 찾지 않는다. 점심은 근처 편의점에서 사 먹지 귀찮게 도시락을 싸지는 않는다. 그런데도 인내하고, 책임감 있게 행동하고 귀찮아도 도시락까지 싸는 이유는 단 하나이다. 이러한 하나하나가 마치 엄마가 조금만 도와주면 나는 좀 더 세상에 적응하기 쉬울 것 같다고 말해주는 것 같기 때문이다. 엄마는 단순히 아이를 세상에 낳기만 한다고 되는 것이 아니었다. 아이와 소통하면서, 아이가 세상과 잘 적응할 수 있게 도움을 주는 존재로 만들어지는 것이다.

# 7

# 엄마는 용감했다

김민혜, 김작가 미네미네

2016년 1월 20일 가은이가 태어났다. 남편은 곁에 없었다.

9개월 전, 한빛부대 5진 최종 선발자 명단에서 남편 이름을 발견하는 순간 멍해졌다. 해외파병을 지원한다고 했을 때까지만 해도 '설마 되겠어?'하는 마음에 가볍게 승낙했지만, 막상 선발되니 앞으로 어떻게 해야 할지 막막했다. 무엇보다 가장 걱정됐던 것은 '남편'이었다. 남편이 내전 국가인 남수단에서 임무 수행 할 것을 생각하니 선발의 기쁨보다 걱정이 앞섰다. 한빛부대 3진으로 다녀온 고참 K는 주요 임무가 내전으로 인해 파괴된 남수단의 사회 기반 시설을 재건하는 것이기 때문에 비교적 안전하다고 했지만, 여전히 그곳은 무슨 일이 벌어질지 모르는 내전 국가였다. 남편 역시 쉽게 결정하지 못하고

**엄마들의 이유 있는 반란**

있었다. 해외파병은 자주 오는 기회가 아니며, 가고 싶다고 모두 갈 수 있는 것도 아니다. 같은 군인으로서 나 역시 기회가 된다면 다녀오고 싶었기 때문에 남편의 아쉬운 마음을 모른 척할 수도 없었다. 남편이 잘 다녀올 수 있도록 웃어주기로 마음먹었다. "다음엔 내가 갈 거야. 당신 먼저 갔다 와!"

2015년 7월 13일. 남편은 남수단으로 떠났다. 걱정과 두려움에 눈물도 났다. 하지만 난 엄마였다. 16개월 유준이를 꼭 안고, 뱃속에서 잘 자라고 있는 10주차 둘째 '한빛'을 생각했다.

'그래! 내 아이들은 내가 지킨다.'


유준이의 기침 소리가 심상치 않아 병원에 갔다. 의사는 폐렴이 의심된다며 입원을 권유했다. 링거를 꽂기 위해 간호사가 들고 온 주삿바늘을 보자마자 유준이가 울기 시작했다. 간호사는 아이를 침대에 눕히고 시트에 있는 밴드로 고정한 뒤, 링거를 꽂기 위해 주삿바늘을 들었다. 나는 몸이 꽁꽁 묶인 채 발버둥 치는 아이의 발목을 잡았다. 어떻게든 덜 움직여야 주삿바늘을 한 번에 꽂을 수 있기 때문이다. 아이는 얼굴이 시뻘게지도록 '엄마'를 부르며 울었다. '울면 안돼. 참아야 해!' 이를 꽉 물고 눈물을 참으며, 아이의 발목을 더 힘껏 잡을 뿐이었다.

입원 첫날. 밤늦게까지 잠들지 못하고 안아달라며 칭얼거린다. 손등에 꽂힌 주삿바늘이 빠지지 않도록 조심스럽게 아이를 한쪽 팔로 안고 반대쪽 손으로 바퀴가 있는 링거 거치대를 밀면서 밤늦게까지 병원 복도를 오고 갔다. 새벽이 돼서야 겨우 잠들었다. 아이를 침대에 천천히 눕히고, 보호자 침대에 앉자 나도 모르게 한숨이 나왔다. 곤히 잠든 아이의 얼굴을 멍하니 보았다.

눈물이 났다. 당신 없이 잘 키우겠다고, 그러니 걱정하지 말고 잘 다녀오라고 했지만, 쉽지 않았다. 남편과 다닐 때 15분이면 충분했던 거리의 병원에 도착하는 데 초보운전으로 40분이 걸렸다. 진료 접수하고 입원 절차를 밟는 일까지 모두 혼자 하려니 힘들었다. 앞으로 오늘과 비슷한 일이 또 생길까 걱정도 되었다. 오른손 검지로 유준이 손을 만지고 있었다. 잠결에 유준이가 살짝 움직이더니 손가락을 잡는다. 걱정하지 말라고 위로해 주는 것 같았다. 왼손으로 나의 배를 쓰다듬었다. 아직 태동이 느껴지진 않지만, 뱃속에 소중한 생명이 있다는 생각에 마음이 든든해졌다.

혼자가 아니었다. 나에겐 지켜야 할 아이들이 있었다. 그리고 걱정한다고 달라질 것도 없었다. 지금 내가 할 일은 오직 유준이와 배 속에 있는 아이를 지키는 일뿐이다. 걱정을 접기로 했다. 스스로 단단해져야만 했다.

유준이를 재우고 소파에 누워 TV를 보고 있었다. 갑자기 직접 빚은 찐만두가 먹고 싶었다. 시계를 보니 11시가 넘었다. 처음엔 참았다. 관사이긴 해도 늦은 밤 홀로 음식 배달받으려니 겁도 났고, '잠깐이러다 말겠지!'하며 리모컨으로 TV 채널을 계속 돌리고 있었다. 하

**엄마들의 이유 있는 반란**

지만 시간이 갈수록 TV 화면에 만두가 보이기 시작하고, 코끝에서는 만두 냄새가 나는 착각마저 들었다. '안 되겠다.'배달 전단을 찾아 급한 대로 만두를 시켰다. 배달 기사가 건네준 봉지를 받자마자 그 자리에 서서 봉지를 열고 만두 한 개를 입에 넣었다. '하…' 짧은 탄식과 함께 만두를 봉지째 식탁 위에 그대로 올려놨다. 그리고 소파로 돌아와 다시 누웠다. 손으로 직접 빚은 찐만두여야 했다. 그날 잠들 때까지 찐만두만 생각났고, 주말인 내일 아침에 눈 뜨자마자 찐만두 사 먹으러 나가겠다고 다짐하며 잠들었다. 다음 날은 찐만두가 아닌 '학교 앞에서 파는'떡볶이가 먹고 싶었다.

남편과 함께 진료 대기 중인 다른 산모들을 힐끔힐끔 보면서, 산모 수첩만 만지작거리고 있었다. 애써 담담한 척 앉아 있었지만, 남편이 더욱 생각나는 순간이었다. 임신 기간 동안 혼자 산부인과를 다녔다. 검사 결과를 들어야 하는 정기검진 날은 남편의 빈자리가 유난히 컸다. 오늘은 아기의 성별을 알 수 있는 검진 날이다. "분홍색이 있네요." 초음파를 유심히 살피던 의사 선생님께서 '여자아이'임을 암시하는 말로 성별을 알려주셨다. 진료실을 나오자마자 궁금해하고 있을 남편에게 문자를 보냈다. '여보, 딸이래.'

'고맙고 미안해. 사랑합니다.' 한참 지나서 온 남편의 답장에, 핸드폰 위로 눈물이 툭 떨어졌다.

나는 '엄마'라는 이름으로 용감했고, 잘 해내고 있었다. 모두 '엄마'

라서 가능했던 일이다.

눈을 떠보니, 회복실이었다. 친정엄마가 보인다. 나오지 않는 목소리로 겨우 물었다.

"아기는?"

건강하게 잘 태어났으니 걱정하지 말라고 한다. 다시 눈을 감았다. 안도의 한숨과 함께 감은 눈 사이로 뜨거운 눈물이 흘렀다. 남편 대신 보호자였던 친정엄마 또한 연신 나의 눈물을 닦아주며, 잘했다고 괜찮다고 한다. 간호사가 아기를 데리고 들어왔다. 처음 만난 가은이는 목젖이 보이도록 크게 울었다. 건강한 모습을 눈으로 직접 보니, 이제야 안심이 됐다. 가은이를 품에 안았다. 지난 10개월의 시간이 주마등처럼 지나갔다. 나는 가슴이 메어 어떤 말도 할 수 없었다. 그저 품에 안긴 아이를 바라만 볼 뿐이었다. '아가야. 엄마야. 고마워. 엄마를 찾아와줘서 정말 고마워. 그리고 미안해!'

올해 8살이 된 가은이는, 만두를 안 좋아한다.

# 8

# 엄마가 되었다

김형희, 행복한 꿈

엄마라는 단어는 뭉클하다. 짠하게 느껴지기도 한다. '엄마가 되면 아이들을 잘 키울 수 있을까?' 상상하고는 했다. 결혼하고 바로 임신이 되어 신혼 기간이 짧았다. 음식 냄새 맡으면 화장실에 갔다. 토하는 입덧이었다. 입덧이 갈수록 심해져 일을 그만두게 되었다. 친정에 한 달 정도 가 있었다. 다리 힘이 약해져 밥을 할 때도 오래 서 있지 못했다. 잠깐 일하고 다시 앉아 있기를 반복했다. 토하니 기운이 없었다. 조금 우울한 감정도 들었다. 빨리 아이를 낳았으면 했다.

낯선 곳에 이사 와서 아는 사람이 없었다. 엄마가 선물로 사주신 재봉틀로 외로운 시간을 보냈다. 처음 만드는 옷이라 예쁘지는 않았지만, 아이 입힐 생각에 미소가 지어졌다. 음악을 듣고, 동화책을 읽으며 태교했다. 첫아이라 태동 소리, 딸꾹질, 발로 찰 때 등 신기했다. 내가 잘 먹어야 하는데 토하니 걱정되었다. '아가에게 영양분이 잘 갈까?'건강하게 태어나기를 간절히 기도했다.

담당 의사가 골반이 작아 수술해야 한다고 겁을 주었다. 겁은 났지만, 첫아이는 자연 분만하고 싶었다. 막달에 아이 잘 낳기 위해 걸었다. 추운 날 목도리를 돌돌 싸매고 나갔다. 감기 걸리면 약 먹을 수 없으니 조심해야 했다. 운동한 효과가 나타나기 시작했다. 밤부터 진통이 오고 이슬이 맺혔다. 일찍 병원 가면 오래 기다려야 할 것 같았다. 아침밥을 먹고 샤워한 후 병원에 갔다. 의사가 자궁이 열리지 않았으니 유도 촉진제를 맞자고 한다. 유도 촉진제를 맞아 진통 강도는 세지는데 자궁이 열리지 않았다. 주사를 또 맞았다. 하늘이 노래졌다. 의사가 한 시간 더 기다려보고, 수술하자고 하였다. 시간 지연되면 아이가 위험해진다고 했다. 한 시간 진통할 자신이 없었다. 그럴 바에 지금 하는 게 낫다. '지금 수술해 주세요.' 마취에서 깨어나 보니 우리 아기가 보인다. 나를 기다린 듯 눈을 똘똘하게 뜨고 있었다. 그때 기억을 잊을 수 없다. 아가를 보니 눈물이 흐르고, 엄마가 된 게 실감이 났다. 아가는 건강하게 태어났다. 드디어 엄마가 되었다.

둘째를 임신해 병원에 진료 보러 갔다. 아기집은 있는데 심장이 뛰지 않는단다. 의사 선생님은 다음 주에 한 번 더 보자고 했다. 심장 소리가 나지 않으면 수술해야 한다고 하셨다. 첫아이 때는 경험한 적 없는 일이라 당황스러웠다. '아무 일 없을 거야' 기도했다. 일주일이 길게 느껴졌다. 잠을 설치고 병원으로 향했다. 심장만 뛰기를 바랐다. 심장이 뛰지 않았다. 하느님도 무심하시지. 왜 나한테 이런 시련을 주냐며 원망까지 했다. 둘째를 하늘나라로 보내고 마음을 잡지 못했다.

몸을 추스르고 둘째를 계획하게 되었다. 첫아이가 동생을 원했다. 아이가 생기지 않아 병원에 다니기 시작했다. 3번째 갔을 때 임신이 됐다. 그때는 세상을 다 가진 기분이었다. 내가 원하던 딸을 얻게 되었다. 첫아이 때와 비슷한 입덧이었다. 입덧은 한 번 경험해 보았기에 견딜 만했다. 예쁜 딸을 낳았다.

주변 사람들이 아이가 태어나기 전에 하고 싶은 일 하라고 했었다. "아이가 태어나면 네 생활은 없을 거야." 무슨 말인지 느끼게 되었다. 큰아이는 모유 수유를 했다. 새벽에 몇 번씩 깨어 젖을 물렸다. 많이 먹는 것도 아니고 젖을 물다가 잔 적이 더 많다. 예민한 기질이라 낯선 환경이면 잠을 잘 자지 못했다. 차를 태우면 깊이 잠든다. 잠들면 아이를 안고 방에 눕혔다. 첫아이라 키우는데 서툴고 아이 중심으로 생활 방식이 돌아갔다. 그래도 조카를 돌봤던 경험과 어린이집에서 일했던 경험이 육아에 도움이 되었다

결혼하고 남편이 벌어다 준 돈으로 살림을 하고 아이를 키웠다. 남편은 아이들 잘 키우고 교육 잘하길 원했다. 친정이나 시댁에서 아이들을 돌봐주실 형편이 아니었다. 아이들과 생활하는 데 집중했다. 아이들을 키우는 일은 인내심을 요구하는 일이었다. 예를 들면, 어린이집 가야 하는데, 양치하러 들어가 거울에 그림을 그리고 있다. 버럭 화를 냈다. 인내심에 한계가 왔을 땐 화를 내게 된다. 아이들에게 화내고 나면 미안해졌다. 큰아이는 남자아이라 남자의 심리를 잘 몰랐다. 엄마가 처음이라 어떻게 해야 할지 난감할 때도 있었다.

아이 키우면서 내가 해줄 수 있는 일은 해주려고 노력했다. 이유식은 시중에서 판매하는 것 말고 메뉴를 직접 짜서 만들어 먹였다. 입이 짧은 아이였기에 조금 더 먹여보려고 애를 썼다. 아이가 잘 먹으면 만든 보람을 느꼈다. '밥 안 먹어도 배부르다.'고 어르신들이 하시던 말씀이 공감되었다. 제비처럼 입속으로 받아먹는 모습이 예뻤다. 나는 아침에 일찍 일어나 밥을 차렸다. 아침밥을 챙겨 주지 않으면 왠지 마음이 불편하다. 따뜻한 밥과 반찬을 만들어서 남편과 아이들이 먹고 나가야 한다고 생각했다. 아침밥은 보약이라고 생각하고 정성껏 준비하였다. 잘 먹고 가는 식구들이 고맙다.

아이들과 도서관 가는 일을 게을리하지 않았다. 도서관 몇 군데 돌아가면서 아이에게 그림책을 읽어 주었다. 여름에는 더위를 피해

**엄마들의 이유 있는 반란**

서, 겨울에는 추위 피해 도서관에 갔다. 아이는 자기가 보고 싶은 책을 꺼내 온다. 함께 읽었다. 사실 아이들은 매점에서 사주는 간식을 더 좋아했다. 아이들은 먹는 재미로 왔겠지만, 도서관에 오면 책을 한 권이라도 보게 된다. 영화를 보거나 프로그램에 참여하는 재미도 쏠쏠했다. 이사 갈 때는 도서관 위치를 먼저 확인하게 되었다. 밤에 아이들이 잘 자려고 하지 않아 책을 읽어 주기 시작했다. 어느 상담사분이 한 이야기다. "자기 전에 책을 읽어 주면 아이들 정서에 좋아요." 자자고 하면 두 아이가 경쟁이다. 내 앞에 책들이 쌓여간다. 두 아이가 가져오는 책을 번갈아 읽어 준다. 그때 기억 떠오르면 입꼬리가 저절로 올라간다. 아이들은 자는 시간이 책 읽는 시간으로 안다. 잘 때는 책을 보는 시간! 습관이 무섭다는 걸 느낀다.

아기가 누워있다가 뒤집고, 배 밀고, 앉다가 걷는 성장 과정을 봤다. 엄마라 느낄 수 있는 기쁨이다. 아이들 키우며 나도 배우고 성장했다. 출산의 고통을 느끼고 친정엄마의 소중함을 더 알게 되었다. 엄마가 되어 희생, 인내라는 단어의 뜻을 이해하기 시작했다. 첫아이가 여동생 업어주고 놀아주는 모습이 듬직하다. 두 손을 잡고 걸어가는 모습, 책을 읽어 주는 모습을 보니 흐뭇해진다. 엄마의 삶이 소중하게 느껴진다. 엄마가 되어 아이에게 사랑을 주고, 다양한 경험을 해 본다. 아이 덕분에 계속 성장하는 엄마다. 아이의 미소는 힘들었던 일들을 눈 녹듯 녹인다.

# 9

# 부모란 나만을 위한 삶에서
# 타인을 위한 삶까지
# 살아가는 존재이다

임현경


엄마가 된다는 건 끊임없는 모험의 연속이다. 매 순간이 도전이다. 아이를 낳기 전에는 나 혼자만 챙기면 그만이다. 하지만 엄마가 되면 상황은 달라진다. 한 생명을 책임져야 하는 전혀 다른 삶을 살아야 한다. 결혼하기 전, 나는 요리라고는 라면밖에 할 줄 모르고 살림에는 전혀 관심도 없었다. 여행, 중국어, 피아노 배우기 등 즐기기에 바빴다. 예능 프로그램 〈나 혼자 산다〉에 최적화된 삶을 살고 있던 내가 한 명도 아닌 쌍둥이 엄마가 될 줄 누가 상상이나 할 수 있었을까?

나는 출산 후 제대로 된 산후조리도 하지 못한 채 대장 수술을 받아야만 했다. 장을 쉬게 해 주기 위해 배 옆구리에 장루라는 임시 항문 주머니를 착용해야 했다. 배에 채워진 이 장루를 볼 때마다 창피했다. 인간의 가장 기본적인 생식기능도 이 주머니에 의지해야 한다는 사실이 견디기 힘들었다. 그런데 더 큰 문제가 있었다. 수술 후 퇴원한 나에게는 이제 한 달 된 쌍둥이들과의 본격적인 전투가 기다리고 있었다. 장루를 찬 상태에서 아이를 돌본다는 건 매우 피곤한 일이었다. 아이를 들어 올릴 때나 안을 때 또는 기저귀를 갈 때 아이들이 이 장루를 건드리지 않도록 매번 조심해야 했다. 수시로 화장실을 오가며 세척하고 관리를 해 주어야 했다. 장루 주머니를 떼어 내는 재수술을 할 때까지 아이들을 돌보며 내 몸 관리까지 해야 하는 이중고를 겪었다.

출산하기 전 쌍둥이 육아가 힘들다는 말은 수도 없이 들었다. 하지만 내가 중심을 지키면 잘 해내리라는 근거 없는 자신감이 있었다. 아이를 낳고 본격적인 육아를 하며 깨달았다. 육아는 상상을 초월했다. 밤낮이 바뀌어 제대로 된 취침을 할 수 없는 건 기본 옵션이었다. 제대로 된 식사 시간은 기대할 수도 없었다. 특히 남편이 출근한 후 혼자 아이들을 볼 때에는 식사 시간도 넘길 때가 대다수였다.

쌍둥이 유모차는 더 큰 고역이었다. 무거운 유모차에 쌍둥이를 태우고 언덕 꼭대기에 있는 집까지 걷고 오르는 과정을 매일 하는 과정은 절대 만만치 않았다. 집과 어린이집 모두 언덕 높이 있어 등하원을 시키고 나면 이미 녹초가 되어 버렸다. 눈이 오는 날이면 미끄러지지 않기 위해 불안함 속에서 거북이걸음을 해야만 했다. 집에 돌아오면 바로 출근 준비를 해야 했기에 제대로 쉴 수 없었다. 엘리베이터가 없어 홀로 아이 두 명을 앞뒤로 업고 계단을 오르내리다 보면 나도 모르게 식은땀을 흘리곤 했다. 장거리 여행을 가야 하는 명절에도 울고 있는 아이를 달래기 위해 뒷좌석의 아이들 카시트 사이에서 4, 5시간을 버텨야 했다. 명절이 가까워져 오면 스트레스가 커졌다.

육체적인 고통은 차라리 나았다. 몸이 힘든 것은 사람들이 잘 알고 있었기에 고생한다며 응원도 많이 해주었다. 하지만 어린아이를 둔 워킹맘들이 버텨야 하는 고충은 사람들이 알 수 없었다. 언제든 회사에서 잘릴 수 있는 불안함이 떠나지 않았다. 아이가 있어도 회사 생활에 전혀 지장이 없는 남편은 당연히 이해해 주지 못했다. 법적으로 보장이 되어 있으니 함부로 할 수 없다는 원칙만 이야기했다. 남편과 지인들에게 나는 더 이상 두려움을 나누지 못했다.

회사에서 쌍둥이 임신을 안 이후부터 나를 대하는 시선은 매우 회의적이었다. 아이 한 명도 힘든데 어떻게 두 명을 키울 수 있겠냐고 말했다. 도와줄 어른도 없는 상태에서 얼마 못 가 그만둘 거라고 생각했다. 내가 사직서를 내겠다고 한 것도 아닌데 내 퇴사로 인해 공백이 생기면 어떻게 해야 할지 내 앞에서 서슴지 않고 말하곤 했다. 나

**엄마들의 이유 있는 반란**

갈 거면 빨리 그만두기를 노골적으로 드러내는 분위기 속에서 버텨야 하는 것은 순전히 나의 몫이었다. 이런 현실 속에서 매일매일은 나도 해낼 수 있다는 것을 입증해야 하는 시험대였다. 아이 엄마는 안 된 다는 선입견, 결국 두 손 들고 백기를 들고 말 것이라는 중압감 속에서 해낼 수 있다는 걸 보여줘야 했다. 아이가 열이 나거나 심하게 아프지 않은 한, 회사에 휴가 내는 상황을 최소화했다. '아이 엄마는 그래서 안 돼.'라는 말을 듣지 않기 위해 지각 또는 빈차는 기의 쓰지 않았다. 그렇게 하루를 버티고, 1년을 버티고, 10년 차 워킹맘이 되었다. 엄마들에게 최대 고비라던 초등학교 1학년도 무사히 넘겼다.

하루를 보내고 나면 오늘도 잘 버텼다는 안도의 한숨을 쉰다. 그 순간이 남들에게는 똑같은 하루겠지만 엄마들에게는 하루가 천 년과도 같다. 매일 아침 유모차를 끌며 아이들을 등원시키고, 근무시간에는 혹시라도 무슨 일이 있지는 않을까 수시로 전화기를 확인한다. 퇴근 후 헐레벌떡 뛰어가지만 항상 마지막으로 남아있는 아이들. 반복되는 일상은 나를 지치게 하지만 나를 바라보고 있는 아이들이 있다는 사실은 나를 쓰러지지 못하게 한다. 끙끙대며 유모차를 끌며 언덕을 오를 때 '엄마 힘내!'라고 말하는 아이의 목소리에 울컥했다. 보잘것없는 나를 대단한 존재로 생각하며 의지하는 아이들을 볼 때는 정말 내가 멋진 존재가 되어야만 할 것 같았다. 나 혼자만 즐기기 바빴던 내가 어느새 타인을 생각하는 존재가 되어갔다.

이 세상을 변화시킬 수 있는 사람들은 누구일까 가끔 생각하곤 한다. 엄마가 되기 전이라면 나는 아마 어린이들이라는 상투적인 대답을 했을 것이다. 하지만 이제 변화의 주인공은 바로 '엄마'들이라고 자신 있게 말할 수 있다. 혼자인 삶과 아이들이 있는 엄마들의 삶은 전혀 다르기 때문이다. 엄마가 되면서 나만 잘살면 되는 삶이 아닌, 아이와 함께 하는 사회를 생각하게 되었다. 사회적 거리두기라는 이유만으로 아이들 시설에만 문을 닫는 사회의 무관심, '노 키즈존'과 같이 아이들을 분전 박대하는 현실 등에 분노하게 된다. 그 분노는 변화를 위해 행동하게 한다. 나 역시 아이들을 생각하니 전에는 알지 못했던 기후 위기에 관심을 가지게 되었다. 조금이라도 더 깨끗한 자연을 느끼게 하고 싶은 마음에 배달 음식을 자제하고 쓰레기를 줄이기 위해 텀블러와 손수건을 챙기게 되었다. 아이들의 미래에 조그마한 돌이라도 치워주기를 바라는 마음은 나를 더 움직이게 한다. 혼자는 약하지만 함께이기에 포기할 수 없다. 출산부터 지금까지 모든 것이 모험이었다. 내가 아닌 아이들을 위해 엄마는 그렇게 조금씩 세상을 바꾸는 영웅들이 되어간다.

**엄마들의 이유 있는 반란**

# 10

# 인생의 복병에도
# 감사하는 대인배, 나는 엄마다!

유은희, 리치희야

"선생님, 저희 아이는 난치질환자입니다."

매년 3월이면 큰 아이의 새 담임을 만나 거쳐야 할 관문이 있었다. 11번의 경험 중 눈물 없이 덤덤하게 말할 수 있었던 건 고등학교 3학년 때뿐이었다. 10년을 겪고 난 다음에야 수도꼭지 잠그듯 눈물을 참을 수 있었던 것 같다. 이제 드디어 남 얘기하듯 덤덤히 얘기할 수 있는 경지에 올랐나 보다 하고 생각했다. 그때까지 새 학년, 새 담임은 매번 힘들었다. 아이도 그랬으리라. 1년을 잘 보내려면 아이의 병에 대해 설득하듯 이해시켜야 했고, 전달은 명확해야 했다. 과잉보호도 우려스러웠고 방임은 더 두렵기 때문이었다. 불쌍하게 보이는 것도 어설픈 위로도 싫었지만, 무관심하게 흘려듣는 모습은 더 싫었기에 첫인상만으로 선생님의 성향을 파악하는 데 신경을 곤두세워야 했다. 초보 선생님에게는 최대한 가볍고 단순하게 이야기했고, 웬만한 일들은 다 겪은 듯한 오래된 선생님에게는 최대한 무겁고 심각하게 이야기했다. 나름 그렇게 구분해도 초보 선생님은 걱정에 앞서 겁부터 먹었고, 오래된 선생님은 당연히 부모가 알아서 하겠거니 하며 그저 무심했다. 큰아이 중학교 1학년 때였다. 입학한 지 이틀이 지났을 뿐인데 아이의 첫인상이 좋았는지 관심 있게 말해주어 열정 있는 선생님인 것 같아 기분이 좋았다. 그런데 내 전달력의 문제였는지, 선생님의 염려로 인한 과잉보호였는지 모르겠다. 반장 선거로 반장이 된 후 아이의 병명을 듣게 된 선생님은 인터넷 검색으로 더 살벌한 병의 내용을 알게 되었고 혼비백산하여 내게 전화했다. 먼저, 아픈 아이를 반장 선거에 내보낸 나를 타박하더니 반장 역할은 매우 힘든 것이니 아이를 설득해 반장을 스스로 그만두게 해달라는 것이었다. 주사도 잘 맞고 있고 현재는 병이 활성화된 상태도 아니며 충분히 반장 역할도 잘 할 수 있을 거라 얘기했지만 선생님은 확고했다. 얘기하면 할수록 자식에게 무정하고 욕심 많은 엄마가 되는 듯했다. 그렇게 아이는 이틀 만에 반장 자리를 내놓아야만 했다. 아이가 가진 병으로 인해 제약이 생긴 첫 사건이었다. 그 충격은 아이보다 내가 더 컸다. 아이의 병이 공식화되는 순간, 지레 염려하는 마음으로 아이에게 많은 제약이 따를 것이라는 미래가 보였다. 그건 결코 배려가 아니었다. 어쩌면 이 병은 의도치 않게 아이의 미래를 흔들 수 있겠다고 생각하니 고구마 백 개쯤 먹은 답답함이 밀려왔다. 더는 '건강하게만 자라다오'라는 바람만 간절한 것이 아니었다. 이제 막 펼쳐지는 인생에 '보호'라는 탈을 쓴 '이기심'이 없기를 바라야 했다. 선생님은 아이를 보호한다고 했지만 내 눈엔 혹여나 발생할 수 있는 번거로운 일을 피하고자 하는 이기심으로 보였다. 그 일로 인해 정신이 번쩍 들었다. 보호는 부모와 자신의 몫이지 사회에 바랄 것이 아니었다. 쓸데없는 제약에 대항할 수 있도록, 어쩔 수 없이 그 제약에 무릎을 꿇더라도 절망하지 않을 수 있도록 강한 아이로 키워야 했다. 덩달아 나도 강해져야 했다. 엄마가 되고 나니 아이를 위해서라면 용감해지고 과감해지나 보다. 여자는 약해도 엄마는 강하다는 말이 무슨 뜻인지 알 것 같았다.

다발성 경화증. 아이의 병명이다. 왜 내 아이에게 이런 병이 찾아왔을까? 임신했을 때 내가 뭘 잘못했을까? 임신한 몸으로 맞이한 친정아버지의 임종에 슬픔과 우울감이 너무 컸던 걸까? 아니면 전치태반 판명 후 너무 힘들어서 운동을 소홀히 해서일까? 첫아이를 임신한 새댁이 주말부부로 시댁살이하면서 원망 섞인 짜증을 삭히기만 해서일까? 아이의 병은 말도 안 되는 원인을 사실인 것처럼 믿게 했다. 그럴수록 더 깊은 수렁에 빠지게 됨을 알면서도 왜 하필이면 나인지, 왜 하필이면 내 아이인지 이유라도 알고 싶었다. 어쩌면 내 잘못으로 아이의 인생에 덤터기를 씌운 건 아닌지, 그 잘못을 찾아 용서를 구하고 싶었는지도 모르겠다. 하지만 원인도 해결책도 없는 난치질환이란 병에 '왜'라는 질문은 어불성설이었다. 그때부터였나 보다. 아이 앞에서도, 남편 앞에서도, 심지어 친정엄마 앞에서도 울 수 없었다. 난 눈물 없는 독한 사람이어야 했다. 내 눈물이 모두를 무너지게 할 도화선이 될 게 분명했기 때문이었다. 눈물은 혼자서 감당해야 했다. 오히려 눈물은 가족과는 상관없는 사람들 앞에서 더 자유로웠다. 잠깐 안타까워 보이고 잠깐 가여워 보이면 되었다. 그들에게 내 눈물은 스스로가 얼마나 행복한지를 깨닫게 하는 선물이었을 것이다. 그렇게 눈물을 감당해내면서 강인한 엄마, 든든한 아내, 씩씩한 딸과 며느리가 되어 가고 있었다. 인생의 굴곡 안에서 역할의 의미를 배우고 있었다.

나는 덤덤해지기로 했다. 난치 질환. 불치병이 아닌 그저 좀 불편하게 하는 종기 하나쯤으로 생각하기로 마음먹었다. 내가 덤덤해지니 아이도 덤덤해졌다. 아이는 이틀에 한 번씩 주사를 맞아야 한다. 주사가 뭐 어때서? 라고 물으니 답이 나왔다. 돈이 없어 못 맞히는 것도 아니고, 이 세상엔 주사약 하나 없는 병도 많다. 이틀에 한 번씩 아이와 병원 놀이하며 '용감한 히어로' 환자로 칭찬해 주는 시간은 우리 사이를 좀 더 특별하게 했다. 이만하면 내 아이는 행운아다. 그렇게 생각하니 더 이상 불행하지 않았다.

다발성 경화증은 1년에 한 번씩 MRI 촬영으로 뇌를 들여다봐야 한다. 다른 방법이 없다. 매번 방사능에 노출되지만 '그게 뭐 어때서?'

라고 물으니 답이 나왔다. 아무것도 모르고 지나는 것보다 주사제의 효과를 톡톡히 보고 있다는 결과를 들으면 기분은 하늘을 난다. 어른도 힘든 걸 아이는 매번 모험하듯이 해내 줘서 또다시 히어로를 만들어 준다. 이만하면 내 아이는 행운아다. 이제 불행은 내 것이 아니었다.

다발성 경화증이란 병은 뇌신경 속에 불붙지 않은 시한폭탄, 언젠가는 디질 수 있는 시한폭탄을 수없이 많이 기지고 있다고 할 수 있겠다. 그 시한폭탄이 한번은 시신경 옆에서 터져 시력을 망가뜨렸고 한번은 우뇌를 건드려 중풍과 우울증을 경험하게 했다. 뇌에서 일어나는 일이다 보니 증상을 예측할 수도, 구분할 수도 없다. 가장 흔한 증상이 시력 저하와 하반신마비다. 한번 재발할 때마다 후유증 있는 주사제를 맞아야 하지만 '그게 뭐 어때서?'라고 물으니 답이 나왔다. 기능을 조금 잃어버리긴 하지만 그래도 많은 부분 회복될 수는 있다. 게다가 지금은 그 시한폭탄이 15년째 불붙지 않고 있다. 이만하면 내 아이는 정말 행운아다. 나도 그렇다.

나는 어쩌다 난치질환 환아의 엄마가 되었다. 준비할 수도, 준비될 수도 없는 것이었다. 준비되진 않았지만, 엄마의 이름으로 살면서 배워나갔다. 내 아이의 인생을 책임지기 위해서가 아니다. 아이 스스로 책임질 수 있는 인생을 살도록 지켜봐 주기 위해서다. '난 병이 있는 사람이니까 배려받아야 한다.'라는 사고방식을 가질까 두려웠다. 불행한 인생이라고 자처하는 꼴이 될까 무서웠다. 초등학생 아이가 이틀마다 주사를 맞는 것은 힘든 일이다. 특별한 일이고, 안타까운 일이고, 마음 아픈 일이었지만 그 마음을 내색하면 안 되는 일이기도 했다. 엄마의 강단이 필요했다. 아이를 키우는 데 담대해져야 했다. 응석받이가 되지 않게 사랑해주는 법, 자신을 불행하다고 여기지 않게 위로해 주는 법을 터득했다. 혼자서도 '난치병'이라는 두려움과 맞설 수 있도록 지지하고 응원해 주는 법을 터득했다. 내가 용감해지는 만큼 아이도 용감해졌다.

인생에 큰 복병을 만나 된통 당한 것 같지만 우리는 결코 불행하지 않았다. 더 단단해졌음을 느낀다. 아이의 인생을 걱정하는 마음 앞에선 남편과 나는 한마음이 된다. 매번 주사 맞는 형을 둔 둘째도 형의 병을 고쳐주는 사람이 되고 싶다는 말로 우리의 가슴을 먹먹하게 했다. 이런 가족의 마음을 아는지 큰 아이는 얼굴 한번 찡그리지 않고 주사를 맞았고, 좀 불편할 뿐 불행하지 않다고 했다. 우리는 한마음으로 똘똘 뭉친 가족이 되었다. 엄마이고 아내이자 자식으로서 버팀목이어야 한다고 생각했는데, 내 눈물만 참아낸 건 아니었다. 남편과 큰 아이 그리고 작은 아이가 참아낸 눈물은 우리를 조금 더 일찍 철들게 했다. 놀랍게도 작년엔 현재진행형이던 병에 대해 예후가 너무 좋다는 말을 들었다. 주사를 쉬어봐도 되겠다고 했다. 이 날은 우리 모두 기쁨의 눈물을 흘렸다. 난치라는 말, 불치라는 말 때문에, 다 이겨낸 것 같지만 다 이겨낸 건 아니라는 걸 안다. 아주 가끔은 말하기조차 두려운 불안감에 무서울 때도 있지만 지금 이대로에 행복하고 감사하다. 이 병의 좋은 사례로 기록될 만큼 특별한 내 아이. 초긍정 마인드로 잘 견뎌내 준 내 아이에게 참 고맙다. 함께 이겨낸 우리 가족에게도 참 고맙다. 인생의 복병이 내 아이를 볼모로 삼아 나를 후려쳤지만 나는 쓰러지지 않았다. 지금껏 이겨낸 힘과 지혜는 엄마이기에 가능했다. 나는 엄마여서 좋다. 나는 우리 아이들의 엄마여서 좋다. 그리고 나에게 참 고맙다.

# 3장

잃어버린 '나'를
찾기로 결심하다

# '나'를 위한 여정이
# '가족'을 위한 길이 되었다

김미성, 엘사랄라

부모가 된 순간부터 우리는 부단히 자신을 단련시켜야 하는 환경에 놓인다. 어렸을 적 일요일 아침, 동생과 나는 디즈니 만화를 보면서 집에 있는 간식을 다 끄집어내 한껏 여유로운 주말 아침을 즐겼다. 하지만 부모님은 오늘이 일요일인 걸 아시는지 모르시는지 어김없이 준비를 마치시고 가게로 나가셨다. 1년의 365일 중 명절 당일 딱 하루씩, 그렇게 이틀만 쉬셨다. 어디서 저런 힘이 나오는지 삶에 대해 부모님이 보여주신 성실함은 자연스레 존경심으로 이어졌다. 내가 부모가 되어보니, 휴일이면 당신들도 더 쉬고 싶으셨을 텐데, 몸을 일으키신 이유가 자식 때문이란 것을 알게 되었다. 쉬고 싶고 자고 싶은 순간에도 아이가 배고프다고 울면, 몸을 일으켜 세워야 했다. 부모님의 성실함은 그냥 만들어지는 것이 아니었다. 나와 남동생을 키우기 위한 일이었다고 생각하니, 마음이 울컥해지고 숙연해졌다.

어느새 나와 남편도 어제보다 조금씩 더 부지런해지고 있었다. 하지만 오늘 하루를 성실하게 채워낸 것만으로는 만족하지 못하는 나를 발견하며 혼란스럽고 공허했다. 그 이유가 무엇 때문인지 알 수가 없었다. 남편도 본인의 사업을 착착 다져가고 있었고, 두 아이 모두 나의 기대 이상으로 건강하게 잘 커 주고 있었다. 양가 부모님들 또한 이제는 각자의 자리에서 본인들의 삶을 즐기고 계시는 터였다. 순리대로 자리를 잡아가는 모든 일이 감사할 따름이었다. 운동하면 조금 해결이 될까 싶어 운동을 시작해 보았다. 새로운 도전에 서서히 활기가 돌았다. 근육이 터질 듯이 아파 왔다. 몸의 한계에 도달하면서, 정신은 더욱 또렷해져 갔다. 내 몸에 근력을 하나하나 만들어가면서, 내 삶을 다시 돌아보기 시작했다.

이전까지의 방식으로는 공허해진 마음을 채울 길이 없으니, 완전히 새롭게 바꿔야 했다. 사는 곳을 바꾸자니, 사업장이 집이기에 선택에서 제외되었다. 그렇다면 남은 건 시간을 달리 쓰는 것이었다. 수업 시간대를 모두 조정하고 새벽 기상을 시작했다. 나폴레온 힐의 《나의 꿈 나의 인생》에서는 '끈기의 부족을 조력자들의 도움을 받아

보완할 수 있다'고 했다. 전에도 새벽 기상을 시도했었으나, 오래가지 못했다. 이번에는 온라인 모임에 가입하여 시작해 보기로 했다. 아침마다 인증하고, 줌을 켜면, 함께 하는 사람들이 있다. 학창 시절로 돌아가 공부하는 기분이었다. 새벽 기상을 하기 위해 아이들을 재우면서 함께 잠들었다. 처음에는 얼마나 꾸준히 할 수 있을까에 대해 의심이 들었지만, 나에게 맞는 시간대를 찾아 나갔고 요즘에는 새벽 5시와 6시 사이에 눈이 저절로 떠진다.

초반에는 무엇부터 해야 할지 감이 오지 않았다. 그래서 사람들이 어떻게 하는지 보며 하나씩 나에게도 적용했다. 어떤 방법이 가장 좋을지, 이 새벽을 무엇으로 채워야 나에게 가장 도움이 되는지 다양한 방법을 매일 아침 시도해 보았다. 내가 좋아하는 커피 한 잔부터 마시고, 정신을 깨운다. 독서로 새벽을 채우는 날도 있었고, 필사로 채우는 날도 있었다. 여러 시도 끝에, 나에게 맞는 루틴을 만들 수 있었다. 감사 일기로 하루를 시작한다. 이어서 '준비되고 정비된 주도적인 하루를 시작하겠다.'하는 다짐을 한다. 하루를 결코 허투루 쓰지 않겠다고 나 자신과 약속하는 시간이다. 쓰는 내용은 크게 달라지지 않지만, 쓸 때마다 마음을 다지는 효과가 있다.

뒤이어 가계부를 쓰며 지출을 기록하고 항목별 피드백을 통해 다음 지출을 통제해 나간다. 일어난 시간에는 신문이 아직 도착하지 않아서 전날 배달 온 경제신문을 읽는다. 쭉 훑어보다가 관심 분야와 관련된 기사를 더 깊이 있게 읽으며 새롭게 배운 점과 함께 요약한다. 요약을 마치면 좋은 영어 문장 하나를 뽑아서 사색한다. 그 영문과 관련하여 떠오르는 생각들을 정리해서 블로그에 글을 올렸다. 그 자체가 하나의 글쓰기 연습이 되었다. 문장에 대한 내 생각을 글로 정리하면, 나의 목표와 생각이 명료해지고, 어제와 오늘이 똑같고 앞으로도 변화가 없으리라 생각했던 나의 일상에 다시 기대와 의욕이 샘솟는다. 그런 과정들은 아이들이 모두 나가고 나서 해도 되지 않을까 하지만, 굳이 새벽에 식구들이 모두 잠들어 있을 때 하는 이유는 오늘 하루를 어떠한 마음가짐으로 시작할 것인지, 세상에 나가기 전 채비를 단단히 해주는 효과가 있기 때문이다. 주도권이 더는 세상이 아닌 나에게로 돌아오게 하는 빼먹을 수 없는 의식이 되었다.

새벽은 나에게 최적화된 루틴으로 빠듯하게 흘러가지만, 가족을 위해 아침을 준비하는 시간은 오히려 한결 여유로워졌다. 엄마가 일찍 일어나니 아침 밥상이 풍성해진 건 덤이다. 때로는 아이들이 새벽에 더 바쁜 엄마를 위해 스스로 간단하게 챙겨 먹기도 한다. 분주한 아침을 보내고 식구들이 모두 나가면, 곧바로 운동을 시작한다. 체력이 채워져야 아이들에 대한 짜증이 없고, 계획했던 일들이 차질 없이 진행된다는 것을 경험했기에 운동을 빼먹을 수가 없다. 이와 함께 달라진 점은 내가 읽는 책의 종류다. 아이들이 어릴 때는 육아서 비중이 컸다면 이제는 나의 관심사를 주제로 읽는 책이 훨씬 더 많아졌다. 내가 좋아하는 책을 읽으니, 자연스레 책 읽는 엄마를 일상에서 보여준다. 또한, 요즘같이 글쓰기가 강조되는 시대에 "일기 써라.", "독후감 써라." 하지 않아도 나부터 글 쓰는 삶을 보여주니, 옆에서 아이들도 일기든 편지든 쓰는 일이 많아졌다.

지금처럼 자기 계발 루틴이 안정적으로 잡힐 수 있었던 건 그동안 혼자서 해오던 방식에서 온라인 세상으로 나와 다양한 사람들과 소통하기 시작한 덕분이다. 자기 계발에 진심인 사람들에게서 영향을 받으며 나만의 루틴을 정착시킬 수 있었던 것은 물론, 그동안 흐지부지되었던 목표를 다시 세워 실천할 수 있게 되었다. 인생의 목적과 개인적인 사명 그리고 비전도 새롭게 그려 보았다. 사실 이전까지 자기 계발비로 나에게 투자하는 비용은 책 몇 권 구매하는 것이 전부였지만, 이제는 나에게도 과감한 투자를 시작했다. 단순한 취미 생활이 아닌 나의 지적 재산을 늘리기 위한 투자라며 남편도 아낌없이 지지해 주었다. 그 과정에서 세상과 소통하는 법을 배우고, 내 생각을 전달하는 도구들을 다루는 방법을 배웠다. 줌(ZOOM)을 활용해서 강의를 찍어 보기도 하고, 스마트 스토어도 개설했다. 나의 이야기를 전자책으로 발행했다. 항상 머릿속에서 이렇게 해보고 싶다고 생각만 했던 것들을 불과 2023년 상반기에 모두 실행했다. 혼자가 아니라 함께 하는 사람들이 있어 힘든 줄도 모르고 즐겁게 했다.

이제 나는 오전 시간을 그 어느 때보다 나만의 방식대로 풍성하게 채우고 있다. 자발적 고독의 시간을 마음껏 누린다. 가장 행복한 시간이다. 그 시간을 채우면서 꿈을 이루기 위해 열정을 쏟고 설레는 하루를 사는 엄마가 되었다. 아이들의 꿈만을 좇는 엄마가 아니라, 아이들과 함께 꿈을 향해 힘차게 나아가는 엄마다. 아이들도 그런 엄마의 변화를 알아봐 준다. 오늘 엄마가 왜 책상에 앉아 있는지. 우리 엄마는 무엇을 하고 있는지. 그리고 뭐가 되고 싶은지. 그러면서 자연스레 자신들의 꿈도 활발하게 꿀 수 있는 아이들로 자라고 있다.

# 2

# '아이 때문에 못 해'가 아닌,
# '아이 덕분에 해냈어!'

이은정, 소소작가

코로나가 한참 극성이던 2021년의 어느 날, 친구에게 연락이 왔다. "은정아, 남편이 아파. 아직 확정은 아니지만 혈액암일 가능성이 높대." 위로에 서툰 나는 뭐라 말을 해야 할지 몰랐다. 친구와 내 나이 서른일곱이었다. 남편은 마흔 정도 되었을까. 친구에겐 아직 초등학교도 가지 않은 어린 딸 둘이 있었다. 친구는 절망적이라는 표현과 함께 남편, 아이들과 오래오래 함께 살고 싶다고도 이야기했다. 행여나 친구 남편이 다니던 직장을 그만두고 치료에만 전념해야 하는 걸지도 걱정되었다. 친구는 얼마 전까지만 해도 직장을 다녔지만, 아이를 낳고, 키우며 직장을 그만둘 수밖에 없었다. 남편은 가정 경제를 책임지고 있는 가장이었다.

집안에 아픈 사람이 생기면 온 가족이 어려움을 겪는다. 간병의 어려움은 물론이거니와 가정 경제가 무너지는 건 처참한 일이다. 병이 생기면 병원비, 약값만 드는 게 아니다. 교통비, 식사비, 간병비, 건강보조식품 구입비 등 생각지 못했던 돈이 든다. 만약 친구 남편의 치료가 길어져 친구네 가정이 경제적인 어려움에 처한다면 나는 무엇을 도울 수 있을까. 하나님께 친구 남편을 살려달라고, 건강을 꼭 회복하게 해달라고 기도하는 거 말곤 해줄 수 있는 게 없었다. 왜 나는 친한 친구의 어려움을 도울 능력이 없는가. 스스로 물으며 답답할 뿐이었다.

나는 그때 첫째 아이 임신 6개월이었다. 배 속에 아기까지 있는데, '혹시나 남편이 아프면 어쩌지.'하는 불안과 두려움이 밀려왔다. 타인의 불행을 보며 내 앞길을 걱정하는 내가 참 치사하게 느껴졌지만, 그게 나였다. 우리 가정의 재무 담당자는 남편이다. 꼼꼼한 남편이 돈 관리를 잘했기에 나는 돈 걱정하지 않고 편히 살았다. 큰돈이 필요할 때도 모두 남편이 해결했다. 분양받은 집의 잔금을 치르는 것조차 철없는 나는 걱정 한번 하지 않았다. 남편이 다 알아서 할 거니깐. 그런데 만능 해결사인 남편이 혹시라도 아프거나, 사고라도 난다면 나는 우리 가정을 책임질 능력이 부족했다. 나 하나면 어렵지도 않을 테지만, 배 속에 있는 아기를 책임져야 하는 나는 '엄마'였다. 절대 일어나지 않으면 좋을 아빠의 빈자리를 미리 걱정하는 거였지만, 내 두려움은 나에게 능력을 키우라 재촉했다. 친구의 아픔으로 현실이 보이기 시작했다.

아이를 갖기 전에도 나를 성장 시키고 싶어서 무언가 사부작거리곤 했다. 영어 공부, 운동, 독서 뭐든 하는 시늉은 늘 하고 있었다. 하지만 늘 얼마 가지 못해 끝났다. 나의 발전에 시간을 쏟기보단 드라마 속으로 푹 빠지는 게 편하고 좋았다. 드라마가 내 삶의 원동력인 줄 알고 살았다. 드라마를 보다 보면 어느새 현실은 잊었다. 자기 계발은 멈췄다. 하지만 이번엔 달랐다. 나에겐 책임져야 할 아이가 생겼다.

둘째를 낳을 무렵이 되니 불안함은 점점 커져 갔다. 매달 나가는 대출 이자가 힘겨웠다. 남편 급여, 육아 휴직 급여를 받아 주택담보대출 원리금과 신용대출 이자를 내고 남은 돈으로 한 달을 살고 나면 늘 마이너스였다. 내가 복직하면 좀 나아질까 생각도 해봤지만, 나아질 것 같지 않았다. 복직 후엔 등원 도우미를 쓰던지, 친정엄마의 도움을 받아야 할 텐데 돌봄 비용이 지출되면 결국 나아지는 상황은 없다는 결론이 났다. 방법을 찾아야 했다. '나쁜 빚' 신용대출을 청산할 대책도 필요했다.

돈을 벌 수 있는 방법을 찾고 싶어 책을 읽었다. 책 속에 길이 있

**엄마들의 이유 있는 반란**

다고들 하니 책을 읽으면 돈 벌 방법이 나올까 싶었다. 그런데 돈을 벌고 싶어 읽은 책에서 한다는 이야기가 하나같이 '책을 읽어라!'였다. 황당했지만, 별다른 방법이 없었다. 하루 2시간씩 책을 읽고 글을 쓰면 2년 뒤엔 틀림없이 성공한다는 내용을 담은 책 《역행자》를 읽고서 '그래 어디 한 번 해보지 뭐! 2년 후에 아무 변화가 없으면 저자를 원망해야지.'라는 불순한 마음으로 책을 읽기 시작했다.

멘토를 정하고 그가 먼저 걸어간 길을 따라가 봐야겠다는 생각도 생겼다. 나보다 너무 많이 앞서간 사람 말고, 딱 5년 앞서간 사람을 찾았다. 그녀가 해왔던 길을 따라가면 나도 5년 후엔 저 모습일 수 있을까 싶었다. 그녀를 나의 스승으로 삼고 따라 했다. 매일 경제 신문을 읽고, 가계부를 쓰고, 추천해 준 책을 읽었다. 글을 쓰라길래 썼다. 그녀를 따라가다 보니 책을 쓸 기회도 생겼다. 내 인생이 내가 꿈꾸는 대로 이루어지고 있었다.

아이들과 내가 함께 성장한 몇 년 후를 상상한다. 아이들이 학교에서 돌아오면 엄마가 해준 간식을 먹고, 숙제를 펼쳐두고 함께 공부하고, 때론 아이들과 훌쩍 여행도 떠난다. 방학엔 바다가 있는 어느 여행지에서 한 달 살기를 한다. 아이들과 바닷가에서 함께 뛰노는 모습이 상상 속에 펼쳐진다. 무슨 상상을 해도 행복한 미소가 지어진다.

정리되지 않은 집에서 무기력한 채 드라마에 푹 빠져 살았던 나였다. 그랬던 내가 아이들과 여행하며 글 쓰는 삶을 꿈꾸게 되었다. 꿈을 이루고자 현재의 시간을 성장으로 채우기 시작했다. 성장할 시간을 확보하려고 새벽에 눈을 뜬다. 때론 아이들도 새벽에 나와 함께 눈을 번쩍 뜨고 일어나는 날도 있다. 이런 날은 아이들과 신나게 놀아야 한다. 내 시간이 단 1분도 허락되지 않는다. 그렇다 해서 불평하거나, 아이들 때문에 못 했다는 핑계를 대지 않으려 애쓴다. 아이들 덕분에 시작한 나의 성장이다. 아이들이 없었다면 난 여전히 작심삼일을 벗어나지 못했을 거다. 아이들과 함께 행복한 날들을 꿈꾸며 시작한 자기 계발인데 오늘 하려던 걸 하루쯤 못하면 어떤가? 아이를 핑계 삼지 않으려고 애쓴다. '아이가 아파서 못 했어요.', '오늘 아이 때문에 정신이 하나도 없어서 못 했어요.'라고 말하지 않겠다 다짐했다. 아이 때문에 못 한 게 아니라 내가 못 한 거다.

직장에 다니면서도 자신의 성장에 힘쓰는 분들도 많다. 그들이 '회사가 바빠서 못했어요.'라고 핑계를 대는 걸 본 적이 없다. 내가 자기 계발을 하는 순간마다 나 자신에게 속삭이는 말은 '아이들이 핑계가 되지 않기를, 아이들은 내 성장의 원동력'이다. 이제 6개월 된 아이는 내가 잠시라도 눈에서 보이지 않으면 간절히 '엄마'를 부른다. 제법 발음이 정확하다. 한시도 엄마에게서 떨어지려 하지 않는 아이를 아기띠로 안고서 글을 쓴다. 새벽 4시면 어김없이 배고프다고 깨워주

**엄마들의 이유 있는 반란**

는 아이 덕분에 오늘도 난 새벽 기상을 해냈다. 아이 덕분에 해냈다. '아이 때문에 못 해!'가 아니라 '아이 덕분에 해냈어!'라는 말이 자연스러운 엄마이고 싶다.

혈액암인 친구 남편은 여전히 치료 중이다. 예전보단 좋아졌지만, 여전히 병과 싸우며 살아가는 중이다. 친구는 남편과 아이들이 놀이디에서 함께 노는 모습을 보면 미소가 저절로 나온단다. 요즘은 친구의 웃는 모습을 자주 본다. 친구의 미소를 오래오래 보고 싶다. 내 친구도, 친구의 남편도 두 딸과 함께하는 시간을 더 많이 갖고자 힘들고 긴 싸움인 치료의 과정을 겪어내는 중이다. 그들이 "아이들 덕분에 치료를 해냈어!"라 말하며 완치의 기쁨을 전할 미래를 상상하며 기도하는 밤이다.

# 3

# 빛풍경 캘리그라피

김은희, 빛풍경 캘리그라피

멈춰버린 시계 같았다. 고장난 건지 배터리가 방전된 건지 더는 작동하지 않는 시계 같은 느낌이었다. 나를 떠올렸을 때 생각이다. '나만의 일을 찾고 싶다!' 성장하며 그에 따른 수입도 생기길 바랐다. 엄마, 아내, 딸의 모습이 아닌 내 이름으로도 사는 삶이었으면 했다.

아이들 어릴 땐 살림에 보탬 되는 일이면 되었다. 집에서 할 수 있는 일을 온라인으로 알아보곤 했었다. 육아용품 체험단에 응모해 보았고, 카페 이벤트도 여러 차례 참여했다. 엄마들 사이에 입소문 좋은 육아용품을 우리 아이들에게 장만해 주고 싶었다. 내 결핍이었다. 어릴 적, 여자아이인지 남자아이인지 구분 안 되게 옷을 입고 다녔다. 공주처럼 입고 다니는 친척 언니가 부러웠다. 그림의 떡이었다. 넉넉한 살림이 아니었기도 했고, 알뜰한 엄마는 선머슴 같은 얻어온 옷을 입히는 경우가 다반사였다. 관리하기 힘들다고 머리도 짧게 잘라줬었다. "너는 왜 맨날 까만 가죽점퍼만 입고 다니냐? 옷이 그것밖에 없어?" 6학년 때, 같은 반 남자아이가 했던 말이 아직도 생생하게 기억 난다. 내 아이만큼은 예쁘게 꾸며주고 싶었다. 해주고 나면 기분 좋아졌다. '아이들도 좋을 기야.' 스스로 위로했다. 단지 내 한을 아이들에게 푸는 행동이었는데.

아이들이 커가면서 생각이 달라졌다. 나도 살피자. 나의 성장에 도움 되는 일을 찾게 됐다. '지금은 부족하더라도 실력 쌓아 올릴 수 있는 일이 뭘까?' 지속 가능한 전문 분야여야 하겠지. 배워보자.

애청하는 프로그램이었던 서민 갑부에서 POP 예쁜 글씨가 눈에 들어왔다. 동네 주민센터에 프로그램이 있었다. 등록했고, 1년 넘게 배우러 다녔다. 주민센터 가는 길이 설렜다. 무언가 할 수 있다는 기대, 새로운 사람과의 만남은 삶에 활력이 더해지는 요소였다. 그런데 문제가 생겼다. 사정상 1년간 17평 집에서 월세살이를 해야 했다. 전에 살던 집보다 반이 줄어든 평수라 짐이 많았다. 연습하기 위해 펼칠 공간이 부족했다. 에어컨 사용하려면 호수를 대야에 대고 물을 받아야 했다. 집주인이 벽에 물구멍 내지 못하게 해 치러야 하는 번거로움이었다. 연습을 자주 하지 않았다. 따라가기 버거워졌다. 처음에는 흥미로웠던 분야였지만 갈수록 성향과 맞지 않았다. 그러다 이사하게 됐다. 이동하는데 2시간 넘게 걸린다는 핑계로 마쳤다.

몇 개월 지나니 이사한 집에 적응이 됐다. 가까운 위치에 미술 심리지도사 프로그램 소식 접했다. 대학 때 심리학을 재미있게 배웠던 기억이 났다. 방문 미술 강사 시절, 아이들 그림으로 성향 파악했던 점도 떠올랐다. 학기별로 나눠 들을 수 있는 프로그램이다. 아이들 챙기기에 부담 없겠다. 신청하자.

자신에 대해 알아보는 시간 가졌다. 드러내지 않으려 노력했다. 다른 사람에게 내 속을 보이는 게 불편했기 때문이다. 그림은 드러날 수밖에 없다. 언뜻 봤을 때는 큰 벽 없어 보인다. 자세히 보면 나만의 울타리가 있다. 그 울타리 속에는 성큼성큼 들어올 수 없다. 서로가 가까이 가도 괜찮은지 확인해야 한다. 조금씩 가까워져야 거부 반응 생기지 않는다. 나를 알아가는 시간은 흥미로웠다. 어떤 때는 치유하는 느낌이었다. 사람들과 관심 분야 이야기 나누니 즐거웠다. 엄마, 아내도 아닌 온전한 나로 살아가는 기분이었다. 조카와 함께 임상 과제 진행하며 수업을 마무리했다. 시험 본 후 2급 자격증 취득했다.

더 관심이 생겨 타 기관의 원데이 클래스를 들으러 갔었다. 실망하며 돌아왔다. 아무나 할 수 없는 일이었다. 관련 학과 대학원 과정 이상 마쳐야 하고, 그 이후에도 취직이 쉽지 않은 일이었다. 슬펐다. 도전도 해보기 전에 마음 접어야 해 눈물이 났다. 돌아보니 그 눈물

**엄마들의 이유 있는 반란**

은 지난날 흘러버린 시간에 대한 후회가 섞여 있었다.

오랜 시간 그림을 그리지 않았다. 예전처럼 그릴 수 있을지 의문이었다. 그림 배울 수 있는 곳을 찾다 내일배움카드를 활용한 동화 일러스트 과정을 신청했다. 동화 작가 희망자들이 함께하는 수업이었다. 생각보다 깊이 있지는 않았지만, 그림 그리며 가슴이 두근거렸다. 다시 그릴 수 있겠다는 자신감 생겼다. 문제가 보였다. 창작이 중요한 분야였다. 오랜 기간 실력 쌓아도 좋은 성과 낼 수 있을지 눈에 보이지 않았다. 이 수업만으로는 부족하게 느껴졌다. 아쉽지만 경험해 봤다는 걸로 만족하자.

마지막이라는 생각으로 캘리그라피를 배웠다. 동네 주민센터에서 취미로 가볍게 시작했다. 업으로 삼고 싶어 상업 캘리 전문 아카데미에 다녔다. 왕복 4시간 거리를 1년간 오갔다. 간절했기에 끝까지 다녔다. 전 과정 마쳤지만, 실전은 또 다른 이야기였다. 온라인에서 상품 설명 글 작성하는 일부터 어렵게 느껴졌다.

코로나가 길어지며 무기력해졌다. 뭐라도 해보고 싶어 자기 계발하게 된 거다. 운동과 새벽 기상, 책 읽기를 동시에 했다. 시간 관리 잘하고 싶어 3P 바인더 프로 과정 수료했다. 돈 공부 필요성 느껴 돈 무적이라는 프로그램에 참여했다. 변화하고 싶어 빡빡한 일정으로 입소문 난 새마정 프리미엄 4기에도 합류했다. 여러 가지가 합해지며 눈에 띄게 성장한 느낌이 들었다. 그 중간 새벽에 읽은 책 내용을 필사 연습하여 붓글씨 실력 늘었고, 운영하는 온라인 상점 상품도 늘렸다. 블로그 다시 시작한 지 1년이 넘었다. 몇 주 전부터 유튜브를 시작했다. 앞서 한 번 언급했다시피 캘리그라피 관련 전자책을 용기 내어 써봤다. 내가 하는 일을 말과 글로 잘 표현하고 싶어 평생 글벗 프로그램 참여 중이다. 현재 '빛풍경 캘리그라피'라는 닉네임으로 사람들과 소통한다. 누군가의 엄마, 아내, 딸, 며느리로서가 아닌 온전한 '나'로 소통하고 있다.

즐겁다. 깨닫는 점도 많다. 배우고 연습하는 시간 누적될수록 깊어지고 있다. 예전에는 앞서 나간 사람들에게 묻기 바빴는데, 그간의 경험을 이야기해 줄 수 있는 사람 되었다. 멈춰있던 시계가 다시 돌아가는 느낌이다. 나만 정지 상태로 보였던 화면이 함께 움직이는 기분. 그로 인해 치르는 대가가 있기는 하다. 잠을 줄여 전보다 피곤할 때가 있고, 하루가 어떻게 지나갔는지 모를 만큼 더 바빠졌다. "이전으로 돌아갈래?" 두 번 생각할 필요 없다. "아니." 변화하는 내 모습이 보인다. 작은 성취가 나를 웃게 한다. 다시 굴러가기 시작한 바퀴, 원하는 지점까지 굴리려 오늘도 나를 만난다.

# 4

# 무엇이든 해야만 했다

이애련

 

작심삼일. 시작은 매번 거창한데 언제나 사나흘을 겨우 넘길 뿐이었다. 자신을 꽤 끈기 있는 사람이라고 생각했었는데 아니었나 보다. 어쩌다 보니 인생의 절반을 어영부영 흘려보냈다. '이제는 변해야 해.'매일 아침 거울을 볼 때마다 되뇌었다. 어떻게 해야 할지는 알겠는데, 어디서부터 시작해야 할지 갈팡질팡했다. 시작하면 며칠 만에 또 그만둘 것이 뻔해 실행을 못 하고 있었고, 유튜브에 '자기 계발, 좋은 책 추천, 경제적 자유' 등을 검색만 하고 있었다. 많이들 이렇게 변했다고, 이런 방법으로 시작했다고 얘기하고 있었다. 나도 그들처럼 시작점을 찾아야 했다. 조바심이 났다.

혼자서 결심하고 시작했더니 중간에 포기하는 일이 생겼다. 주위 사람들한테 내 계획을 알리고 시작해야 끝까지 간다고 많이들 얘기했다. 하지만 괜히 이야기를 꺼냈다가 계획대로 못했을 때 더 창피할까 봐 용기가 생기지 않았다. 소심한 내 자신에게 맞는 다른 방법을 찾다가, 유료로 하는 자기 계발 프로그램을 해보기로 했다. 다른 사람들은 어떤 방식으로 자기 계발을 하는지 궁금하기도 했다. 뭐든 돈을 내면 낸 돈이 아까워서라도 끝까지 갈 것 같았다. 주위에서는 무슨 자기 계발을 돈 주고 하냐고 한마디씩 말했다. 새벽 기상하는데, 왜 강의료를 부담하느냐고 그냥 일어나면 되는 거라고들 했다. 과연 내가 잘못한 것일까. 가정주부가 큰돈을 들여 자기 계발을 하는 게 맞는지 수없이 고민했다. 남편에게 의견을 구했다. 내가 하고 싶으면 하는 거지 남의 말에 귀 기울일 필요 없다고 말해주었다. 든든했다.

새벽 기상 첫날, 설렘과 긴장을 같이 느끼며, 나의 꿈과 인생을 찾기 위한 첫걸음을 내디뎠다. 성공하는 사람들은 일찍 일어난다고 했다. 졸린 눈을 비비며 겨우 책상에 앉았다가 나도 모르게 엎드려 잠을 자기도 했다. 자영업을 하는 나는 늘 잠이 모자란다. 저녁 늦게 집에 가면, 친정아버지의 다음 날 식사 준비부터 해놓고 집안일을 한 후 잠자리에 들 수 있다. 그러다 보니 새벽 4시 30분에 일어나는 게 힘에 부쳤다. 매일 눈이 빨갛게 되어 있으니, 지인들은 그만하라고 한다. 맛있는 거 사줄 테니 새벽 기상하지 말라고들 했다. 이제껏 새벽 기상 안 하고도 잘살아 왔는데, 무슨 생고생을 하느냐고 다들 말렸다. 하지만, 여기에서 그만둘 수는 없었다. 그만두면 다시 시작할 수 없을 것 같았다. 이번에는 나 자신과의 약속을 지켜야 했다. 막상 자기 계발 커뮤니티에 참여하고 보니, 몇 년 전부터 하고 계시는 분들이 많았다. 배우며 성장하는 모습도 보였다. 또 계속 배움을 진행하고 있었다. 돈 주고도 자기 계발을 하는 분들이 이렇게나 많은지 깜짝 놀랐다. 책을 읽고 리뷰를 쓴 걸 보고는 나는 완전 기가 죽었다. 글을 써 놓은 걸 읽어 보면 다들 작가다. 책 한 권 읽고 나면 나는 그냥 좋은 책인 것 같다 정도로 끝나는데, 다른 분들은 후기를 하나의 소설 쓰듯이 장문으로 써 놓았다. 나는 아무리 머리를 쥐어짜도 표현할 문장이 떠오르지 않는다. 큰일 났다는 생각이 들었다.

간신히 한 달을 하고 난 후 나는 완전히 자신감을 잃었다. 이제껏 마음 놓고 살고 있던 나는 이렇게나 많은 분이 모여서 공부하고 있었다는 것이 충격으로 다가왔다. 그냥 아무 생각 없이, 도전 없이 살아왔다. 지방에 살기 때문이라고 핑계를 대기엔 게을렀던 내가 용서가 되지 않았다. 한 번쯤은 무엇인가에 미쳐 보기도 하고, 시행착오를 겪기도 했어야 했다. 원하는 삶이 어떤 것이었는지 고민해 보지 않았던 내가 후회스럽고 원망스러웠다. 넘어지더라도 용기를 내어 딱 한 발짝만 내디뎌 보았어야 했다. 자꾸 쪼그라드는 내가 답답했다. 이런

식이라면 다시 태어나 산다고 해도 똑같이 한심한 인생을 되풀이할 것 같았다. 내가 이렇게 아무것도 아닌 존재였나. 나를, 진정한 나 자신을 찾아야 했다. 어디에 있는지 모를 잃어버린 나를, 퍼즐 조각을 맞추듯 하나씩 찾아 맞추어 가기로 했다. 나 자신과 약속했다. 6개월 간 매일의 루틴을 하면서, 하루도 빼먹지 말고 인증하자고. 나와 약속한 기간이 끝났다. 나와 약속을 해낸 나를 보며 자신감을 얻었다. 나를 점점 찾아가는 것 같았다.

모든 성공의 첫걸음은 독서라고 한다. 나에게 맞는 책을 검색했다. 블로그 리뷰를 읽어가면서 목록을 작성했다. 일주일에 한 권씩, 한 달에 4권을 읽기로 했고, 틈틈이 독서 노트도 작성하기 시작했다. 처음엔 3장을 읽으면, 끝 문장만 기억났다. 하루가 지나면 어제 읽은 내용이 전혀 기억나지 않았다. 다시 앞장으로 가서 읽기도 하고, 폼 잡는다고 인문학 책을 읽다가 몇 장만 넘기고 덮어 버리기도 했다. 너무 오랫동안 책하고 담을 쌓고 살아온 시간이 큰 후회로 다가왔다. 한때는 나도 문학소녀였다고 어깨 펴고 다녔었는데, 지금의 나는 어떤 모습인가. 기가 막히고 화가 나기도 했다. 그때의 문학소녀는 이미 나이 들고 노안까지 온 중년의 아줌마가 되었다. 내 나이와 상황에 무턱대고 읽어대는 방법은 맞지 않는다는 것을 알았다. 이런 저런 시도를 한 끝에 나에게 맞는 독서법을 찾았다. 책 두 권을 읽는다. 두 책 중 한 권을 재독한다. 나름의 이름도 붙여봤다. 재독 독서법이다. 이 방법으로 6개월을 보내고 나니 조금씩 책 내용이 보이기 시작했다. 기억력이 안 좋아서 며칠 전에 읽은 책을 기억 못 하는 경우도 많았지만, 나에게 맞는 독서법을 적용해 보니 훨씬 기억에 남았다. 많은 실패에서 찾은 독서법 덕분에 더 많은 책을 읽게 되었다. 항상 가방에 책을 넣고 다니는 문학소녀를 다시 만나게 되었다. 아, 이제는 문학 아줌마인가 보다.

한 번 하기 시작한 자기 계발은 배움을 지속할 수 있게 해 주었다. 하루하루의 작은 루틴을, 느리지만 꾸준하게 해 나가고 있는 내가 있다. 매일 똑같은 일상이지만, 하나하나가 모여 자신감을 갖게 해 주었고 나를 변하게 했다. 나의 인생 후반부가 멋지게 펼쳐질 것이라는 믿음을 갖게 되었다.

올 초에 동기 한 분이 1일 1권 읽기, 100일 동안 100권의 책을 읽는 챌린지에 같이 참여하자고 연락이 왔다. 나는 정중히 거절했다. 왜냐하면 나에게 맞는 독서법을 찾았기에, 1일 1권 읽기와 나는 안 맞는다고 판단했다. 나만의 독서법이 나에게 든든함을 주고 있었고, 책 읽기가 즐거워졌고 편해졌다. 조금 어려운 책을 읽게 되면 그다음 책은 머리도 식힐 겸 에세이를 읽었다. 이전에는 다른 사람들이 얼마만큼 읽었다고 하면 조급해지는 마음이 생겼었다. 하지만 나만의 독서법으로 그 어떤 독서 챌린지가 있어도 흔들리지 않는다. 올 1월부터 이 글을 쓰고 있는 지금까지 나는 64권의 책을 읽었고, 독서 노트도 기록하고 있다. 모든 것에 감사하는 마음으로 살려고, 매일 감사 일기도 쓰고 있다. 부정적인 마음을 갖지 않으려고 선택한 나만의 방법이다. 감사한 일을 찾아야 감사 일기를 쓸 수 있기에, 하루의 생활을 살펴보는 습관이 생겼다. 혹시라도 마음이 안 좋은 일이 있었다면, 다음부터는 그러지 말아야겠다고 반성도 하는 내가 되었다.

점차 자기 일을 똑 부러지게 하고, 항상 밝은 목소리로 얘기하던 예전의 나를 되찾아 가고 있다. 잃어버린 나를 찾고, 잃어버린 시간을 만들어 나가는 중이다. 어떻게 해야 할지 몰랐던 시간 속에 무엇이든 도전하고 있는 내가 기특했다. 도전을 시작한 과거의 나에게 고맙다. 옆에서 지켜보고 있던 남편은 대견하다고 잘하고 있다고 칭찬도 해준다. 서서히 맞춰져 가고 있는 퍼즐 그림이 완성되는 날, 잃어버린 줄 알았던 내가 우뚝 서 있을 것이다. 잃어버린 꿈이 아닌, 잠깐 잊고 지냈던 꿈이었다. 잊고 살았던 나를 오롯이 세워 놓을 수 있게 되었다. 오늘도 나는 나를 찾는 여정을 계속하고 있고, 앞뒤 재지 않고 시작한 도전에 자신감이 생겼다. 성실하게 나날을 보내고 있다 보니 행복이 같이 걸어가고 있다는 걸 느낀다. 한 걸음 내디뎌 본 내가 환하게 웃고 있다.

# 5

# 내 인생은 내 스토리로 채운다

이윤진, 자몽

전 세계에 코로나가 퍼졌다. 휴대폰을 만지작거리던 나는 습관처럼 인스타그램을 열었다. 광고가 섞인 피드 사이에 아는 얼굴들이 보인다. 애를 둘이나 낳았는데도 여전히 피부가 고운 친구가 있다. 화장도 예쁘게 하고, 옷도 세련되게 잘 입었다. 컨퍼런스에 참석한 동생도 보인다. 목에 이름표를 걸고, 정장을 차려입은 채 환하게 웃고 있다. 예전엔 같은 회사에 나란히 앉아 있었는데. '나는 이런데 입고 갈 만한 정장이 있던가?' 옷장에 걸린 내 옷들을 떠올려본다. 그럴 일이 없겠다 생각하자 이내 기분이 가라앉는다. 이 동생도 아이 엄마인데 여전히 일을 하고 있다. 한국에 있는 대부분의 친구들처럼. 기타를 배우기 시작했다고 글을 올렸던 지인은 노래 몇 곡을 연주해서 올렸다. 잘하지는 않지만 즐거워 보인다. 내 프로필을 눌러 내가 올린 사진들을 죽 훑어본다. 온통 아이들 사진이다. 간간이 남편도 보이는데, 정작 내 사진은 없다. '아무리 내가 사진 찍는 걸 싫어해도 그렇지, 어떻게 한 장도 없냐.' 첫째가 태어난 2010년에 만든 계정이었다. 첫 사진까지 다 내렸는데 달랑 두 장이었다. 10년의 시간 동안 내 사진이라고는 고작 두 장뿐이라니. 아이들 얘기 말고는 할 이야기가 없는 인생이 되었다. 대체 그동안 뭐 하고 살았던 건지. 내 이야기도 있으면 좋겠다고 생각했다. 그렇다고 딱히 방법도 떠오르지 않아 핸드폰을 덮어버렸다. 씁쓸했다.

2020년 5월, 블로그 이웃이 다이어트 모임을 연다는 글을 올렸다. 밑져야 본전이라는 생각이 들었다. 뭐에 홀린 듯 댓글을 달았다. 1주 동안 정해진 식단으로 몸무게를 감량하고, 2주 동안 건강한 음식을 먹어 몸무게를 유지하는 방식이었다. 시키는 대로만 했는데 저절로 몸무게가 줄어들었다. 태어나 처음 해보는 다이어트가 어렵지 않았다. 건강하게 먹기 시작하니 육아 퇴근 후 매일 마시던 맥주도 더 이상 당기지 않았다. 샐러드가 맛있기는 처음이었다. 좋아하던 빵도 자제했다. 어떻게 하면 건강한 재료로 맛있게 만들 수 있을지 계속 찾아보고 따라 했다. 운동도 시작했다. 근육이 조금씩 붙는 것이 느껴졌다. 내 몸도 변할 수 있다니 신기했다. 몇 개월 지나지 않아 나는 무려 10킬로그램을 감량했다. 다이어트 과정을 인스타그램에 올렸다. 정말 오랜만에 내 이야기가 생겼다.

같은 시기에 동네 산도 오르기 시작했다. 아이들 줌 수업이 시작하기 전에 돌아와야 했기 때문에 깜깜한 새벽에 출발해야 했다. 이마에 등 하나를 달고 3-4시간 동안 쉬지 않고 걷고 나면 기분이 그렇게 상쾌할 수가 없었다. 7개월 동안 총 1,100km 넘는 거리를 걸었다. 서울에서 대구까지 두 번 왕복한 셈이다. 자연을 좋아했기에 그곳에서 만난 꽃, 동물, 풍경들을 유심히 살펴보게 되었고, 그 자연들은 또 다른 내 스토리가 되었다. 미국 다른 주에 살던 친구도 내가 올린 사진을 보고 산을 오르기 시작했다. 관심을 보이는 동네 언니도 등산에 합류했다. 나의 스토리가, 다른 사람들에게 영향을 주고 있었다.

한창 다이어트와 산에 빠져있던 2020년 말, 친한 분이 독서 모임을 운영하는 것을 우연히 알게 되었다. 원하는 만큼 읽고 인증하는 가벼운 모임이었다. 이 정도는 할 수 있겠다 싶었다. 독서의 시작이었다. 이렇게 시작한 독서로 나는 완전히 달라졌다. 텅 비어있던 어딘가가 채워지는 기분이었다. 대단히 어려운 책을 읽은 것도 아니었다. 한국 책이 귀해서 집에 있던 소설들, 도서관에 있던 한국 책 중에서 재미있어 보이는 책들을 위주로 읽었다. 나중엔 밀리의 서재에 가입해서 좀 더 다양한 책들로 범위를 넓혔다. 전자책은 또 다른 세계였다. 읽고 싶었던 한국 책들을 계속 다운받았다. 신이 나서 시간이 날 때마다 읽었다. 읽은 책들을 공유하자, 책을 추천해주는 사람도 생겼다. 이때까지만 해도 자기 계발에 대해 생각해 본 적이 없었다. '자기 계발'은 듣기 싫은 입바른 소리라고 생각했다. 잔소리 같은 자기 계발서는 쳐다보지도 않았다. 내가 하고 있던 것이 자기 계발이라는 것도 모른 채 나는 조금씩 성장하고 있었다.

올 4월, 3개월간 진행되는 가계부 모임에 참여하게 되었다. 유료였다. 마침 한국 통장에 3개월간 아르바이트로 번 돈이 있었다. 남편도 잘 모르는 돈이었고, 나를 위해 쓰는데 망설일 이유가 없었다. 혼자 해보려던 가계부는 번번이 실패했다. 대체 우리 집은 어디에 돈을 쓰는지 너무 궁금했다. 나를 이끌어줄 사람이 필요했다.

가계부를 처음 제대로 써보면서 우리 집에 매달 어떤 돈이 나가고 들어오는지 내가 전혀 알지 못했던 것을 깨달았다. 카드 내역을 보며 고정 비용을 정리하고, 불필요한 지출을 끊었다. 남편이 처리해야 할 부분도 알려주었다. 그동안 남편에게만 너무 의지해 왔다. 앞으로 나아가고 싶다고 생각하면서 정작 배우려는 마음이 없었다. 총기 사고가 빈번히 일어나는 나라에 살고 있다. 아무 잘못 없이 죽는 사고가 많다. 종종 남편이 먼저 떠나면 세 아이를 혼자 책임질 수 있을지 두려운 마음이 든다. 무섭다. 남편 없이 살아갈 준비가 전혀 되어 있지 않았다. 나는 달라져야 했다. 내 인생에 주도권을 갖고 살 필요가 있었다.

**엄마들의 이유 있는 반란**

텍사스로 이사하고 얼마 지나지 않아 휴스턴 시내에 콘도를 한 채 구매했다. 크리스마스를 앞둔 시점이었다. 긴 연휴를 앞둔 터라 아무도 보러오지 않았다. 그대로 비워둘 수는 없었기에 에어비앤비로 방향을 바꿨다. 가구점과 소품 가게를 돌아다니며 손수 집을 꾸몄다. 드디어 오픈, 예약이 들어오기 시작했다. 자신감이 생겼다. 몇 달 후, 한 채를 더 구매했다. 이번에는 시내에서 1시간 거리에 있는 호숫가 집이었다. 4년 만의 한국행이 2주밖에 남지 않은 상황이었다. 마음이 급했다. 낡은 집이라 손 볼 것도 있었고, 준비할 것도 많았다. 정신없이 오픈 준비를 하던 중, 6주간 비어있을 우리 집도 에어비앤비로 내놓으면 어떨까 생각이 들었다. 비워두기엔 아까웠다. 일단 집을 정리하고 사진을 찍어서 사이트에 올렸다. 밑져야 본전이었다. 예약이 들어오기 시작했다. 할 일은 정해졌다. 한국 갈 준비를 하면서 두 곳의 에어비앤비 오픈도 함께 준비했다.

인테리어는 내가 했지만, 고객 응대와 관리는 남편 담당이었다. 오픈시킨 후에는 남편에게 미뤄둔 채 관심을 끊었다. 하지만 주도권을 가져야겠다 마음먹고 관리도 직접 하기 시작했다. 계산을 해보며 어떻게 하면 수익을 더 늘릴 수 있을지 고민했다. 다가오는 주말에 집이 비어 있으면 가격을 조정해 예약을 유도했다. 새로운 기능이 나오면 먼저 사용해 봤다. 청소 상태가 마음에 들지 않아 직접 관리하고 수익을 늘려보자고 나섰다. 내 일이 아니라고, 안 된다고만 생각했었다. 그런데 지금은 어떻게 하면 할 수 있을지만 계속 생각한다.

우연히 알게 된 네이버 카페, 그곳에서 운영하는 오픈 채팅방에 참여하게 되었다. 천 명 가까운 사람이 모인 공간이었다. 부담스러웠다. 방에서 나올까 말까 며칠을 고민하다 조금만 더 버텨보자 생각했다. 일주일이 지나자 다른 사람들이 열심히 사는 모습이 눈에 들어왔다. 이 사람들이 궁금해졌다. 올라오는 글들을 찬찬히 읽기 시작했다. 경제 공부하는 사람, 책 읽는 사람, 새벽 기상하는 사람, 참 다양했다. '나도 한 번 해볼까?' 자연스럽게 든 생각이었다. 스스로 올빼미속이라 단정 짓고 삐딱하게만 보던 새벽 기상을 시작했다. 책을 읽으면 글로 정리했다. 방치했던 블로그도 다시 꺼냈다. 쓰다 보니 정말 하찮게 보이던 나의 이야기가 모두 글감이 되었다. 미국에서 지낸 8년의 시간이, 세 아이를 키운 경험이, 에어비앤비 두 채를 운영하는 이야기가, 혹은 내가 읽은 책들이 모두 내 스토리였다. 글을 쓰다 보니 내 삶을 더 찬찬히 들여다보게 되었다. 내가 그토록 찾고 싶었던 나의 스토리가 내 모든 일상에 있었다.

처음부터 뭔가 대단한 것을 이뤄 내겠다 마음먹고 덤빈 일들이 아니었다. 다이어트, 독서, 가계부, 새벽 기상, 글쓰기까지. 내가 쌓아간 많은 일들이 다른 사람들과 함께였기에 시작하고 지속할 수 있었다. 나는 같은 마음으로 모인 사람들이 서로 응원해 주는 힘이 얼마나 큰지 안다. 그곳엔 나보다 먼저 경험을 쌓은 사람들이 있고, 나는 좋은 기운을 받으며 따라가기만 하면 된다. 그래서 나는 지금도 뭔가를 해내고 싶은 게 생기면 그런 사람들이 모여있는 곳을 찾는다. 혼자 하면 재미가 없다. 계속하기가 어렵다.

월요일 새벽, 컴퓨터 앞에 앉아 이번 주 일정을 확인한다. 방학이지만 아이들 일정은 여전히 빼곡하게 차 있다. 그리고 그 사이사이에 내 일정들도 채워져 있다. 연한 빨강은 내가 집중해서 글을 쓰는 시간으로 잡아 놓았다. 초록은 내 개인 일정이다. 이번 주에는 게스트의 체크아웃에 맞춰 에이비엔비 집도 청소해야 한다. 중요한 미팅도 잡혀있다. 글쓰기 수업도 두 개가 있다. 시간이 날 때마다 책도 보고, 하고 싶은 이야기가 떠오르면 메모장에 써놓을 거다. 돈을 쓸 때마다 가계부에 쓰고, 틈틈이 경제 기사도 읽을 거다.

얼핏 똑같은 일상인데, 그 속에는 내가 있다. 이렇게 쌓은 하루하루가 지금까지처럼 조금씩 나를 성장시킬 거다. 이것이 내 스토리다. 그리고 나는 그것을 기록할 거다. 나의 스토리가 또 누군가에게는 좋은 기운으로 닿을 수 있도록.

# 6

# 소프트웨어와 하드웨어 업데이트

문혜원

우리가 자주 사용하는 컴퓨터는 일정 주기마다 소프트웨어를 교체해주어야 한다. 버전이 맞지 않으면 프로그램이 멈추거나, 새로운 기능을 사용할 수가 없다. 업그레이드된 소프트웨어가 컴퓨터에 잘 적용하려면, 하드웨어도 소프트웨어를 잘 받아들일 수 있도록 바꾸어 주어야 한다. 이 두 가지에 소홀하면 결국 컴퓨터는 정지한다. 사람도 마찬가지이다. 주기적으로 공부하고 운동하면서 체력을 유지해야 한다. 대학 졸업과 함께 공부는 끝났다고 생각했는데 큰 오산이었다. 알고 있는 지식은 대학을 갓 졸업한 수준이었고, 그 안에서 생각하고 행동하려다 보니 한계가 있었다. 운동하지 않은 체력은 조금만 움직여도 바닥이 났다. 그렇게 몸도 마음도 점점 퇴화하고 있었다.

남편과 내가 단둘이 살 때는 큰 문제가 없었다. 항상 먹던 밥을 먹고 빨래와 청소와 같은 일 등의 집안일과 회사 일은 무리가 되지 않았다. 가끔은 야근도 했고 새벽에 해외거래처와 소통하는 것도 그다지 문제가 되지 않았다. 그런데 아이들이 생기면서 문제는 발생했다. 누구나 다 하는 워킹맘, 나도 할 수 있다고 생각했는데 큰 오산이었다. 내 잠을 참아가며 아이에게 젖병을 물리고 기저귀를 갈아대고 알람이 울리면 출근해야 하는 생활은 결코 쉽지 않았다. 아이가 없을 때는 주말이 참 좋았는데 아이가 있으니 일하는 평일이 더 좋았다. 그래도 회사에 나가면 몸은 편했으니까. 첫아이 돌이 지나서야 이 모든 생활이 조금 익숙해지기 시작했다. 이제는 살만하다고 생각했을 때 둘째가 찾아왔다. 오 마이 갓!! 이 생활을 또다시 반복해야 했다. 첫째만 있을 때는 차라리 천국이었다. 한 명이 울어서 달래놓으면 또 한 명이 바로 울기 시작한다. 큰아이 밥상을 치우면 둘째 젖병을 물려야 했다. 동시에 아이 둘이 울기 시작하면 서로 자기를 봐달라는 듯이 더 크게 운다. 어느새 나도 함께 울고 있다. 아이들이 잘 때는 설거지나 빨래를 해야 했다. 회사에서 점심시간 때는 육아용품을 쇼핑해야 했고 출퇴근 시간 지하철에서나마 쪽잠을 자야 했다. 그 시기의 남편도 사업 초창기라 바빴다. 나는 안에서 아이를 키웠지만, 남편은 밖에서 사업을 키우고 있었다. 서로 바쁘고 힘든 시기였으나, 보듬을 마음의 여유는 없었다. 남편도 나도 준비하지 못한 채, 부모라는 역할에 그렇게 끌려다니고 있었다.

두 아이가 모두 어린이집으로 갈 무렵에 남편 회사로 이직했다. 남편 기억 속의 나는, 일이 생기면 밤을 새워서라도 해결하는 책임감 있는 모습이었다. 하지만 두 아이를 키우는 나의 현실은 일로 밤샐 수 없었다. 틈틈이 쪽잠을 자야만 할 만큼 잠이 부족했다. 아이들에게 집중하다 보니 회사 일에 신경 쓸 여력이 없었다. 회사 일은 전적으로 남편이 알아서 할 거라는 생각에 시키는 일만 해야겠다는 생각했다. 반면에 남편은 내가 어느 정도는 주체적으로 일을 맡아 할 거라 기대했었다. 하지만 점점 실수는 잦아지고, 남편의 실망은 커져만 갔다. 그만큼 싸움도 잦아져 갔다. 어쩌다 내가 이렇게까지 형편없어졌을까 자신이 쓸모없다는 생각이 종종 들면서 자존감이 점점 사라지고 있었다. 어느 새부터인가 나도 모르게 까닭 모를 눈물이 나면서 '죽고 싶다'말이 나오기 시작했다. 행여 아이들이 들을까 입을 막으면, 말은 막을 수 있어도 눈물은 막을 수 없었다. 병원 약은 더욱 나를 우울하게 만들었고, 아무것도 하기 싫었다. 그렇게 나의 하드웨어와 소프트웨어는 점점 수명을 다하고 있었다. 무언가 해야 했다.

병원에서 대기하는 시간이 항상 부담스러웠다. 그때 생각한 방법이 독서였다. 일단 우울함부터 해결하기 위해 관련 도서를 읽기 시작했다. 몇 권의 우울증 관련 도서를 읽은 결론은 먼저 몸을 움직이는 것이었다. 그 말에 아침 산책을 시작했다. 처음엔 6시에 일어나 한 시간을 걸었다. 갑자기 하는 운동에 몸이 힘들어서였을까 우울한 생각

**엄마들의 이유 있는 반란**

이 저절로 사라졌다. 첫 달에는 한 시간에 오천 보 이상 걷는 것이 힘들었던 것이 두세 달 지나니 근육이 붙어 칠천 보를 걷게 되었다. 걸음 수가 늘어나니, 몸은 점점 가벼워지고 근육이 붙고 활동량이 많아졌다. 시체처럼 누워만 있던 시간도 줄었다. 하드웨어가 바뀌니, 소프트웨어도 업그레이드하고 싶은 욕심이 생겼다. 돈 공부, 생활에 필요한 요리를 좀 더 효율적으로 하고 싶었고, 독서 방법도 다양하게 접근하고 싶었다. 돈 공부는 아침에 경제신문을 읽고 매일 가계부를 작성하는 오픈 채팅방에 가입하여 반년 넘게 하고 있다. 경제신문을 읽으니 예전에 공부했던 경제 용어가 조금씩 생각나기 시작했다. 가계부를 작성하니 그동안 손 놓았던 우리 집의 현금흐름이 파악되었다. 효율적으로 요리를 하기 위해 가입했던 요리 관련 오픈 채팅방에서는 간편하고도 맛있는 레시피 팁을 배울 수 있었다. 제한된 시간에 책을 보기 위해, 아침 산책길에는 오디오북을 들었다. 하루 10분 책을 읽고 인증하는 오픈 채팅방에서는 못 읽고 쌓아두었던 책들을 주로 읽었다. 책으로부터 지식도 얻었지만, 위안도 받았다. 육아서는 아이들과 보내는 시간이 힘들지 않게 도움을 주었고, 심리학과 자기 계발서로 나 자신을 사랑하는 법을 배웠다.

살아지느냐, 살아가느냐는 나에게 달려있다. 아무것도 하지 않으면 그저 밀려오는 상황에 적당히 맞추어 살게 된다. 별일이 없다면 다행이지만, 큰 자극이 들어오면 충격이 심하다. 살아가는 것은, 주기적으로 소프트웨어와 하드웨어를 업그레이드하여 큰 자극이 오더라도 내 의지로 상황을 해결하는 것이다. 아무 준비도 없이 살아지는 대로 살다가 워킹맘이라는 빅 펀치에 맞아 우울증과 번 아웃을 맞이했다. 준비되지 못한 나 자신과 상황을 탓하기만 했고 자신감이 없었다. 시작은 아침에 걷기 하나였다. 꾸준하게 석 달을 걸었을 때 나도 무언가를 꾸준히 해낼 수 있는 사람이라는 것을 알았다. 극적인 체중감량 효과는 없어도 자신감과 자존감이 생겼다. 요리와 독서, 가계부 쓰기 등 다른 것들도 도전해 보았다. 큰 성과는 아직 없어도 꾸준하게 할 수 있었다. 하고 싶은 것이 있어도 지레 겁먹고 포기만 했었지만, 지금은 포기하지 않게 되었다. 목표를 세우고 그것을 달성하기 위해 해야 할 일을 생각할 여유가 생겼다. 준비되지 못한 나를 탓하기보다는, 시간이 조금 걸릴 뿐 나는 할 수 있다는 자신감이 생겼다. 단 한 가지 자만하지 않도록 주의해야겠다. 자만하는 순간 업데이트는 중지되기 때문이다.

**엄마들의 이유 있는 반란**

# 7

# 잃어버린 나를 찾는 3가지 방법

김민혜, 김작가 미네미네

눈이 번쩍 떠졌다. 아이들 재우겠다며 같이 누웠다가 깜박 잠이 들었던 것이다. 조용히 거실로 나왔다.

22시 30분. 냉장고에서 500ml 캔맥주를 꺼냈다. 맥주 한 모금 마시고, 집안일을 다시 시작했다. 빨래 개고, 거실 전체에 흩어져 있는 책과 장난감, 옷가지 등을 정리했다. 집안일을 마치고 식탁에 앉아 남은 맥주를 마시며 책을 읽거나 일기를 썼다. 책은 주로 감성을 자극하는 여행 에세이를 읽었다. 당장 혼자 여행을 떠날 수 없으니, 책으로라도 대리만족을 느끼고 싶었다. 일기를 쓸 때는 오늘 있었던 안좋은 일이나 힘들었던 과거의 기억을 끄집어냈다. 몇 줄 쓰다가 술에 취하는 바람에 결국 감정을 정리하지 않은 채 그대로 덮었다.

'나만의 시간'이라고 생각했다. 늦은 밤 맥주를 마시며 일기 쓰고 책 읽는 것으로 스트레스를 풀고 있다고 착각했다. '나만의 시간'이 아니라 '나를 잃어가는 시간'이었다. 늦게 잤기 때문에 늦게 일어나는 것은 당연했고, 숙취로 시작하는 하루는 정신없이 지나갔다. 세 아이 워킹맘으로서 누구보다 바쁘게 산다고 자부했지만, 잠들기 전 침대에 누워 하루를 돌이켜 보면 '잘했다'는 뿌듯함보다 '오늘 하루도 정신없이 갔구나' 하는 아쉬움과 공허함에 한숨이 나왔다. 가끔은 나이가 들어 '이대로 내 삶이 끝나는 건 아닌가?' 하는 마음에 두렵기까지 했다.

삶의 중심에 내가 없었다. 세 아이 엄마로서 살아가는 '나'만 있었다. '엄마'의 책임감에 집중할수록 나는 점점 사라지고 있었다. 물론 엄마로서 행복한 순간도 많았다. 처음 '엄마'라고 불렀을 때, 정확하게 들리지 않았지만 나는 분명 '엄마'라는 소리를 들었다며 호들갑을 떨었고, 기저귀 떼면서 유아 소변기에 첫 소변을 봤을 땐 너무 기쁜 나머지 소리 지르기도 했다. 하지만 반복되는 일상과 삶의 무기력함을 극복하기 위해서는 '엄마'도 행복해야 하지만 '나'도 행복해야 했다.

잃어버린 나를 찾는 나만의 방법은 3가지다.

첫째. 새벽 기상이다.

**엄마들의 이유 있는 반란**

초등학교부터 새벽 기상을 시작할 때까지 아침에 잘 일어난 적이 거의 없었다. 일찍 일어나려는 습관을 갖기 위해 몇 차례 시도해 봤지만 매번 실패했다. 20년 가까이 되는 시간 동안 바뀌지 않은 습관이라면 나는 분명 '아침형 인간'이 아니었다.

예상대로 새벽 기상은 힘들었다. 잠 깨기 위해 스트레칭으로 몸을 풀면서 무릎 꿇고 엎드렸다가 그대로 잠드는 바람에 다리가 저려 남편의 부축을 받고 일어났다. 공복에 마신 커피믹스로 아침부터 심장이 벌렁벌렁하고 손이 떨리기도 했다. 그리고 새벽에 일어났더니, 하루가 길었다. 병든 닭처럼 기운이 없었다. 하지만 엎드려 자는 한이 있더라도 일어나고자 했다. 그 이유는 아무도 나를 찾지 않는 시간은 지금뿐이었기 때문이다. 새벽 기상한 지 1년 정도 지났을 때, 나는 과거의 나처럼 예전의 모습으로 다시 돌아가고 있었다. '역시 나는 아침형 인간이 아니었어!' 하며 포기할 때쯤 SNS를 통해 새벽 기상 모임을 알게 되었다. 처음엔 일어나는 일에 돈을 쓴다는 게 이해되지 않았다. 하지만 혼자 하는 새벽 기상에는 한계가 있음을 알았고, 함께하는 사람이 있으면 나을 것 같았다. '그냥 한번 해보지 뭐!' 하는 마음으로 시작했다. 그로부터 2년이 지난 지금, 나는 새벽 4시면 일어나는 사람이 됐다.

둘째. 독서다.

새벽 기상을 하는 것도, 책을 읽는 것도, 우연히 읽은 책에서 시작되었다. 이지성 작가는 《독서 천재가 된 홍대리》에서 책을 '숨 쉬듯' 읽는 것이 가능하다고 했다. 읽던 책을 내려놓으며 중얼거렸다.

'흥! 작가니까 그렇지.'

만화책 읽다가도 졸던 나였다. 삐딱한 오기가 생겼다. '해도 안 되는 사람이 있다는 것을 보여주겠어!' 안 된다는 것을 증명하고 싶었다. 일단 책 읽을 시간이 확보되어야 했다. 언제 책을 읽을 수 있을까? 출·퇴근 시간 각각 15분씩 책 읽는 시간을 만들었다. 차에서 읽었다. 책을 멀리하고 살았던 만큼 15분의 짧은 시간에도 졸음이 금방 몰려왔다. '잠깐 눈을 붙일까?' 하는 마음이 수시로 들었지만 참고 꾸역꾸역 읽었다. 삐딱한 마음에서 시작한 독서는 매일 30분씩 읽는 것도 모자라 가방엔 항상 책을 갖고 다니며 엘리베이터 기다리면서도 책을 꺼내는 사람이 됐다.

셋째. 글쓰기다.

'무료 책 쓰기 수업' 특강 공지를 발견했다. 작가의 'ㅈ'도 꿈꿔본 적이 없었지만, 글 잘 쓰는 사람이 부럽기도 했고 '무료'라는 말에 고민 없이 신청했다. 특강에서 '글은 자신의 경험을 나누어 타인을 돕는 일'이라 했다. 한 번도 생각해 보지 못했던 말이었다. 그것이 '타인을 돕는 일'이라면 나는 충분히 가능하다는 생각이 들었다. 힘들었던 과거, 여군의 삶, 세 아이 워킹맘의 일상 등 나에게는 글감이 되는 경험이 많았기 때문이다. 막상 글을 쓰려니 망설여졌다. 나의 경험이 누군가에게 도움이 될 것이라고는 단 한 번도 생각한 적 없었을 뿐만 아니라, 죽을 때까지 숨기고 싶었던 과거의 시간을 마주할 자신이 없었다. '일단 써보기라도 하자.' 써보고 다시 읽는 것이 불편하면 그때 지우면 될 일이었다. 용기를 내어 글을 쓰기 시작했다. 타인을 돕겠다며 시작한 글쓰기를 통해 도움을 받은 사람은 정작 '나 자신'이었다. 글을 쓰고 읽고 다듬는 동안 힘들고 속상한 감정으로만 남아 있던 과거의 시간으로부터 벗어날 수 있었다. 글쓰기 덕분에 '괜찮아. 잘 버텨준 덕분에 지금의 내가 글을 쓰고 있어!' 하며 그때의 나를 위로할 수 있었다.

새벽 4시. 나의 하루는 시작된다. 나만의 루틴으로 새벽 시간을 보내고 나면, 마음의 여유가 생긴다. 아침 준비 시간도 바쁘지 않다. 아이들에게 내는 화도 줄었다. 무엇보다 가장 큰 변화는 '삶을 대하는 태도'였다. 습관을 바꾸니 삶을 대하는 태도가 달라졌다. 어떤 일이든 미리 걱정하고 포기하던 나였다. 때로는 실패가 두려워 시작도 하지 않았다. 매일 새벽에 일어나 감사 일기를 쓰며 삶에 대한 감사로 시작하는 하루는, 늦게 일어나 부랴부랴 시작하던 예전과는 확실히 달랐다. 또한 책을 읽고 질문하며 생각하는 동안 '일단 한번 해 보지 뭐!' 하며 생각을 달리하는 사람이 되었다. 매일 글 쓴 덕분에《새벽을 깨우는 여자들》, 전자책《삶을 디자인하다. 일기 쓰기 8가지 노하우》를 출간할 수 있었다.

삶을 대하는 태도가 달라진 만큼 삶 또한 점점 나아지고 있다. 모두 새벽 기상, 독서, 글쓰기 덕분이다.

**엄마들의 이유 있는 반란**

# 8

# 책과 만나다

김형희, 행복한 꿈

코로나에 걸렸다. 1주일간 격리다. '뭘 할까?' 시간적 여유가 생겨 책을 읽기 시작했다. 내가 읽은 책은 서미숙 작가님의 《50대에 도전해서 부자 되는 법》이었다. 53세에 꾸준하게, 또 열심히 해나가시는 모습은 울림을 주었다. 꿈과 목표가 뚜렷하니 실패하더라도 극복하는 모습이었다. 아이들에게는 책을 읽어 주었지만 나는 사실 육아서 몇 권밖에 읽지 않았었다. 아이들이 커가고 내 손이 많이 필요하지 않아졌다. 일 끝나고 피곤하다는 이유로 누워서 핸드폰 하는 경우가 대부분이었다. 핸드폰 보는 대신 책을 읽기로 했다. 조금씩이라도 읽자며 책을 펼쳤다.

책에서 본 성공한 부자들을 따라 하고 싶었다. 1년 6개월 넘게 새벽 기상, 운동, 독서 꾸준하게 했다. 새벽에 일어나는 일은 쉽지 않았다. 오후가 되면 피로가 느껴졌다. 주변에 있는 선생님들이 묻는다. "왜 그렇게 일찍 일어나요?" 나만의 시간을 갖기 위해서였다. 아무에게도 방해받지 않는 시간. 하다 보니 이른 시간에 일어나 자기 계발하는 분들 많다는 걸 알게 되었다. 신세계였다. 체력을 키우기 위해 걷기 운동도 시작했다. 운동화 신고 밖으로 나가기만 하면 됐다. '나오길 잘했다.' 스스로 칭찬하게 되었다. 운동 끝나고 샤워하면 개운했다. 안 보던 책을 보니 딸이 놀아달라고 조르기도 했었다. 아이들을 위해 도서관에 갔었는데 나를 위해 도서관 가는 모습으로 바뀌었다. 변화한 모습에 스스로가 기특하게 느껴지기도 했다. 이런 모습에 주변 사람들이 변했다고 한다. "예전부터 그렇게 책 봤으면 서울대 갔을 거야." 친정엄마도 싫지 않은 내색이었다. 그러다 말겠지 했는데 지속하는 모습이 신기해 보였나 보다. 하기야 나조차 내 변화 모습이 신기하다. 긍정적 변화가 삶의 방향을 바꿔줬다.

책을 보다 독서 모임에 관심이 생겼다. '다른 사람들은 어떤 책을 보고 있을까?' 참여하고 싶어졌다. 딸이 유치원 다니고 있을 때 동생이 독서 모임을 하고 있었다. 독서 모임을 같이 하자고 했지만, 그때는 사람들과 어울리는 모임이 싫었다. 책에도 관심이 없어 거절했었다. '그때부터 책을 읽었으면 좋았을 텐데.' 지금보다 더 성장해 있었

**엄마들의 이유 있는 반란**

을 모습을 생각하니 아쉬웠다. 이제부터라도 꾸준히 책을 보자. 독서 모임에 들어갔다. 처음에는 필사 위주로 하는 모임이었다. 독서 습관을 들이고 싶어 선택한 모임. 다른 사람들이 필사한 내용 공유하면서 여러 책을 보는 느낌이 들었다. 책 내용에 대해 이야기 나누기도 했다. 두 번째 참여한 모임은 약간 다른 분위기였다. 책에서 찾은 문장을 올리고 적용하기까지 해 얻는 점이 많았다. 다른 사람들의 생각, 관점, 경험담까지 들으니 책 내용이 더 잘 이해되었다. 책 읽는 습관도 들일 수 있었다. 새로운 책 찾는 재미도 좋았다. 독서 모임을 통해 새로운 사람과 만나는 시간이 기다려졌다. 내가 힘들 때 보여주는 관심과 위로가 따뜻하게 느껴졌다.

부자가 되기 위해서는 공부해야 한다. 책을 읽고 경제 흐름도 익혀야 한다. 코로나 초기일 때 뜨거웠던 주식 공부를 시작했다. 유튜브 강의 찾아 들으며 메모했다. 주식 도표 공부도 했다. 주식 공부 시작은 어렵지 않았지만, 공부할 범위가 넓다는 것을 알게 됐다. 처음 들어보는 단어의 뜻이 이해가 되지 않았다. 다시 읽어봤다. 우량주와 ETF 위주로 사 모으기 시작했다. 강의를 듣는다고 오를 것 같은 주식을 딱 짚어 주지는 않는다. 각자 공부하며 스스로 결정해야 한다. 물건 하나를 사는 데에도 가격, 품질, 성능 등을 비교하면서 산다. 주식을 누가 추천해 주는 종목으로 아무 생각 없이 사는 사람이 있다니. 추천해 주는 주식이 떨어지면 그 사람을 원망하게 될 수도 있다. 주식을 좋지 않은 시각으로 바라보는 사람들도 있다. 난 장기투자 목적이다. 내려가든 올라가든 신경 쓰지 않기로 했다. 5년, 10년 후 상황 봐서 팔 생각으로 투자하고 있다. 내가 번 돈으로 조금씩 주식에 투자하니 부담도 없다. 시간 지날수록 늘어가고 있다. 나중에 복리 효과를 누리고 싶다. 김승호 회장님은 새벽에 두 시간 이상 공부하신다고 한다. 부자가 되어도 공부는 끊임없이 해야 한다는 걸 느꼈다.

기회가 오면 놓치지 말라는 글이 있다. 기회라는 단어가 눈에 꽂혔다. 1인 지식기업가 프로그램 문구가 눈에 들어왔다. 멘토라고 생각한 사람을 따라 해보고 싶어졌다. 뭔가 할 수 있을 거라는 기대가 생겼다. 1인 지식기업가 프로그램을 신청했다. '내가 과연 잘할 수 있을까?' 망설여지기도 했다. '아니야! 그냥 해보는 거야.' 무식하면 용감하다. 지원자가 많아 기대하지 않았다. 2시쯤 발표가 났다. 합격 명단에 '행복한 꿈'이 있었다. 기쁨 반, 걱정 반!! 새롭게 주어진 과제를 해야 했다. 처음 해보는 PPT 작업, 세바시, 사명 만들기 등 새로운 도전의 연속이었다. 중간에 도망가고 싶기도 했다. 내 선택이다. 졸업을 목표로 다시 마음 다잡았다. 막연하게 생각했던 전자책을 쓰게 되었다. 조 MVP가 되어 공저 쓰는 기회까지 거머쥐게 되었다. 세상에 이런 일이!! 나를 들여다보는 과정이었고, 나의 내면을 단단하게 만들어 주는 시간이었다. 10주 과정 중 세바시할 때가 생각난다. 줌을 켜

**엄마들의 이유 있는 반란**

고 녹화하는데 발음이 꼬였다. 다른 강사들이 강의할 때는 쉬워 보였다. 컴퓨터 화면을 보며 말하는데 머릿속이 하얘지기도 했다. 내 이야기를 꺼내는 과정 또한 쉽지 않았다. 어색한 말투, 무표정, 여유라고는 어디에도 찾아볼 수 없었다. 반복이 답이었다. 연습하다 보니 조금씩 나아졌다. 발전하는 내 모습을 보며 자신감이 생기기 시작했다. 두려움을 버리고 반복해 연습하면 된다고 긍정적으로 생각했다. 힘들 때 동기들이 응원해 주어 버텨지기도 했다. 혼자라면 포기했을지 모른다. 졸업하는 날, 나의 도전에 손뼉을 쳐주고 싶었다.

새로운 도전은 두려움이 앞선다. 두렵다는 건, 자신감이 부족하기 때문이다. 예전의 모습에서 벗어나 새롭게 시작하고 싶었다. 좀 더 일찍 책을 읽었더라면 좋았을 거라는 아쉬움이 남지만 지금도 늦은 건 아니다. 100세 시대니 빠른 시작이라고 생각하자. 나를 찾아가는 여정에 있다. '나는 못 해'가 아니라 '할 수 있다'가 되었다. 긍정적으로 생각하다 보니 어렵게 느껴지던 일도 하나씩 풀어져 갔다. 순탄하지만은 않겠지만 한번 부딪혀보자. 가만히 있으면 아무 일도 일어나지 않는다. 도전하고 실패하면서 계속 성장해나가겠다.

# 9

# 이대로 주저앉을 수는 없다!
# 나의 인생 각성 프로젝트 시작하다

임현경

아이가 생기면 집안 분위기가 달라진다는 말이 있다. 부부 사이도 좋아지고 분위기가 밝아진다고들 한다. 하지만 우리 집은 정반대였다. 쌍둥이 육아로 갈등이 심해졌다. 남편은 힘들어하는 나를 못마땅해했고 나는 남편의 무관심이 불만이었다. 매일 큰 소리가 오갔다. 시간이 지나도 육아는 어려웠고 부부 사이도 좋지 않으니 우울증이 심해졌다. 설상가상으로 엄마의 건강까지 악화되었다. 집에서도 바깥에서도 마음을 나눌 사람이 없었다. 시시때때로 눈물이 나왔다. 과연 출구는 있는 걸까? 모든 게 막막하기만 했다.

인터넷을 하던 중 우연히 독서 모임을 알게 되었다. 엄마들 대상으로 한 모임이었다. 출산 후 지인들과 육아카페에서 들려주는 말은 거의 육아에 관한 글이었다. 그런데 육아가 아닌 책 읽기 모임이라는 사실이 신기했다. 지금이야 엄마가 행복해야 아이도 행복하다는 말을 많이 듣지만, 그 당시 내 주변에는 그런 말을 해주는 사람이 없었다. 아이가 주인공이 아닌 엄마가 주인공인 모임. 당장 그 독서 모임이 있는 네이비 카페에 가입했다. 독서는 그렇게 시작되있다. 선수들과 함께 책을 읽기 시작했다. 아이 이야기가 아닌 책 이야기를 나누었다. 엄마들만의 모임이다 보니 서로 고민도 털어놓을 수 있었다. '기쁨은 나누면 배가 되고 슬픔은 나누면 반이 된다'는 말이 있다. 함께 하는 엄마들의 공감과 댓글로 나의 슬픔은 조금씩 작아졌다. 집에서 아이들만 보고 있을 때는 시간이 거북이처럼 흘렀다. 하지만 책을 읽는 동안에는 시간 가는 줄 몰랐다. 책을 읽기 전에는 모든 원망의 화살을 남편에게 돌렸다. 하지만 독서는 내 관심을 책으로 돌리면서 더 이상 울지 않게 되었다.

읽기와 쓰기는 쌍둥이다. 독서를 하다 보면 나도 이런 글을 쓰고 싶다는 소망이 생기기 마련이다. 나 역시 마찬가지였다. 처음에는 책을 많이 읽고 싶었던 것이, 읽다 보니 점점 글이 쓰고 싶어졌다. 읽고 쓰고 싶다는 바람을 충족시켜 줄 수 있는 정보를 검색하다 '서평단'을 알게 되었다. 출판사로부터 책도 받고 동시에 글도 쓰는 두 마리의 토끼를 동시에 잡을 수 있을 것 같았다. '서평'의 개념조차 잘 알지 못했다. 그렇지만 잘 쓰고 싶어 서평을 주로 포스팅하는 블로그의 글들을 찾아 필사도 하며 서평을 배웠다. 서평단의 특성상 짧은 기간 동안 책을 다 읽어야 했기에 출퇴근, 점심시간 등 틈새 시간을 이용해 책을 읽었다. 서평단 활동을 집중적으로 하다 보니 내가 쓴 글이 YES24, 알라딘, 반디앤루니스에 우수 리뷰어로 다수 선정되었다. 책을 마음껏 읽을 수 있다는 사실만으로 좋았는데 내 글이 당선되자 처음으로 내가 인정받은 듯 기뻤다. 이 성취감은 나도 뭔가를 해낼 수 있을 것만 같은 자신감을 주었다. 이 자신감 속에서 나는 더 많은 책을 읽었다.

그런데 이상했다. 내 나름 꾸준히 책을 읽고 글을 썼다고 생각했는데 현실은 달라진 게 없었다. 아이들을 키우며 회사에서 일을 했지만, 현실의 내 모습은 늘 제자리걸음이었다. 책만 많이 읽을 뿐, 아무런 변화가 없는 삶이었다. 당황스러웠다. 다른 사람들은 책을 읽고 삶이 바뀌었다고 하는데 나는 왜 제자리지? 그동안 읽었던 게 헛수고였나 하는 의문이 머릿속에 끊이지 않았다. 무언가 잘못되었다는 생각이 들었다. 고쳐야만 했다. 하지만 무엇을 고쳐야 할지 잘 알지 못했다.

그러던 중 블로그 이웃을 통해 자기 계발 모임을 알게 되었다. 사

**엄마들의 이유 있는 반란**

십을 훌쩍 넘은 나이, 여전히 못 벗어나는 무주택자 신세, 직장이 없으면 당장 흔들리게 되는 현실에 대한 두려움이 커지고 있던 때였다. 그 두려움은 변화 없는 내 현실과 겹치며 이대로는 안 된다고 부채질했다. 한 번 속는 셈 치고 도전해 보자며 모임에 가입했다. 하지만 너무 쉽게 생각한 걸까? 시작은 순조롭지 못했다. 아니, 나의 옛 습관이 나를 또 가로막았다. 우선 나는 새벽 기상부터 제대로 해 내지 못했다. 새벽에 일찍 일어나도 뭘 해야 할지 몰라 멀뚱멀뚱 시간만 보내다 출근 준비를 했다. 계획 없는 새벽 기상은 아무런 도움이 되지 못했다. 줌으로 이루어지는 강의 또한 마찬가지였다. 강의 시간에 화면을 꺼 놓고 다른 일을 했다. 어차피 녹화본을 주니 나중에 들으면 된다고 생각했다. 하지만 안에서 새는 바가지가 밖에서도 새는 법. 제시간에 제대로 듣지 않는데 녹화본을 제대로 들을 리 없었다. 변명할 거리는 많았다. 불특정 다수로 이루어진 오픈 채팅방은 소극적인 내 성격에 안 맞는다며 불평했고, 온라인을 활성화한 코로나를 탓했다. 교육 프로그램도 마음에 들지 않았다. 끊임없이 남 탓을 하면서도 뭔가 해야 한다는 생각에 그만두지도 못했다. 학원 전기세를 내는 학생들처럼 나 또한 남의 전기세를 내주며 시간 낭비하고 있었다.

더 이상 돈 낭비, 시간 낭비를 하기 싫어 자기 계발 모임을 탈퇴했다. 나 혼자 할 수 있을 것 같았다. 하지만 함께 할 때도 잘 해내지 못하던 내가 혼자 해서 성공할 리 없었다. 강제적인 시스템 안에서

훈련하고 습관으로 만들어야 했다. 나의 나쁜 습관을 피드백 삼아 다시 시작해 보기로 결심했다.

첫 번째로 시도한 건 새벽 기상이었다. 새벽 기상을 하기 위해서 먼저 취침 시간부터 조정해야 했다. 그전에는 항상 자정이 넘어서야 잠이 들었다. 처음 새벽 기상을 시작할 때는 늦게 잠을 자고 일찍 일어나니 업무 시간에 집중하기가 어려웠다. 취침 시간이 짧으니 체력이 버텨줄 리가 없었다. 그래서 졸리지 않아도 무조건 11시 전후로 취침했다. 전에는 멍하니 시간을 보내던 새벽 시간이었지만 이제는 새벽에 뭘 할지 계획하여 새벽을 채웠다. 매일 새벽, 모닝 페이지에 오늘의 할 일을 계획하면서 하루를 시작했다. 쫓기듯 보냈던 매일 아침이 지난 하루를 피드백하며 반성하는 시간으로 바뀌었다. 매일 적는 나만의 목표는 내가 무엇을 집중해야 하는지 돌아보게 해주었다. 어느새 새벽 시간은 내 하루의 나침반이 되어 있었다.

늘 화면을 끄고 강의를 듣던 태도도 바꿔야 했다. 화면을 끄고 강의를 들으면 집중력이 떨어져 불성실한 태도로 이어졌다. 화면을 켜고 강의하는 분의 얼굴을 보며 수업을 들었다. 채팅창으로 질문도 하며 좀 더 적극적으로 하려고 노력했다. 놀라운 건 강의를 듣는 태도만 바꾸었을 뿐인데 회사에까지 좋은 영향을 미친다는 점이었다. 회의 시간이나 동료의 말에도 좀 더 집중할 수 있게 되었다. 나는 서서히 바뀌고 있었다.

예전에는 다독가라는 타이틀이 참 좋았다. 많이 읽는다는 사실을 자랑으로 생각했다. 당연히 발전이 있을 수가 없었다. 그런 내가 바뀔 수 있었던 것은 내가 그토록 싫어하던 자기 계발을 시작하면서부터였다. 일주일을 돌아보며 잘한 점과 개선할 점을 피드백해 나가면서 나는 조금씩 잘못된 점을 바꿔나갈 수 있었다. 한 달에 한 번 운영자와 함께하는 코칭 시간에서도 내 삶을 돌아보며 수정할 부분을 찾아 나갔다. 피드백 없이 앞으로만 달려갔을 때는 변화가 없는 내 삶에 초조하고 화가 났다. 하지만 나는 끊임없는 피드백을 하며 하나씩 나의 삶을 바꿔나갔다. 앞을 향해 전진하는 삶. 그리고 멈추고 돌아보는 삶. 이 두 가지는 결국 함께 가면서 나는 더 나아질 수 있었다.

# 10

# 굿 멘티로 살다가
# 굿 멘토가 되겠습니다

유은희, 리치희야

1년에 딱 하루였다. 딱 하루, 주인집 손녀에게 먹는 것으로 유세 떨 수 있는 날이었다. 대구에서 다섯 손가락 안에 든다는 부잣집 손녀이기에 손에는 매일같이 새로운 과자가 들려있었다. 그 과자가 그렇게 부러울 수가 없었다. 침을 꼴딱 삼키며 부러워할수록 손에 쥔 과자를 먹지도 않고 약을 올렸다. 20원 하던 '짱구'도 맘 놓고 못 사먹는 나에게 비싼 외제 과자를 자랑하니 얼마나 신이 났을까. 그렇게 당했던 날들을 단 하루 보상받을 수 있는 날이었다. 1년에 한 번, 메주 만드는 날. 군것질 과자 한번 맘 놓고 못 사주던 엄마는 메주콩을 빻다 말고 주먹만 한 콩 뭉치를 간식이랍시고 손에 들려줬다. 김이 모락모락 나는 메주콩 뭉치는 고소한 간식이었고 어디에도 팔지 않는 간식이었다. 주인집 손녀는 처음 보는 군것질거리를 보더니 한 번만 먹어보자고 입을 벌렸고 난 절대 줄 리가 없다. 눈에는 눈, 이에는 이다. 어디서 샀냐고 묻길래 어디서도 절대 살 수가 없다고 했더니 울음을 터트렸다. 메주콩으로 복수를 할 줄은 몰랐다. 하루의 통쾌함으로 버텼던 그때의 기억 때문인지, '먹고 싶은' 것을 제때 사줄 수 있는 어른이 최고였다. 나는 최고의 어른이 되고 싶었다.

나의 엄마는 참 대단한 사람이다. 가난 때문에 초등학교 졸업장조차 없었지만, 그런 엄마를 '일자 무식쟁이'로 생각한다면 큰 오산이다. 엄마는 시장에서 물건을 싸 주는 신문지 하나도 허투루 버리지 않고 읽고 쓰는 공부를 했다. 신문으로 공부를 하다 보니 모르는 한자가 없고 모르는 상식이 없었다. 엄마는 자식들에게 신문 기사를 옛날이야기 해주듯 전해주는 게 낙이었다. 엄마의 공부에 대한 열망이 가난한 집 딸을 대학물 먹게 해주는 원동력이었는지도 모르겠다. 엄마는 열심히 살았고 열심히 노력했고 열심히 4형제를 키워냈다. 가난한 집 맏며느리로 시집와 7형제의 맏이 노릇도 했다. 그래서인지 열심히 살아도 가난이 해결되진 않았다. 신문 덕에 유식했던 엄마도 가난 앞에선 별수 없었다. 엄마는 딸들이 결혼을 계기로 가난에서 벗어나길 바랐다. 엄마에게 딸들의 결혼은 '가난 탈출구'였다. 하지만 엄마의 염원과는 다르게 딸들의 결혼은 탈출이 아니라 사랑이었다.

비록 탈출이 목적은 아니었지만 내게 이미 시댁은 엄청난 부자로 여겨졌다. 내가 결혼하던 그 날까지 내 집은커녕 전세살이도 힘들어 월세살이를 전전했던 친정인데, 시댁은 이미 주인집이었다. 빚이 있거나 말거나 중요하지 않았다. 내게 '부자'의 기준은 친정이었다. 돈에 대해 친정보다 마음이 편하면 '부자'였다. 많은 걸 못 해줘서 미안하다는 시부모님께 '미안해하지 마시'라고 한 이유는 정말 미안할 일이 없어서였다. 입덧으로 아이스크림이 먹고 싶었을 때, 슈퍼에서 파는 1,000원짜리 아이스크림이 아니라 베스킨라빈스를 사 먹을 수 있는 것만으로도 나는 부자였다. 아이들이 치킨을 노래 부를 때 큰 아이는 양념치킨, 작은 아이는 후라이드치킨, 입맛대로 사 줄 수 있는 것만으로도 나는 부자였다. 내가 되고 싶었던 '최고의 어른'이었다. 난 그런 부자가 좋았다. 내 아이에게 제때 먹고 싶은 걸 안겨줄 수 있는 부모여서 행복했다. 가난했기에 내가 참아내야 했던 걸 내 아이들은 참아내지 않아도 되어 행복했다. 삶의 과정에만 치중했다. 작은 행복으로 큰 행복을 만들 수 있다고 착각하고 있었다. 차곡차곡 모아서 요긴하게 썼으니 잘 살고 있는 줄 알았다. 커가는 아이들은 보여도 나이 드는 내 모습은 보이지 않았던 것이다.

'엄마의 노후를 책임질 수 있냐'는 나의 농담에 당연히 책임지지 못할 거라며 진담으로 답하는 아들이 나를 정신 차리게 했다. 나의 모든 걸 걸고 키워냈으니 네가 책임져야 한다고 우격다짐할 순 없었다. 너희들 키워내느라 내 노후는 빈 깡통이더라고 후회해 봐야 그저 신세 한탄에 지나지 않는다. 그렇게 시작한 고민. 빈 깡통을 빨리 채워야 했고, 그 빈 깡통이 아이들에게 무거운 짐으로 여겨지지 않아야 했다. 처음엔 '자기 계발'이라는 거창한 목표 따윈 없었다. '나를 찾겠다'는 자아실현을 꿈꾼 것도 아니었다. 단지 내 자식들에게 짐이 되는 부모가 아니라, 내가 나를 책임져야 한다는 생각이 전부였다. 얼마 남지 않은 퇴직이 조바심 나게 했다. 어떻게 하면 돈을 더 많이, 더 빨리 벌 수 있을까? 그런데 '대박', '창업', '투자'가 아닌 새로운 말들을 만났다. 자기 계발, 자아실현, 파이프라인, 경제적 자유 그리고 선한 영향력. 뭐지? 지금까지 내가 아는 세계와는 전혀 다른 세계였다. 새로웠고 흥미로웠고 흥분됐다. 가슴이 방망이질하며 젊은 그 시절처럼 열정이 끓기 시작했다. 더 깊이 빠져들수록 땅을 치고 후회할 시간조차 없다는 것을 알았다. 시간이 아깝고 마음이 바빴다.

시간을 만들기 위해 새벽 기상은 당연한 선택이었는지 모르겠다. 졸음과 싸우면서 책을 펼쳤고, 배움에 매진했다. 하지만 모든 일엔 시행착오가 있게 마련이다. 인생의 경험이 많다고 해서 한 방에 오케이는 없었다. 100일 필사, 1일 1독서, 경제신문 읽기, 1일 1포스팅, 블로그 체험단, 주식팟방 듣기, SNS까지 건드리지 않은 분야가 없었다. 무턱대고 덤비다 보니 정작 되는 게 없었던 것이다. 가장 아껴야 할 것이 시간인데 그 시간을 무작정 쏟아붓는 꼴이었다. 1년을 넘게 아등거렸는데 손에 쥔 성과는 '설익은 열매'일 뿐이었다. 무작정 노력한다고 해서 결과가 당연한 건 아니었다.

무엇이 문제였을까. 노력이 부족해서? 나이가 많아 이미 머리가 굳어서? 방법이 잘못되어서? 그런데 문득 이런 말이 떠올랐다. '우물가에서 숭늉 찾는다.' 복권 당첨되듯 하루아침에 대박 나기를 바랐던 건 아니었을까. 좀 더 솔직해져 보자. 안 읽던 책 좀 읽었다고, 안 하던 공부 좀 했다고, 관심 없던 경제에 관심 좀 쏟았다고 내 인생이 하루아침에 드라마틱해질 거라 여겼던 것이다. 3개월 만에 성과가 있었다든지, 5개월 만에 투자금 두 배를 벌었다든지 하는 결과에만 솔깃해서 과정은 들으려고 하지 않았던 것이다. 웬만한 산전수전은 겪었기에 이것쯤이야 어마어마한 속도로 다 해낼 수 있을 거라는 욕심과 자만이 온 마음을 차지하고 있었다. 분명 내겐 따라가고 싶고 따라하고 싶은 고수가 있었다. '일생에 한 번은 고수를 만나라'는 책을 굳이 읽지 않아도 고수나 멘토의 존재는 반드시 필요하다는 것을 안다. 하지만 고수를 만나더라도, 멘토를 두고 있더라도 눈과 귀가 닫혀있으면 말짱 도루묵이다. 내게 굿 멘토는 있었지만 나는 굿 멘티가 아니었다. 멘티의 자질이 문제였다는 것을 시간이 지나고 깨달았다.

굿 멘티가 되려면 '이유 불문'이어야 한다. 멘토가 하라면 한다. 멘토가 했다면 한다. 그러나 멘토에게 의지는 해도 의탁은 하지 않아야 한다. 나는 굿 멘티가 되기로 했다. 욕심은 버리기로 했다. 한 번에 하나씩!! 해답은 원씽(Onething)이었다. 오늘의 원씽, 이달의 원씽, 올해의 원씽을 묻는 멘토를 믿기로 했다. 욕심 때문에 어수선했던 새벽 시간은 원씽 아래에서 목표를 향해 달려가는 시간으로 자리 잡기 시작했다. 선택과 포기가 명확한 원씽이 성공을 향한 지름길이었다.

내가 만들어 낸 시간은 새벽 2시간 30분. 그 시간을 조각조각 내다보니 어설픈 인풋이 되었던 것이다. 잠깐씩 맛보았던 원씽의 맛을 놓치고 있었던 것이다. 생각해보니 강의 듣느라 원씽을 할 수밖에 없었던 때가 원씽의 맛을 보던 때였다. 스마트 스토어 수강이 원씽이었을 땐 신기한 첫 매출을 경험했고, 부동산 수강이 원씽이었을 땐 부동산 계약서를 손에 쥘 수 있었다. 또 독서 모임이 원씽이었을 땐 도서리뷰 체험단으로 사소한 수입이 생기기도 했다. 하지만 이런 작은 성과들이 더 이상 성장할 수 없었던 건 양은 냄비 같은 내 성격이 가만두지 않았기 때문이다. 순식간에 끓어오르는 열정을 오랫동안 유지할 끈기가 없었던 것이다. 식어버린 열정은 괜스레 뚱뚱한 내 몸을 부끄럽게 여기며 꼭꼭 숨겨놓았던 우울감을 꺼내려 했다. 다행인 건 모든 걸 놓아버리고 예전으로 돌아가는 것이 아니라 '다이어트'를 원씽으로 두기로 했다는 것이다. 항상 실패를 해왔기에 '루저'라는 생각에서 벗어나고 싶었다. 그러면서 또 한 명의 멘토를 알았고 때마침 굿 멘티가 되기로 결심했던 때였다. 타이밍은 내 편이었다. 그렇게 시작한 '다이어트' 원씽은 목표를 넘어선 성과를 선물했다. 그 성과는 지금의 나를 대표하는 콘텐츠가 되었고, 나의 미래를 만들어 줄 초석이 되었다. 하나의 인풋이 만들어 낸 하나의 아웃풋. 욕심을 버렸더니 성취감이 왔다.

멘토는 내가 갈 길을 먼저 지나간 사람이다. 나는 그 길 위에서 열심히 뒤따라가고 있다. 엄마로 최선을 다했던 시간은 지금의 나를 만들었고, '나'로서 최선을 다하고 있는 지금은 내 미래를 만들 값진 시간이다. 멘토를 따라가는 길 위엔 분명 나를 따라오는 이들도 있으리라. 이제 그들의 굿 멘토가 되는 것이 내가 길 위에 있는 이유이기도 하다. 그 길 위에만 있자.

# 4장

# 날개를 펼치고
# 날아오르다

# 다시 나는 20대처럼 꿈 많은 여자가 되었다

김미성, 엘사랄라

어른이 되어 가장 많이 하는 후회가 '학창 시절로 돌아가게 되면 더 열심히 공부할 걸'이라는 후회라고 한다. 나는 '절대'아니다. 다시 그 생활로 돌아가고 싶지 않다. 어떻게 공부했는데 또 하란 말인가. 결혼생활도 마찬가지다. 어느 날 친한 언니가 다시 아이들이 태어나기 전으로 돌아가 결혼하지 않고 살아볼 기회가 생긴다면 살아보겠냐는 질문을 나에게 던졌다. 상상해보았다. 의외로 나의 대답은 확고하게 'No'였다. 다시 20대로 돌아가 다른 남자를 만날 수 있다고 한다면 돌아가겠느냐는 질문에 대한 나의 대답 또한 확고하게 'No'였다. 그 이유는 단 하나. 현우와 서영이의 엄마는 될 수 없기 때문이었다. 지금까지 오면서 힘들어 도망치고 싶을 때마다 되레 뒤돌아보지 않기로 마음을 더 단단히 먹은 이유다.

고등학교 시절로 다시 돌아가 처음부터 다시 공부를 시작하고 싶지 않듯이, 결혼하기 전으로 다시 돌아갈 일은 없다며 마음을 정했다. 나의 인생에 대한 확고한 책임감이었다. 나의 40대를 보내고 시간이 흘러 다시 40대를 살았으면 좋겠다는 후회 또한 앞으로 없을 것이라 결심했다. 그저 오늘 주어진 시간만을 보며, 어떠한 미련과 후회도 남기지 않는 삶을 살기로 했다. 그리고 그 삶은 나를 어제보다 더 대견하고 기특하게 만들어 줄 것이다. 아이들과 남편의 꿈을 지지해 주면서 나의 꿈도 놓치지 않겠다는 강한 결의로 채워나가는 삶이다. 그렇게 나는 오늘, 두 번째 20대를 준비한다. 그 누구보다 나 자신에게 후회를 남기지 않는 마흔을 준비하고 있다.

2014년, 처음 블로그를 개설하고 고작 한 편의 글을 쓰고 손을 놓았었다. 당장 눈앞에 꼬물거리는 아이들을 키워야 하는 현실에 치이는 일상이었다. 그러다가 2016년 나의 이야기를 남기고 싶다는 생각이 다시 절실히 고개를 들기 시작했다. '책을 즐겨 읽는 사람은 그 안에 글을 쓰고자 하는 욕망이 숨겨져 있다.'는 문장을 본 적이 있다. 어렸을 적 엄마가 사준 디즈니 명작동화를 시작으로 20년이 넘도록 언제나 책과 함께였다. 집이 도서관 근처였고, 중학교, 고등학교 6년 내내 신간 도서를 제일 먼저 빌려 읽고 싶어서 도서부 활동을 했다. 대학생이 되어서도 교수님께서 추천하시는 책들이나, 강의계획서에 나와 있는 참고문헌까지 찾아 읽는 정도였다. 독서를 지속하면서 글을 쓰고자 하는 열망은 꺼지지 않았고, 자연스레 다시 블로그를 시작하게 되었다.

블로그에 글을 쓰고 있는 내 모습이 처음에는 낯설면서도 신기했다. 11시에 수업을 마치고 모두가 잠드는 시간에 부엌에 홀로 앉아서 시간 가는 줄을 모르고 열중하는 또 다른 나의 모습을 발견했다. 초반에는 그저 아이들과 함께했던 시간에 대한 기록이거나 읽은 책에 대한 내 생각을 정리해서 올렸다. 글을 올리는 과정에서 내가 두드리는 자판 소리는 마치 마음을 달래주는 음악 소리 같았다. 자판 두드리는 소리는 나의 심장 박동 수를 안정시켜 주었고, 머리를 맑게 해주었다. 한 편의 글을 끝내고 나면 뿌듯함에 온몸에 활기가 돌았다. 한동안 잊고 살았던 성취감과 희열이었다. 문득 어쩌면 나는 아주 오래전부터 글을 쓰고 싶어 했었는지도 모르겠다는 생각이 들었다. 강사라는 직업으로 돈을 벌고 있지만 사실 나는 말보다 글이 더 좋은 사람이었다.

처음 만화책을 접했을 때가 생각이 난다. 친구들은 그림 위주로 보면서 글은 대충 쓱쓱 읽고 넘기는데 나는 그림까지 읽으려 들어서

**엄마들의 이유 있는 반란**

영 재미를 붙이지 못했다. 오히려 줄글 책을 읽는 것보다 만화책을 읽을 때 시간이 더 오래 걸렸다. 시험 기간 때에는 쉬는 시간에 머리를 식힌다며 책을 읽었다. 내가 좋아하는 책을 읽는 시간이 나에게는 진정한 휴식 시간이었다. 국어 시간에 익힌 새로운 어휘는 일상에서 빠르게 써먹었다. 친구들이 쓰지 않는 어휘를 대화나 글 속에 써먹을 때마다 혼자서 신이 나고는 했다. 감정이 복받치거나, 어떻게 말로 표현이 힘들 때는 일기장에 나의 속마음을 쓰거나, 자판을 미친 듯이 두드리면서 하고 싶은 말들을 쏟아 냈다. 그랬다. 나는 글쓰기와 독서가 일상이 되어 있는 사람이었다. 그 사실을 미처 깨닫지 못하고 뭔가가 답답하다고만 느꼈다. 어떻게 머릿속에서 엉킨 실타래를 풀어야 하느냐고 혼란스러워했었다.

말보다 글이 더 좋다는 사실을 깨닫고 더 적극적으로 블로그에 내 생각을 올리기 시작했다. 그동안 머릿속에만 쌓아 놓았던 소재들이 줄줄이 자연스럽게 써졌다. 물론 이제 시작인지라 더 많이 글을 써봐야 한다. 여태껏 영어 강사만이 나의 직업이자 사명이라 생각하며 살아왔고, 앞으로도 그래야 한다고 생각했었다. 하지만 이제 사고의 대전환이 일어났다. 온전히 나를 위해 주어진 시간 동안에 내가 무엇을 해야 할지 명확한 목적이 섰다. 제2의 사명이 생긴 것이다. 예전의 나의 사명은 꿈을 이루기 위해 노력하는 학생들에게 날개를 달아주는 선생님이 되는 것이었고, 그 사명대로 강사가 되었다. 영어 점

수가 절대평가로 등급이 매겨지면서 교과 전형에서 영어로 최저를 맞추면 승산이 있다. 수학이 어려운 이과생에게조차 나만의 방식으로 영어 성적을 끌어올려 대입의 문을 열어 주었다. 그렇게 학생들을 위하여 매진해 왔던 내가 이제 또 다른 꿈이 생겼다. 바로 나의 글을 통해 더 많은 사람과 교류하고 영감을 주고 싶다는 꿈이다.

하나 더, 학창 시절 노트 한쪽에 '내 집을 작은 도서관처럼 꾸며 놓고 싶다'라고 적어 놨었다. 오랜 바람이었다. 엄마가 되어 바쁘게 지내는 동안 잊고 있었던 그 꿈이 생생하게 다시 그려지는 날이 다가오고 있음이 느껴진다. 이제 그 꿈은 나 혼자만의 꿈이 아니다. 남편과 함께 이루고 싶은 꿈이다. 온라인상에도 '욕망의 만서가'라는 건물을 세우고 싶은 바람이 생겼다. 온라인 속 내 집에서는 일과 양육, 그 어느 것도 놓치지 않는, 나에게 주어진 삶에 최선을 다하는 삶을 꿈꾸는 모두를 위한 곳이길 바란다. 일과 육아 모두 잘 해내고 싶은 당신의 바람이, 결코 이기적인 욕심이 아니라는 것을 많은 엄마와 여성들이 꿈꿀 수 있도록 응원해 주고 싶다는 생각이 간절해졌다. 지금 각자의 환경이 버겁게 느껴질 수 있는 사람들에게 '꿋꿋하게' 오늘을 살면서 미래를 위한 비전을 세우고, 그 비전을 이뤄 나갈 수 있도록 용기와 응원을 마음껏 불어 넣어주는 사람이 되고 싶어졌다.

그 길로 나아가는 시작이 나의 글이었으면 좋겠다. 글 속에 나의 혼을 담아서 공명하길 바란다. '내가 왜 결혼해서 아이를 낳아 사서 고생을 하나'하는 마음이 아니라, '지금의 남편을 만나고 엄마가 된 덕분에 나의 삶이 달라졌고 어제보다 더 성장할 수 있었노라'고 당당하게 외치는 엄마들이 많아졌으면 좋겠다. 안다. 쉽지 않다. 내 뜻대로 풀리지 않는 날들에 당신 또한 숨죽여 울었던 날이 있음을 안다. 나도 역시 흔들리고 약해질 때도 더러 있었다. 가다가 멈추기를 수십 번 반복했다. 하지만 그 자리에서 무너지거나 주저앉을 수는 없었다. 벌써 주저앉기에는 해보지 못한 것들이 더 많다는 생각이 컸다. 하나씩 해나가면서 과정 그 자체가 주는 보상 또한 크다. 하나씩 도전해보고, 해내는 시간이 곧 내 삶을 살뜰히 채워주고 있다. 삶이 채워지는 오늘을 보고 있는 나는 내일을 기대하게 되었다. 그리고 그 기대하는 마음이 나를 자유롭게 해주는 원천이다.

# 2

# 나와 너의 꿈이
# 반짝이는 날개로 펼쳐지다

이은정, 소소작가

2022년 7월, 엄마 독서 모임 "꿈빛살롱"을 시작했다. 첫째 아이와 비슷한 월령의 아이 엄마들과 만든 독서 모임이다. 첫째 아이는 이제 막 기어 다녔고 둘째 아이 임신 초기였다. '꿈빛'은 엄마들의 꿈이 밝은 빛처럼 퍼져나가는 모습을 상상하며 만든 이름이다. 엄마들이 꿈을 꾸고, 자신만의 반짝이는 모습으로 빛이 되고, 그 빛은 어둠 속에 있는 누군가에게 다시 비추길 바랐다. 세 명이 시작한 모임은 금세 여섯 명이 되었다.

우리의 독서 모임은 거창하지 않았다. 함께 모여 읽은 책으로 수다 떨고, 서로의 아이들도 함께 봐줬다. 6~8개월 정도 된 아이들이 함께이니 조용하고 엄숙한 독서 모임은 기대할 수 없었다. 발표하다가도 아이의 칭얼거림이 있으면 "잠깐 재우고 올게!"를 외치고 자리를 떠났다. 기저귀를 갈러 가는 일은 빈번했다. 우리 독서 모임의 가장 좋은 점은 아이를 데리고 참여해도 전혀 눈치보지 않아도 된다는 거였다.

독서 모임은 바쁘고 힘든 육아 속에서 책을 몇 줄이나마 읽게 해주었다. 덕분에 2주에 한 권이라도 겨우 읽었다. 내가 운영자였음에도 불구하고 책을 다 못 읽고 모임에 참여한 적도 있었지만 그렇게라도 독서의 길 위에 있을 수 있었다. 피곤한 육아 중에 독서 모임을 하지 않았더라면 내 도전 의식을 불끈하게 만든 책들을 만날 수 없었을 것이다. 함께 읽은 책들이 내 삶에 변화를 가져오기 시작했다. 책 읽고, 글 쓸 시간을 만들고자 새벽을 깨웠다. 이 모든 것의 시작은 독서 모임이었다. 독서 모임을 시작한 그때부터가 날아오르기 위한 준비였다.

우리 독서 모임의 이야기를 담아 전자책을 썼다. 《정부 지원금 100만 원 받아 커피값, 책값 아끼는 독서 모임》이다. 단 한 사람에게라도 도움이 되길 바랐다. 열 명도 넘는 이들이 도움을 받았다고 감사 인사를 해주었다. "덕분에 마을공동체 사업에 최종 합격해 지원금

300만 원을 받게 되었어요!", "경험자만이 해줄 수 있는 조언해 주셔서 감사합니다." 내 경험이 누군가에게 도움이 된다는 게 보람찼다.

"언니! 저 전자책으로 에세이를 쓰고 싶어졌어요. 어떻게 하면 돼요?" 꿈빛살롱 독서 모임에 늘 열심히 참여하던 동생이 물었다. 최근에 쓴 《돈 버는 실행 독서법》이라는 전자책까지 두 권의 책을 냈더니 전자책 만드는 방법도 내게 묻는다. 쓰고 싶은 주제를 이미 다룬 책이 있다면 글과 목차를 참고해서 글을 쓰라고 알려줬다. 내가 가지고 있던 전자책 쓰기 양식도 보내주었다. 도움을 줄 수 있는 게 또 생겼다. 배우고 경험한 걸 자꾸 남 주고 싶어진다.

"은정아, 나도 독서 모임 해보고 싶은데 어떻게 하면 좋을까?" 육아 휴직 후 복직을 앞둔 직장 동료가 내게 지나가는 말로 툭 던졌다. 어린 딸 셋을 키우며 자신의 성장에 목말랐지만, 엄두를 내지 못한 동료였다. 성장의 목마름을 함께 해결하고자 육아 휴직 중인 직장동료들을 모아 독서 모임을 시작했다. 동료는 직장에 돌아가면 마케팅 기획 업무를 이어가야 했다. 동료의 업무 적응이 덜 힘들도록 마케팅 책을 몇 권 포함했다. 모임의 이름도 정했다. '북앤맘 클럽'이다. 책과 늘 함께인 엄마라는 의미를 담았다. 우린 책 읽는 엄마로 살기로 했다.

독서 모임 '꿈빛살롱'과 '북앤맘 클럽'의 공통점은 '엄마의 성장'이

**엄마들의 이유 있는 반란**

다. 아이의 성장과 자신의 성장을 함께하고 싶은 엄마들의 열기가 느껴진다. 아이를 낳기 전엔 모두 각자의 직장에서 자신의 이름으로 불리며 능력을 펼치던 이들이었다. 이들이 '엄마'가 되며 한없이 작아졌다. 쉽게 잠들지 않는 아이를 재우며, 왜 난 아이 수면 교육조차 잘 못하는 걸까? 내 아이는 이렇게 많이 먹는데 왜 키가 안 크는 걸까? 어린이집을 일찍 보내서 자주 아픈 걸까? 모든 게 엄마 탓인 것만 같았다. 엄마로서 부족한 능력을 되새기며 자존감이 바닥을 쳤다. 엄마들의 독서 모임은 육아에 매몰되어 있던 시선을 책과 사람, 그리고 나의 성장으로 돌리게 해 주었다. 직장에서 발휘하던 각자의 강점이 무엇인지 기억하게 되었다. 이제 우린 아이만 보지 않는다. 나의 성장도 챙긴다. 독서 모임은 성장을 향한 이유 있는 반란이 시작되는 곳이었다.

2023년 7월, 꿈빛살롱 운영진들이 모였다. 새 회원을 모집하고, 책도 선정한다. 딱 1년 전 모임을 시작할 때와는 상황이 변했다. 직장에 복직한 회원도 있어서 평일 낮에 하던 모임을 주말로 변경해야 했다. 그 사이 둘째를 임신하거나, 출산까지 한 이들도 있다. 아이가 둘이 되니 제약도 많아졌다. 하지만 우리는 상황을 탓하지 않는다. 성장을 향해 함께 뚜벅뚜벅 갈 뿐이다. 엄마의 성장이 아이에게도, 건강한 가정을 이루는 데도 분명 도움이 될 거라는 믿음으로 나아간다.

엄마들이 자신의 꿈을 발견하고 펼치기 시작했다. 오랫동안 꿈이기만 했던 '작가'의 삶을 살고자 글을 쓴다. 자신의 롤 모델과 함께 일할 수 있는 직장으로 돌아가 더욱 배워서 꿈을 이루겠다는 이도 있다. 막연히 꿈꿨던 자신만의 사업 계획을 구체화하기도 했다. 복직 후 대기업으로 이직하겠다며 자격증 공부 시작한 이도 있다. 함께 독서하며 성장한 우리를 보니 미소가 지어졌다. "함께"라 가능했다. 우리는 성장을 향해 함께 간다. 혼자일 땐 힘들던 일들이 손잡아 주는 이가 있으니 한결 수월했다. 누군가 나의 손을 잡을 수 있도록 손을 내밀고 싶어졌다. 엄마들이 피곤에 찌들고 한껏 예민해진 자기 모습을 보며 자신을 미운 오리 새끼라 여기지 않기를, 아기를 키우는 위대한 일 앞에 우울과 무기력으로 자신을 진흙탕으로 처박지 않기를 바란다. 엄마이기 전에 한 인간으로 반짝였던 모습을 회복하는 길엔 책이 있고, 함께하는 사람이 있었다. 독서 모임을 통해서 우리는 날아오를 수 있는 날개가 있음을 알았다. 우린 이제 희고 반짝이는 날개를 펼친다.

**엄마들의 이유 있는 반란**

# 3

# 날아오르다

김은희, 빛풍경 캘리그라피

내가 좋아졌다. 가능성이 보이기 시작했다. 마음먹고 행동하면 어떻게든 해내겠다는 자신감이 생겼다. 예전에는 새로운 뭔가를 하기전 걱정하며 주저했었다. 내가 나를 믿어주지 못해 그랬던 거다. 자기 계발하는 과정에서 나를 찾게 되었다. 이제 막연하기만 했던 꿈이 멀게만 느껴지지 않는다. 물론 좋은 일만 있지는 않을 것이다. 이런 나를 만나기까지 몇 번의 고비 있었던 것처럼.

자기 계발하던 중에 맞게 잘 가고 있나 고민되는 순간 있었다. 분주하게 움직이고 있긴 한데 눈에 보이는 결과물이 없었다. 잘하고 있는 건지 의심스러웠다. 그러던 중 버킷리스트에 있던 '한라산 정상

오르기'를 계획하게 됐다. 목표를 세웠으니, 그에 맞춰 행동하자.

나는 추위를 많이 탄다. 겨울만 되면 움츠러지고 활동량이 줄어들었다. 한라산을 올라야 하니 운동을 멈출 수 없었다. 두툼한 패딩 입고 묵직한 부츠 신은 채 만 보 걷기를 지속했다. 손발이 차가워 달릴 때 부츠 신은 채 뛰었다. 달리기할 때 신발도 중요하다는 걸 겨울 지나 러닝화를 장만하며 알게 됐다. 몸이 무겁고 속도가 나지 않았다. 그래도 멈추지 않았다.

한라산 등반을 한 달 앞두고 예고치 않은 코로나 확진. 마음이 불안해졌다. 이러다 정상까지 못 오르는 건 아닌지 염려되었다. 겨울 한라산 오르는 일이 쉽지 않을 것이라는 주변 이야기에 걱정되었다. 그 두려운 마음, 단단하게 준비하는 '행동'으로 극복해 보자. 《두려움의 재발견》 내용처럼 불안한 마음을 받아들이기로 했다. 불안한 만큼 '운동'하면 된다.

한낮 기온도 영하였던 날, 그나마 바닥 녹아 있던 호숫가 앞으로 향했다. 계획한 20분 달리기를 하기 위해서다. 녹아 있는 길을 빙글빙글 돌며 뛰었다. 뺨을 스치는 바람이 찌르는 듯 느껴졌다. 바람이 매서워 몸 전체를 무장했지만, 호흡이 중요해 얼굴은 가리지 못했다. 기운이 빠졌다. 목표 거리의 반도 못 뛴 상태였다. 순간 멈추고 싶어

**엄마들의 이유 있는 반란**

졌다. '지금 멈춰버리면 정상까지 오를 수 없을지 몰라.' 순간의 고비를 넘겨야 하는 이유가 되어줬다. 울컥한 감정이 치솟았다. 그렇게 '한라산 정상'만 생각하여 목표 거리를 완주하게 되었다. 누군가는 이런 말을 할 수도 있겠다. 한라산 정상이 뭐 대단한 거라고 그렇게까지 하냐고. 실제 그런 말을 듣기도 했다. 나에게 한라산 등반은 산 하나 오르는 의미가 아니었다. 커다란 장애물 같은 거였다. 뛰어넘고 싶었다.

　가족 모두 무탈하게 정상까지 올랐다. 정상에서의 가슴 벅찬 기분은 내려와서도 지속되었다. 끝까지 함께 해 준 가족에게 고마웠다. 정상석 앞에서 찍은 가족사진을 확대해 인화했다. 며칠이 지났다. 똑같은 일상이다. 별다른 변화가 있지 않았다. 뭔가 크게 달라지리라 기대했나 보다.

　지난날을 돌아봤다. 봄, 여름, 가을, 겨울 운동해 온 내 모습이 보였다. 태어나 한 번도 야외에서 걷고 뛰는 걸 지속해 보지 않았다. 그랬던 내가 비 오면 우산 쓰고 걸었다. 물웅덩이에 빠져 양말이 흙색으로 물든 기억도 떠올랐다. 비바람 거세게 부는 날, '어떻게 운동하지?' 하다 지하 주차장을 떠올렸다. 한겨울에도 눈을 맞으며 걸었다. 눈이 얼은 바닥 보면 조금이나마 녹은 곳 찾기 바빴다. 달리기할 장소를 찾기 위해서다. 지속하고 싶으니 방법을 찾게 된 거다. '계획한 운동은 꼭 실행하는 거야.' 스스로와 약속했다. 그리고 약속을 지켰다.

목표로 한 운동 기간 '1년'을 채운 후 나에 대한 '믿음'이 더해졌다.

한 프로그램을 참여하며 나를 정면으로 마주하게 되었다. 새마정 프리미엄 4기 참여 중 내면을 깊이 들여다보게 된 거다. 어떤 행위만으로는 큰 변화가 생기지 않는다. 내가 어떤 사람이고, 어떤 일을 했으며, 어떻게 개선하면 좋을지, 들여다보고 보완해야 발전한다는 걸 깨닫게 되었다. 책 읽으며 글 쓰는 작업은 내 안을 들여다보는 계기가 되어줬다. 잔뜩 겁먹고 웅크리고 있던 나를 발견했다. '잘할 수 있을까?' 의심했다. 나부터 나를 믿었어야 했는데 그러지 못했다. 내가 나를 못 믿는데 누가 나를 믿어줄까. 스스로 믿는 사람의 입에서 하는 말은 힘이 실려 있기에 다르다. 힘 실린 발언은 믿게 된다. 잘 못했어도 괜찮다고, 다시 도전하면 된다고 토닥여야 했다. 다른 사람이 못 채워주면 나라도 해줘야지. '괜찮아, 이제라도 하면 돼.' 토닥여 줬다.

책에서 읽은 내용을 적용하기 시작했다. 읽기만 한 것이 아니라 행동에 옮기게 된 거다. 시작했으면 계속하자. 못하면 또 해보고, 만족스럽지 않으면 다시 도전하면 된다. 포기하지 않으면 실패한 게 아니다. '한 번에 잘하려고 하기'보다 조금씩 '누적하는 방식'으로 쌓아 올리니 계속하게 됐다. 성장하는 방법이었다. 잘했든 못했든 지속해 본 경험은 또 다른 시도로 이어진다. 작은 성취 경험이 쌓이면 더 큰 도전도 하게 된다. 전자책 쓰고 공저 책 쓰는 지금의 나처럼. 1년 전만 해도 글 쓰고 책 내는 작가가 될 줄은 상상조차 할 수 없었는데, 그렇게 변화했다.

'나'를 찾았다. 나에 대한 '믿음'이 생겼다. 작은 성취 경험 하나씩 쌓이면서 내가 더 좋아졌다. 지속하느냐, 그러지 못하느냐가 자신감과 연결되는 거였다. 긍정적인 경험은 좋은 방향으로 변화하게 한다. 시작은 쉽지 않지만, 시작하면 느리더라도 계속하는 나의 미련스러운 모습이 장점으로 다가오는 지금이다. 계속 내 가능성을 발견하며 발전시켜 나가고 싶다. 그리고 지금의 나에게 해주고 싶은 말이 있다. 늦게 만나러 와서 미안하다고. 어쩌면 그간 내가 만들어 놓은 틀이 너를 날아갈 수 없게 잡고 있었는지 모르겠다고. 이제 내 모습을 찾았으니 훨훨 날아오르기만 하면 된다고. 고비가 와도 그간의 경험을 상기시키며 포기만 하지 말라고 말해주고 싶다. 언제나 내 곁에서 응원하며 믿어줄 가장 든든한 지원군, 나를 만났다. 그리고 40대에 다시 꾼 꿈을 향해 날아올랐다.

# 4

# 은빛 날개를 활짝 펴는 중이다

이애련

늦었다는 건 안다. 새벽 기상, 독서, 블로그 글쓰기, 감사 일기 등. 벅차기만 할 것 같은 루틴들을 하나씩 해보기로 했다. 망설이는 마음은 갖지 않기로 했다. 새벽 4시 30분. 알람 시계를 끄고는 책상 앞에 앉아야 한다는 생각으로 침대에서 기어 나왔다. 눈만 뜨고 멍때린 날이 하루 이틀이었겠는가. 그런 날은 하루종일 찜찜한 기분으로 자책하곤 했다. '난 안 돼. 내가 무슨 자기 계발을 한다고.' 이런 생각이 들 때마다 다시 마음을 다잡았다. 그러면서 내일부터는 무슨 일이 있어도 포기하지 말자고 생각했다. '나는 막차를 탄 거야. 이 길 끝에 무엇이 있는지 보아야겠어.' 야무진 각오도 했다.

작년부터 시작한 새벽 기상은 중간에 포기한 적도 있었다. 역시 아무나 새벽에 일어나는 건 아닌가 보다 생각하기도 했다. 그러다가 이렇게 하면 안 된다고 생각하고, 다시 새벽 기상을 시작했다. 블로그에 기록하기 시작했고, 누군가 읽어주지 않더라도 혼자만의 '손 글씨 일기장'으로 기록했다. 상반기, 하반기 계획을 세우기 시작했고, 만다라트 표와 연간 계획표, 1년, 2년, 3년 후, 스케줄링도 작성했다. 쓰는 방법을 몰라 유튜브나 블로그에서 찾아보기도 했다. 처음 쓸 때는 어색하고 과연 이걸 내가 해 낼 수 있을까 싶었지만, 기록하다 보니 목표가 생겼다. 매일을 기록하고, 기록한 것을 다시 보고, 할 수 있다는 확신을 가지며 노력하고 있다. 작지만 하나씩 이루어 가는 기쁨을 느끼면서 살고 있다.

참여하고 있는 카페에 매일 매일을 인증하고, '나 잘하고 있어요.' 보여주기 시작했다. 댓글이 달리고 하트가 늘어나고, 모두의 응원 속에 알찬 시간을 보내기 시작했다. 그렇게 하루도 안 빠지고 인증하면서 뿌듯함이 부풀기 시작했고, '뿌듯함'이 주는 행복은 하루의 고단함도 잊게 해 주었다. 이게 자기 계발이고, 삶을 변화시키는 방법인데, 왜 그동안 시도조차 해보지 않았을까. 삶의 변화는 작은 것에서부터 시작된다는 말을 이해하기 시작했다. 느리게 바라보게 된 세상은 나에게 다시 한번 힘을 낼 수 있게 해 주었다.

새로운 하루하루를 보내다 보니, 주위에서 같이 책을 읽고 싶다는 사람들이 생기기 시작했다. 나보다 어린 동생들이었지만, 각오는 남달랐다. 주부들 대상으로 한 달에 한 번 독서 모임을 만들었다. '지혜로움.' 우리는 지혜를 갖고 살아가는 아줌마들이다. 한 달에 한 권의 책을 읽기로 했고, 매일의 인증은 톡방에 마음에 드는 문장 하나씩 올리기로 했다. 처음 독서 모임을 시작할 때만 해도 미처 책을 다 읽지 못하고 오는 사람도 있었다. 독서 습관이 안 되었을 수도 있고, 상황이 여의치 않았을 수도 있었던 탓이리라. 그렇게 서로 노력하는 시간이 흘러갔다. 이제는 주어지는 책이 아닌 본인들이 읽고 싶은 책들을 추천하기도 한다. 또, 책 선정을 놓고 열띤 토론을 하기도 한다. 역시 혼자 하면 힘들지만, 함께 하면 무엇이든 이루어진다는 걸 경험하게 되었다. '지혜로움' 회원들인 소영, 연옥, 은숙, 춘희……. 나를 한 뼘 더 크게 도와준 친구들이다. 우린 4년째 성장을 지속하고 있다.

자기 계발 커뮤니티에서 만난 마음 맞는 동기들하고는 연락을 계속하고 지낸다. 서로 읽은 책들을 공유하고 격려하면서 지내고 있다. 좋은 정보를 알려주고 강의를 추천하기도 하고, 사소한 생활정보도 주고받는다. 사는 지역은 다르지만 같은 하늘 아래에서 같은 새벽을 맞이하고 있는 분들이다. 직접 만난 적은 없다. 서로에게 살갑고 고마운 그들과 함께 깨우는 새벽 시간은 하루를 버틸 수 있는 충분한 에너지를 준다. 내가 새벽 기상을, 새벽 독서를 하지 않았다면,

이렇게 좋은 분들하고의 인연이 이어질 수 있었을까. 힘들 때는 격려해 주고, 괜찮다고, 한 템포 쉬어가도 된다고 해주는 사람들. 어디 가서 이렇게 응원받고, 잘한다는 칭찬의 말을 들을 수 있을까. '나만 아니면 돼.'라는 생각으로 살고 있는 지금 시대에 우린 서로서로 괜찮다고 다독이면서 살고 있다. 괜찮다는 말에 큰 위로를 받고 있다. 나이 들어 시작한 자기 계발이 나의 꿈을 향해 조금씩 날갯짓하고 있다.

시니어 자기 계발 강사로서 인생 후반부를 시작하는 꿈을 꾼다. 나이로 인해서 두려움에 망설이고 시작 못 하는 사람들을 도와주고 싶다. 또 다른 꿈은 바닷가 작은 책방을 열고 싶다. 생활에 쫓겨 지친 사람들에게 편안한 쉼터를 제공하고 싶다. 각자가 읽고 싶은 책을 가지고 와도 되고, 내가 꽂아둔 책을 읽고 가도 좋은 그런 책방을 열려고 한다. 서로가 읽고 좋은 부분을 알려주고, 토론하고, 따뜻한 커피 한 잔을 마실 수 있는 책방. 돈을 버는 곳이 아닌 마음을 버는 곳이길 꿈꾼다. 시골 바닷가 아담한 곳에서 마음 아픈 사람들이 잠시라도 무거운 짐을 내려놓기를 바란다. 멍때리면서 시간을 보내고 싶은 분들을 기다리며 책을 정리하고 커피를 내리는 내가 있는 곳. 그곳을 찾는 분들이 행복했으면 좋겠다. 세상 어디에도 없는 바닷가 작은 책방에 책을 좋아하는 사람들이 많이 오기를 바란다. 바닷가 작은 책방에 작은 간판이 걸려 있다. '아스테르.' 한적한 밤바다에 무수히 떠 있는 별빛이 물결을 따라 반짝이는 나의 책방이다.

나는 반백 년을 넘게 살다 뒤늦게 자기 계발을 시작했다. 그리고 그 결과 나는 젊었을 때 감히 펴보지 못한 날개를 지금 펴려고 한다. 곁눈질만 하고 가보지 않던 길을 이제는 끝까지 가려고 한다. 망설임 끝에 겨우 용기 내어본 그 한 걸음의 시작을 나는 걷고 있다. 아직은 걸음마에 불과하지만, 곧 뛰게 될 것이고 마침내 날개를 활짝 펴고 날아가리라. 나와 같은 누군가를 만나면, 얘기해 주고 싶다. '나도 하고 있으니 겁내지 말고 시작하라고, 힘들면 내가 은빛 날개 활짝 펴고 날아가서 도와주겠다고, 어떤 길을 선택하든 그 길을 내 길로 만드는 것은 나만이 할 수 있는 일이라고, 용기를 내어 한 걸음 내디디면 나와 같은 사람들이 손잡아 준다고, 일단 그 한 걸음을 내디디라고.'

아무리 준비해도 완벽한 인생이란 있을 수 없다. 그냥 내 인생 내 삶을 준비하고 살아가고 있는 내가 있을 뿐이다.


요즘에는 자기 계발을 하며 무엇이든 간에 노력하는 사람들을 많이 본다. 그걸 보면서 나는 내 젊었을 적엔 왜 저런 생각을 못 했는지 스스로가 안타까웠던 적도 있었다. 미운 오리 같았던 지난 시간을 후회만 하지 않고, 나이 듦을 탓하지 않고, 용기 내어준 내가 대견스럽다. 시니어 자기 계발 강사로 살고 싶은 나의 꿈을 나는 응원한다. 원하는 삶을 살자고 선택한 나에게 내 꿈의 날개를 펼칠 시간만 남았다. 나의 인생 후반부는 찬란한 은빛으로 채워지고, 힘껏 날개를 펼친 백조가 되는 시간을 기다리고 있다. 아직 가 보지 않은 나의 인생길을 끝까지 가다 보면, 어느 날 거울 속에는 두 눈을 반짝거리며 환하게 웃고 있는 나를 만나게 될 것이다.

가 보지 않았던 나의 미래를 기대와 설렘을 가지고 걸어가고 있는 내가 있다. 예기치 않은 불행이 온다고 해도 나는 흔들리지 않고 살아갈 것이다. 지혜를 가지고 가치 있는 삶을 살기 위해서 선택한, 현재의 내 삶이 더 멋진 인생으로 기록되기를 바란다. 지금껏 잘 버텨온 나를 날게 해주는 오늘 이 시간. 하얀 날개가 아닌 찬란한 은빛 날개가 내 어깨에 있다. 펄럭이는 날갯소리를 들으며, 은빛 날개에 내 이름 석 자를 새겨 넣으려 한다. 지워지지 않을 이름이 새겨진 은빛 날개로 날아오르는 내가 보인다. 결코 멈추지 않을 찬란한 날갯짓은 계속될 것이다. 멋지고 빛나는 내 은빛 날개의 아름다움에 눈물이 고인다. 오늘도 나는 새벽을 깨운다.

# 5

# 마흔이 넘어,
# 이제 다시 날개를 펼친다

이윤진, 자몽

'사는 것은 충분했는데, 아직 그리고 싶은 것들이 남았다.'

지난 2월, 단색화의 거장으로 평가받는 92세 박서보 화가가 폐암 3기 판정을 받고 남긴 글이다. 남은 시간 동안 캔버스에 한 줄이라도 더 긋고 싶으니 안부 전화도 말아 달라는 간곡한 부탁도 있다. 실제로는 몸이 약해지는 것을 체감하고 손이 떨린다면서도 여전히 새 작업에 집중한 모습이다. 〈방구석 미술관 2〉 이우환 편에 나온 젊은 화가는 92세가 되어서도 여전히 열정이 넘친다. 가슴이 뭉클했다.

어릴 적부터 '나이는 숫자에 불과하다.'라는 이야기는 수도 없이 들었다. 하지만 귀에 들어올 리가. 20대에는 나이 든 사람 이야기가 궁금하지 않았고, 30대에는 아이들 키우며 사는 데 급급했다. 내 상황도 모르면서 무슨 꼰대 같은 말이냐며 귀를 닫았다. 그런데 마흔이 넘어가면서 궁금해지기 시작했다. 그런 이야기를 볼 때마다 가슴이 두근거렸다. KFC 할아버지가 첫 매장을 낸 것은 그의 나이 60이 넘은 때였다. 6개월간 아마존 베스트 셀러에 올랐던 소설 〈가재가 노래하는 곳〉은 70을 바라보던 델리아 오언스의 첫 소설이었다. 평생 박서보 화가의 그늘에 살던 아내 윤명숙 씨는 60세부터 글을 쓰기 시작해 82세에 첫 에세이집을 냈다. 결혼하면서 놓은 그림도 다시 그리고 있다. 마음에 따뜻한 돌이 던져진 기분이었다. 모지스 할머니는 바느질이 어려워진 76세에 처음 그림을 그리기 시작해 100세가 넘을 때까지 많은 그림을 남겼다. 말로 듣는 것보다 자신의 일생으로 보여준 사람들의 이야기에 내 마음이 움직였다. 나도 하고 싶다. 뭔가 해내고 싶다. 엄마로만 끝내고 싶지 않다는 생각이 들었다.

멈춰있던 블로그를 다시 쓰기 시작했다. 아이에 대한 기록이 아닌 내 이야기를 쓰고 싶었다. 나를 들여다보고 싶었다. 매일 글을 썼다. 쓰는 것이 즐거웠다. 글을 쓰면서 치유가 되는 기분이었다. 마음이 채워졌다. SNS에서는 단편적으로 좋은 모습들만 보여주게 된다. 거기에는 내 생각이 없다. 하지만 블로그는 달랐다. 가장 솔직하게 말할 수 있는 공간이었다. 눈치 보지 않고 말할 수 있었다. 내 생이 담긴 공간이 되었다.

어릴 적 꿈에 관한 이야기도 썼다. 글을 쓰면서 잊고 있던 꿈이 떠올랐다. 거기엔 화가도 있고 작가도 있었다. 그래, 나는 글쓰기를 좋아하던 아이였다. 내성적이었던 나는 말하는 것보다 글이 편했다. 글을 쓰다 보니 그 꿈이 다시 살아나기 시작했다.

블로그 이웃 중에는 전자책 낸 사람도 많았고, 종이책을 낸 사람도 있었다. 그러나 나에게는 먼 이야기였다. 막연히 작가가 되고 싶었지만, 방법을 몰랐다. 그때 우연히 '글쓰기 수업' 공고를 보았다. 마지막까지 망설였다. '연습을 더 하고 난 다음에 해봐야 하는 거 아닌가? 이것저것 바쁜데, 괜히 등록했다가 아무것도 안 하는 거 아니야?' 오만가지 생각이 들었다. 등록 마감이 가까워지자 내 손이 저절로 움직였다. 뭐에 홀린 듯 등록을 하고 나니 가슴이 뛰었다. 내가 뭘 한 거지? 기쁨보다 걱정이 밀려왔다. 하지만 이미 엎질러진 물이었다.

글쓰기 수업이 시작되고 얼마 지나지 않아, 공동 저자로 이름을 올릴 기회가 생겼다. 뭐가 그렇게 마음이 급한지 아침에 눈 뜨자마자 하고 싶다고 연락했다. 간절하게 이야기하고 연락을 기다렸다. 나의 적극적인 모습에 나도 놀랐다. 브런치 작가에도 도전했다. 별것 아닐지라도 일단 해보고 싶었다. 성공인지 실패인지 상관없었다. 내가 움직이고 있는 것이 중요했다. 직장은 생각지도 못했는데, 이력서도 넣

**엄마들의 이유 있는 반란**

었다. 빼곡했던 경력이 멈춘 지 8년이었다. 그 사이 엄마로만 살았던 내가 공고를 보자마자 캘린더에 '이력서 만들기'를 추가했다. 만들었고, 제출했다.

기다리던 연락이 왔다. 공동 저자로 종이책에 내 이름을 올릴 수 있게 되었다! 연락받고 하루종일 두근거렸다. 가만 있어도 웃음이 비집고 나왔다. 브런치 작가도 한 번에 승인되었다. 이력서를 넣은 곳에서 연락이 왔다. 대표와 첫 번째 미팅하고, 실무자 미팅 자료도 만들어야 했다. 15년 만의 면접이었다. 긴장해서 목소리도 갈라지고, 말도 잘 못했다. 그래도 이 과정이 나는 재미있었다. 결과는 합격이었다. 브런치 작가가 된 과정이나, 면접 후기를 블로그에 공유했다. 누군가에게 도움이 되면 좋겠다고 생각했다. 내가 다른 사람들로부터 좋은 영향을 받았듯, 나도 누군가에게 그런 사람이 되고 싶었다. 글을 올리자 많은 축하와 응원을 받았다. 예전의 나는 늘 힘도 없고 피곤해 보이던 사람이었다. 아이들 픽업과 살림만으로도 바쁜 사람이었다. 그런데 43년 만에 처음으로 활력이 넘친다는 이야기를 듣고 있다. 글도 쓰고, 일도 하고, 에어비앤비 관리도 직접 하느라 몸은 더 바빠졌지만 힘이 났다. 불과 3개월 만에 다른 사람이 된 듯 내가 움직이고 있었다.

'엄마'로만 살게 될 거라고 생각했다. 미국에서 직장을 잡기엔 영어가 부족했고, 사업을 하는 남편은 늘 바빠서 도움을 기대하기 어려웠다. 인건비가 비싼 이곳에서 아이들 셋을 맡기기엔 금전적인 부담도 있었다. '엄마'의 역할만으로도 충분히 바빴다. 그걸로 됐다고 생각했다. 아니, 사실은 도전하기 싫어서 온갖 이유를 대며 숨어버렸다. 막내가 고등학교를 졸업하는 2034년이 되기만을 기다렸다. 아직 먼 이야기인데도 떠날 곳을 찾아봤다. 벌써 13년 동안 해온 육아를, 앞으로 11년이나 더 버텨야 한다고 생각하니 이 시간이 더디게만 흘러갔다. 기다리는 것 말고는 다른 생각을 하지 못했다. 나조차 나에게 아무런 기대를 하지 않았다. 내 삶에 주도권이 없다고 생각하니 재미가 없었다.

그런데 43살이 된 내가 꿈을 꾼다. 다른 사람에게 끌려다니던 내가, 내 꿈을 위해 도전을 하고 있다. 한 번 꿈을 꾸기 시작하니 멈출 수가 없다. 앞으로도 나는 세 아이의 엄마이자 아내로 살아가겠지만, 이제 나는 다른 이름들을 만들어내고 있다. 그동안 내 몸에 붙어있는지도 몰랐던 날개였다. 그런데 꿈을 꾸게 되고, 작은 도전을 해나가는 사이 감춰져 있던 그 날개가 서서히 펼쳐졌다. 나는 지금 하루하루가 새롭다. 사는 것이 즐겁다. 신이 난다. 새벽에 알람 소리에 눈을 뜨고, 남편이 깨지 않도록 조용히 방문을 닫는다. 물 한 잔을 떠서 컴퓨터 방에 불을 켜는 순간 가슴이 두근거린다. 오늘도 날아오를 준비가 되었다.

**엄마들의 이유 있는 반란**

# 6
# 화폭을 넓히면서

문혜원

22년 12월, 길렀던 머리를 잘랐다. 원래 나는 긴 머리를 좋아하지 않는다. 어깨까지만 닿아도 그 느낌이 싫어서, 심한 곱슬머리에도 불구하고 단발머리를 고집했다. 아이를 키우기 위해 포기해야 했던 것 중 하나가 머리카락 길이였다. 심한 곱슬머리라 아이 키우기에는 항상 어중간한 길이에 머리를 묶는 것이 가장 편했다. 1년에 한 번 미용실을 가서, 만 하루를 꼬박 앉아서 시술받기도 쉽지 않았다. 미용실을 자주 갈 수 없는 상황에서, 이렇게 짧게 자르면 어떻게 하나 걱정도 되었지만, 이때가 아니면 다시 할 수 없을 것 같은 기분이었고 무엇보다 나를 찾는 과정 중 첫 번째 문이었다. 잘린 머리카락들을 보면서 왠지 모를 상쾌한 기분이 들었다. 어둡고 침침했던 마음도 함께 잘린 느낌이었다. 나에게 어울리지 않았던 두피의 옷이 벗겨진 것이다.

둘째를 낳고 찐 살은 빼기가 힘들었다. 마음이 허전해서였는지 먹어도 항상 배가 고팠다. 운동과 다이어트는 꾸준하지 못했다. 새벽 기상 모임을 시작하면서 '잘 뛰어보자', '꼭 만 보 걷자'와 같은 거창한 시작을 하진 않았다. 그저 하루도 빠짐없이 하는 것이 목표였다. 3개월 정도 지나니 그토록 안 빠졌던 살이 빠졌고 근육이 생겼다. 여기저기 아프기만 하고 무거웠던 몸이 통증이 사라지면서 점점 가벼워지고 있었다. 속상한 마음을 가슴에 담아두기만 하니, 어느새 몸까지 눌러왔던 것 같다. 무언가 터질 것 같은 찰나에 취미로 핸드폰 사진을 찍으시는 분이 오픈 채팅방에 올린 사진을 보고 글이 쓰고 싶어졌다. 그분께 허락을 구하고, 핸드폰 어플을 사용하여 핸드폰 사진에 글을 쓸 때마다 마음이 한 꺼풀씩 벗겨지는 느낌이었다. 누군가가 봐주기를 바랐던 건 아니었다. 그저 사진만 보고 느낀 생각을 썼는데, 쓸 때마다 마음이 조금씩 가벼워졌다. 그분의 사진은 누군가에게는 솜씨 좋은 예쁜 사진일 수 있었지만, 내게는 마음의 때를 벗길 수 있었던 새로운 통로와도 같았다. 한 땀 한 땀 수를 놓는 기분으로 글을 쓰고 보면, 꼭 다른 사람이 내게 해주는 말을 보는 것 같았다. 기분이 묘했다. 글을 쓰는 것이 내가 가지고 있었던 묵은 감정을 비워낼 수도 있다는 것을 처음 알게 되었다. 독서를 시작해 보니 내가 모르는 여러 가지를 알게 되었다. 예를 들어 빨간색은 레드만 있는 줄 알았는데, 여러 가지 책을 보니 레드에도 체리 레드, 블러드 레드, 와인 레드, 스칼렛 레드 등 여러 가지가 있어 필요할 때마다 적합한 색을 고를 수 있다는 가능성을 알게 되었다. 선택이 다양해지니 자신감이 생겨 마음의 근육도 점점 단단해졌다.

운동, 글쓰기, 독서를 하기 전에는 몰랐다. 다들 사는 게 이런 거라는 생각으로, 기분이 좋을 때는 하얀색, 기분이 나쁠 때는 검정으로 표현되는 수묵화 세상을 살고 있었다. 우연히 알게 된 자기 계발 오픈 채팅방사람들이, 조금만 힘내서 저쪽으로 가면 좀 더 다양한 색이 있다는 것을 알려주었고, 그 색으로 예쁜 그림을 그릴 수 있다는 것을 보여주었다. 함께 하다 보니 의지가 되었고, 소통이 되니 더 이상 외롭다는 생각도 들지 않았다. 갑자기 늘어난 일상 루틴이지만, 실행하면서 나를 돌아보는 시간은 많아졌다. 다른 가족들만 생각했다가 나를 생각해보니 사는 것도 재미있고, 이따금 웃음도 나왔다. 아침에 일어나면 오늘도 무사히 보낼 수 있도록 기도를 했던 내가, 지금은 목표가 생기고 계획이 생겨 잡생각이 사라졌다. 좀 더 자신에게 몰입하면서 하고 싶은 일도 많아졌다, 되든 안 되든 한번 해보고 싶다는 욕심이 생겼다. 이젠 '내가 뭐라고. 이걸 어떻게 하겠어!'라는 생각보다는, '아, 나는 이렇게 생각하고 움직이면, 저기까지 갈 수 있을 거야.'라는 생각과, '한번 해보면, 고쳐야 할 점이 나올 거고, 그걸 고치면 되겠지.'라는 생각이 든다. 사는 게 점점 재밌어진다. 어느새 눈물은 쏙 들어가고, 간간이 미소가 지어진다. 이렇게 재미있는 삶이 있는데 왜 그렇게 쉽게 죽으려고 했을까. 생각해보니 한 사람, 한 사람에게는 고유의 인생이 있다. 단순히 같이 살기 때문에, 내 인생을 무조건 저 사람을 위해 양보하거나, 희생하는 건 결국 나 자신과 더불어 상대방과의 관계까지 망가지는 결과를 초래한다. 관계는 어느 정도 거리를 필요로 한다. 각자의 꿈을 응원하면서, 선을 지키면서 도움이 필요할 때 도움을 주어야 한다. 그것은 결국 나와 상대방을 지키는 길이다.

목표와 계획이 생겼다. 목표라는 돌을 계획한 곳에 던져 놓으니, 마치 밑그림을 그려놓은 것 같다. 그 돌들을 찾으러 가는 길, 책의 도움을 받아 색으로 표현한다면 예쁜 그림이 완성될 것 같다. 몇 개의 돌은 이미 던졌고, 한 개씩 찾으러 가는 과정을 시작했을 뿐이다. 때로는 쉽게 얻을 수도 있고, 때로는 생각보다 힘들어 출발 전부터 엄두가 나지 않아 징징댈 수도 있을 것이다. 딱 생각한 만큼 정확하게 돌을 모을 수 있겠지만, 생각한 것보다 멀리 있어 시간이 더 걸릴 수도 있다. 계획한 색으로 채색을 할 수 있겠지만, 때로는 생각지 못한 색으로 채울 수도 있다. 이것이 바로 인생의 묘미가 아닐까. 인생은 가끔 심술맞게 내가 원하지 않는 곳으로 나를 떨어뜨린다. 그곳에서 원위치로 돌아갈지 아니면 새로운 돌을 던질지는 온전히 내게 달린

**엄마들의 이유 있는 반란**

것이다. 나의 결정에 따라 그리다 만 미완성 그림이 그려질 수도, 칙칙한 그림이 나올 수도, 아주 예쁜 그림이 나올 수도 있는 것이다. 기왕이면 예쁜 그림을 그려야겠다는 욕심이 생겼다. 그래서 독서라는 다양한 색을 준비하는 중이고, 하나씩 실행의 붓으로 돌을 찾으러 가는 과정에 색을 입히는 중이다.

한 번뿐인 내 인생, 여태까지 암울했다고 앞으로도 암울하리는 법은 없다. 또한, 여태까지 행복했다고 앞으로도 행복하라는 법도 없다. 모든 것은 내게 달려있었다. 흑과 백만 사용했던 예전의 나는 없다. 독서를 통해 여러 가지 색을 얻어 채색하는 중이다. 점점 더 많은 색을 얻을 것이다. 그 과정이 너무 힘들거나, 이 그림이 아니다 싶을 때는 잠시 쉬면서 다른 그림을 생각해볼 것이다. 함께하는 사람들에게 의견을 부탁할 만큼의 용기도 생겼다. 그리고 다른 사람들의 그림을 들여다볼 여유도 조금씩 생기는 중이다. 예전처럼 또다시 흑과 백만 남을 수도 있을 것이다. 하지만 두렵지 않다. 어떻게 다른 색을 준비하면 되는지 알았기 때문에 언제라도 새 그림을 그릴 수 있을 자신감이 생겼다. 이젠 나의 화폭을 넓히는 길만 남았다.

# 7

# 미안하다 진심이다

김민혜, 김작가 미네미네

오후 6시. 온몸에 힘이 없다. 발바닥이 욱신거린다. 어깨는 쓸렸는지 따갑다. 어깨엔 출근용 가방, 양손엔 아이들 어린이집 가방, 이불 가방, 보조 가방이 들려있다. 아파트 지하 1층 주차장 엘리베이터 앞에서 엘리베이터의 위치를 알려주는 숫자만 멍하니 보고 있었다. 그냥 서 있기 힘들어 벽에 몸을 기댔다. 나의 이런 모습에도 아랑곳하지 않고 아이들은 서로 장난치느라 바쁘다. 말릴 힘도 없다. 오늘은 주간행군을 한 날이었다.

'띵동' 엘리베이터가 도착했고, 문이 열리자마자 서로 먼저 타겠다며 앞다퉈 들어갔다. 엘리베이터 안에는 이미 이웃 주민 한 분이 타고 있었다. 무의식적으로 고개를 숙이며 '죄송합니다.'하고 엘리베이터에 탔다. 아이들은 엘리베이터 안에서도 가만히 있질 않는다. 어린이집에서 있었던 일을 엄마에게 꺼내놓으려는 세하를 쳐다보며 "쉿! 엘리베이터 안에서는 조용히 해야 해!" 하며 아이의 입을 막았고, 손잡이에 매달리는 가은이에게 '안 돼!'하는 눈빛으로 주의를 주었다. 그런 우리의 모습을 물끄러미 지켜보시던 60대 정도의 이웃 주민이 먼지 말을 건넨다.

"한창 예쁠 때네요."

"아? 네. 근데 지금은 힘들어서 솔직히 예쁜지 잘 모르겠어요."

초면인 사람에게 얼떨결에 마음을 보이고 말았다. 진심이었다. 나의 대답을 들은 이웃 주민은 미소를 지으며 대답했다.

"저도 자식들이 어릴 때는 빨리 컸으면 했는데, 막상 크고 나니 그땐 제가 늙어있더라고요."

한창 예쁠 때라는 것도, 아이들이 건강하게 잘 크고 있는 것도, 모두 감사한 일이라는 것은 이미 알고 있었다. 하지만 지금 당장 내 몸이 피곤하고 지치니 육아는 오로지 힘든 일이었다. 특히 오늘처럼 행군을 한 날에는 나의 할 일을 덜어줄 사람이 간절했다.

"엄마. 가위가 안 보여!"

세하가 부르는 소리에 하던 설거지를 멈추고 고개를 돌렸다. 세하 바로 옆에 남편이 보인다. 나도 세하를 불렀다. "이세하. 엄마 따라 해

봐. '아빠! 가위 어딨어?' "아이들은 일단 '엄마'부터 부른다.

'엄마'는 한동안 우리 집 금지어였다. '엄마. 어… 있잖아. 엄마. 내가… 엄마' 자신의 한마디를 하기 위해 '엄마'를 수시로 부른다. 집안 일을 하면서 건성으로 대답하면 하던 일을 멈추고 쳐다볼 때까지 계속 부른다. 한 명당 10번만 불러도 나는 30번 대답해야 한다. 수시로 나를 찾는 남편까지 더해지면 귀를 막고 옷장으로 들어가고 싶었다. 지쳐있었다. 몸이 지치면 기분도 저기압으로 변하고, 아이들에게도 감정적으로 대하게 된다. 평소에는 '그럴 수 있지' 하던 일도 내 기분에 따라 예민하게 반응하고 화를 내는 것이다. 돌아서서 '이렇게까지 화낼 일이었을까?' 후회해도 이미 엎질러진 물이었다. 똑같이 행동하고 후회하기를 반복하고 있었다. 아이들이 빨리 커서 '엄마'를 덜 찾아야만 내가 행복할 것 같았다.

매일 새벽 4시에 일어나 책을 읽고 글을 쓴다. 무언가 꾸준하게 했던 경험이 없는 나로서는 놀라운 변화다. 꾸준함은 새벽에 일어나지 못하는 사람을 '일찍 일어나는 사람'으로 만들었다. 하면 된다는 자신감도 생겼다. 자신감은 자존감으로 이어졌다. 큰 목표가 아닌 일상에서 매일 할 수 있는 도전과 노력, 성취의 반복은 나를 조금씩 바꿔 놓았다. 자신감과 자존감이 올라가니 아이들을 대하는 태도와 육아하는 마음가짐이 달라졌다. 화를 내기 전 아이의 입장을 먼저 생각해보고 이해하는 마음의 여유가 생겼다. 또한 지금 이 순간이 감사하고 소중한 순간이라는 생각에 더 많이 웃고 안아주는 일이 확실히 늘었다.

"엄마. 지금 뭐 하고 있어?"

일찍 일어난 가은이가 다가오며 묻는다. 나는 새벽 4시부터 거실에서 글을 쓰고 있었다. 예전 같으면 이 시간조차 방해받는다는 생각에 아이의 등장은 전혀 반갑지 않았을 것이다. 그러나 하던 일을 멈추고 가은이가 있는 방향으로 몸을 돌려 환하게 웃는다. 그리고 양팔을 벌린다. 가은이가 품에 들어온다. 힘껏 안아준다. "잘 잤어? 사랑해. 이가은!"

유준이와 손을 잡고 길을 걷다가, 잡고 있던 손에 힘을 살짝 주었다. 유준이가 나를 쳐다보더니 웃으면서 나처럼 손에 힘을 준다. 유준이와 수신호를 만들었다. 엄마가 손을 꽉 잡으면 '사랑해'라고 하는 것이라고 일러뒀다. 오늘도 눈빛과 손으로 사랑한다고 했다.

자려고 누웠다. 세하가 나의 귀를 잡고 자신의 입을 가까이 갖다 댄다. 아직 귓속말의 거리를 조절하기 힘든 5살이다. 귀에 뜨거운 바람과 침, 웃음이 섞여 들어온다. "엄! 마! 사! 랑! 해!" 나도 같이 뜨거운 바람과 간질거리는 목소리로 귓속말로 말했다. "엄마가 세하를 더 많이 사랑해!"

육아가 힘든 것은 '아이들' 때문이 아니라 '나' 때문이었다. 내가 스스로 부여한 책임감에서 비롯된 일이었다. 엄마라서, 엄마이기에 자신보다 가족과 아이를 먼저 생각하는 것이 맞다고 여겼고, 그때마다 '나'가 뒷전이 되는 것은 당연하게 받아들였다. 새벽에 일어나고, 독서와 글쓰기를 통해 잃어버린 나를 찾는 과정에서 '엄마'라는 책임감을 조금 내려놓을 수 있었다. 책임감이 있던 자리에 꾸준함을 통해 얻게 된 자신감과 자존감으로 채웠다. '엄마'와 '나'는 함께하면서 균형이 맞아야 한다. 나는 예전보다 더 많이 가족을 생각하고 아끼는 '엄마'가 되었고, 동시에 '삶을 즐기는 사람'이 되어가는 중이다.

퇴근 후 저녁 시간 식탁에서 세 아이가 밥을 먹고 있었다. 이세하가 묻는다.

"엄마! 엄마는 오빠가 좋아? 언니가 좋아? 내가 좋아?"

밥을 먹고 있던 유준이와 가은이가 행동을 멈춘다. 세 아이는 서로 자신의 이름이 불리기를 원하는 표정으로 나를 빤히 쳐다본다.

"모두 다 사랑하지. 근데 엄마는 엄마를 제일 많이 사랑해!"

유준이는 '그게 뭐야?' 하는 표정을 짓고, 가은이는 자신의 이름이 불리지 않아 서운한 기색이다. 세하는 "그럼, 그다음은 누구야?" 하며 집요하게 묻는다.

'미안하다. 애들아, 그거……. 진심이다.'

# 8

# 나의 꿈을 찾으러

김형희, 행복한 꿈

어린 새가 하늘을 날아오르기 위해 매일 날갯짓 연습하는 모습을 상상해 보자. 날아갈 듯 날아오르지 못하다가 넘어지기도 한다. 그러다 끝끝내 날아오르는 모습을 보면 가슴이 벅차오른다. 넘어지고 일어나기를 반복한 새는 하늘을 날 수 있다. '날기를 두려워했다면?' 연습을 포기하고 날지 못했을 거다. 사람도 마찬가지다. 실패를 통해 배우고 성장해 나아가다 보면 내가 목표한 방향을 찾게 된다.

아이를 낳고 키우면서 나를 되돌아볼 시간이 없었다. 자존감이 바닥으로 내려갔다. '지금 내가 할 수 있는 건?' 떠오르는 게 없었다. 아침에 아이와 함께 지하철 타는데 출근하는 모습이 보였다. 자기 일을 하러 가는 사람들이 부러웠다. 나는 아이만 키우고 있어서 아무 것도 못했다. 아이 핑계로 엄두가 나지 않았다. 나를 사랑해 줘야 하는데 스스로 계속 떠밀었다. 나보다 훨씬 나쁜 상황에서도 잘 살아가는 사람들이 많다. 다시 마음을 잡기로 해본다. 도전에 있어 오래된 선입견과 부딪혔다. 해보지도 않았으면서 못할 거라 단정 지어 왔었다. 그러나 지금은 달라졌다. 일단 도전해 보기로 한다.

책을 읽지 않았다면 아직 예전 그대로였을지 모른다. 책이 나를 여기까지 오게 해주었다. 자기 계발 세계도 경험하게 해줬다. 단톡방에 새벽 인증 올라오는 글 보며 열심히 하는 사람들이 많다는 걸 알게 되었다. '난 너무 계획 없이 게으른 삶을 살았구나.' 반성하게 되었다. 직업도 가지각색, 연령대도 다양하다. 나도 욕심이 생겼다. 편안하게 안주하는 삶이 아닌 새로운 일에 도전하고 싶었다. 주변에서 왜 힘든 일 자청해서 하냐고 묻기도 했다. "대단하다. 잘될 거야!" 응원해 주는 사람도 있었다. 긍정적인 이야기가 힘이 되었다. 계단 맨 아래에 있던 내가 조금씩 올라가는 모습이다. 정상까지 오르려면 시간이 꽤 걸리겠지만 꾸준히 해보자. 올라가다 보면 나의 목표에 다가갈 거라 믿는다. 목표를 이루지 못하고 실패하더라도 포기하지 않고 걸어가 보자!

'내일부터 해야지', '바쁜 거 좀 끝나면 하자', '이 일 끝나면 해야겠다' 이렇게 미루고 회피해 왔다. 시작이 두려운 건 시간이 지나도 똑같다. 《백만장자 시크릿》에 나오는 가난한 사람들의 마인드이다. 무언가 결심했다면 지금 당장, 오늘부터 시작해야 한다. 내가 선택한 일에 후회하지 않으려고 노력한다. 미루기 급급했고 꾸준하지 못했던 내가 조금씩 달라졌다. 책을 보며 나한테 적용할 수 있는 부분을 찾아 해 보기 시작했다. 생각이 복잡할 때 책에 집중하다 보면 걱정됐던 마음도 사라진다. 부자들이 기본으로 하는 독서로 삶이 변화하고 있다. 책을 본다고 다 부자가 되는 건 아니지만, 꾸준히 하다 보면 좋은 결과가 나오지 않을까 하는 생각을 한다. 나의 꿈을 이루는데 독서는 디딤돌 역할 하는 중요한 부분이다.

처음으로 나에게 사명이 생겼다. 누군가에게 작은 물결을 주는 사람이 되고 싶어졌다. 성실, 신뢰, 나눔을 바탕으로 내 도움이 필요한 사람을 위해 존재하고 싶다. 성실하게 살고, 사람들에게 신뢰를 주는 사람이 되고 싶다. 나눔을 하면서 타인도 돕고 나도 돕는다. 나의 경험이 다른 사람에게 도움이 된다면 보람된 일이다. 과거의 나처럼 힘든 누군가에게 용기를 주고, 희망도 전하고 싶다. 그럼 그 사람들도 나와 같이 변화하겠지. 더 나은 삶을 위해 오늘도 책을 읽는다.

지난 시간을 통해 배운 점이 있다. 멘토의 말을 듣고, 따라가니 얻는 게 많다는 점이다. 멘토를 통해 생산자의 삶이 시작되었다. 예전에는 상상할 수 없는 일이 벌어졌다. 상상이 현실로 이루어졌다. 꾸준하게 배워 지금의 내 모습이 되었다. 모르는 분야를 알아가는 재미가 있고 즐겁다.

독서와 글쓰기 통해 내 안의 잠재의식을 깨우고 더 성장해 가고 싶었다. 김병완 《나는 책쓰기로 인생을 바꿨다》 책을 읽어 보았다. 글을 쓰고 싶은 동기부여가 된 책이다. 백지를 보고 있자니 막막하기만 했다. 어떻게 글을 써야 하는지 떠오르지 않았다. 피하고 싶었다. 노트북을 켜기도 싫었다. 그래서 생각을 바꾸기로 했다. 쉽지 않다고 글을 못 쓰진 않을 거라고. 타인의 글을 읽어 보기로 했다. 모방하면서라도 시작해 보자고 했다. 글을 잘 쓰지는 못하지만, 용기를 내 도전했다. 글쓰기를 꾸준히 하면 내면이 단단해지고 치유까지 된다고 한다. 그것을 경험해 보고 싶어 컴퓨터를 켰다. 시간을 정해 써보려고 노력했다. 쓰는 습관을 들이니 어느 순간 글이 써졌다. '그래. 매일 아침이든 저녁이든 책상에 앉는 것부터 해보자.'생각의 변화가 나도 변하게 했다. 앞으로 독서와 글쓰기는 벗처럼 함께 할 거다. 딸이 "엄마가 쓴 책을 읽어 보고 싶어."라고 한 적이 있다. 기회 되면 개인 책도 한 번 써 보려고 한다. 딸의 이야기에 흔적을 남기고 싶은 생각이 든다. 글 쓰는 삶이 쉽지는 않지만 조금씩 써야겠다는 마음은 있었다. 서점에 내가 쓴 책이 올려져 있는 걸 떠올려본다. 상상만으로도 가슴이 벅차고 설렌다.

**엄마들의 이유 있는 반란**

책을 좋아하는 사람들이 편안하게 머무를 수 있는 북 카페를 만들고 싶다. 글 읽고, 쓰고 싶은 사람들이 머무는 곳. 소중한 사람을 만나 편안하게 쉴 수 있는 공간을 상상해 본다. 커피 향이 은은하게 나고 음악이 흐르는 기분 좋은 공간. 그 속에서 온화한 모습으로 책을 읽는 모습! 사랑방처럼 부담 없이 쉴 수 있는 쉼터. 아기자기하고 예쁜 북 카페를 만들고 싶다. 사람들과 소통하고 다른 사람들을 도우면서 지내고 싶다. 어려운 아이들을 초대해서 책 읽어 주고 책 만들기도 하는 프로그램도 만들고 싶다.

아이를 키우면서 시간 가는 대로 살았었다. 그런데 꿈을 이루기 위해 책 보고 공부하는 게 즐거워진 요즘이다. 그동안은 아이들의 꿈을 응원했다. 이제는 나에게도 꿈이 있다는 사실을 알게 되었다. 꿈을 이루기 위해 하루하루 소중하게 보내고 있다. '시간은 금이다.' 허송세월 보내지 말자며 도서관, 서점을 간다. 그리고 생각한다. 내 의지대로 살아갈 내 미래를. 나는 무엇이든 할 수 있다는 것을!! 꿈을 찾았으니 나의 꿈을 펼치면서 훨훨 날아가고 싶다.

# 9

# 엄마와 아이의 꿈이 함께
# 날아오를 날을 꿈꾸다

임현경

자기 계발을 하기 전, 나에게는 모든 것을 합리화시켜주는 변명이 있었다. 바로 '쌍둥이 워킹맘'이라는 것이었다. 그동안 사람들은 내가 쌍둥이 엄마, 더구나 워킹맘이라는 걸 알게 되면 얼마나 힘드냐며 내가 잘 해내지 못하는 부분에 대해서 배려해 주었다. 시간이 없는 건 당연하다며 무리하지 말라고 했다. 쌍둥이 육아는 내 생활에서 가장 강력한 방패막이였다. 이 변명 속에 내가 제대로 성공할 리 없었다.

자기 계발 모임에서는 자기만의 분야에서 성과를 이룬 분들이 발표하는 자리가 있다. 발표자들의 프로필을 보면서 내가 가장 놀란 건 바로 아이 세 명의 엄마들이 많다는 사실이었다. 모임 운영자부터 시작해서 아이 셋인 워킹맘 또는 전업주부이신 분들이 자신의 성과를 발표하고 있었다. 그분들을 보면서 자기합리화가 내 앞길을 막아 왔다는 사실을 인정할 수밖에 없었다.

예전에 나는 제자리걸음의 원인이 아이들에게 있다고 생각했다. '아이 하나와 쌍둥이는 하늘과 땅 차이야. 내가 해낼 수 없었던 건 당연해.'라고 변명했다. 아이들이 원망스러웠다. 하지만 나는 이제 아이들에게 향했던 화살표를 나에게 돌려야 했다. 문제는 바로 나에게 있었다. 아이들 때문이라는 변명을 거두니 당장 해결해야 할 일들이 보이기 시작했다. 회사 업무 태도부터 바꿨다. 미루는 습관을 없애기 위해 업무도 바로 처리했고 소통이 되지 않는 지적에 수시로 공유하고자 노력했다. 조금씩 바꿔나간 나의 태도에 직원들이 나를 대하는 모습 또한 달라졌다.


원인을 아이들 탓으로 돌렸을 때는 내 안에서 불만이 끊이지를 않았다. 아이가 없었더라면 완벽했을 거라고 생각했다. 회사와 육아로 시간이 부족하다고 불평했다. 발전이 있을 리가 없었다. 그러나 문제를 '나'로부터 시작하자 책임을 온전히 내가 감당하게 되었다. 그러자 비로소 불평이 줄어들었다. 내가 잘못했는데 불만을 할 수 없었다. 자기합리화를 멈추고 온전히 책임을 지는 자세가 바로 변화의 출발점이라는 걸 나는 뒤늦게서야 깨달았다.

독서 또한 마찬가지였다. 책을 많이 읽었는데 변화가 없었던 이유도 나에게 있었다. 그동안 읽고 리뷰 올리기에만 열심이었다. 글을 올리고 나면 머릿속의 지우개처럼 책의 내용을 싹 잊고 새로운 책을 읽기 바빴다. 삶에 적용하지 않는 '빛 좋은 개살구'였다. 많이 읽기보다 생각하는 독서를 해야 했다. 내 삶을 바꿀 수 있는 방법을 찾아야 했다. 많이 읽는 독서보다 깊이 있는 독서를 위해 다른 독서 모임에도 가입하며 조금씩 읽는 방법을 바꿔나갔다.

그동안 나는 자기 계발은 먼 나라 언어처럼 느꼈다. 자기 계발을 하기 전에는 내 일상을 생각하지 못했다. 그저 이끌리는 대로 살았다. 회사에서 일하고 아이들 잘 돌보면 그걸로 충분하다고 생각했다. 하지만 자기 계발이란 다름 아닌 일상 관리라는 사실을 알게 되었다. 작년 4월 보디 프로필에 도전할 때는 식습관부터 잡았다. 새벽 기상을 시작할 때는 취침 시간을 앞당겼다. 책을 읽을 때도 어떤 무엇이 문제인지 태도를 생각하게 되었다. 일상이 충실하지 않고서는 자기 계발이 이루어질 수 없다는 걸 미처 알지 못했다.

온라인에서의 태도 또한 마찬가지였다. 회사에서 소극적이었던 내가 온라인에서 제대로 해낼 리 없었다. 그동안 서평을 올리기 위해 블로그 포스팅을 열심히 했지만 소통하려는 노력은 전혀 하지 못했

**엄마들의 이유 있는 반란**

다. 단지 글쓰기만 잘하면 된다고 안일하게 생각했다. 다른 사람들이 저절로 알아서 찾아와주기를 바랐다. 내 글에 공감과 댓글을 달아주는 분들에게도 감사한 줄 알지 못했다. 나를 알리고 소통하려는 노력에 불성실했다. 내 블로그가 잠잠한 이유가 단지 콘텐츠가 좋지 않아서라고 생각했다. 내가 먼저 이웃을 찾아가고 나를 알리려고 노력해야 남들도 내 글을 알아봐 준다는 사실을 알게 되었다.

그동안 나는 내가 할 수 있는 영역끼지만 헤왔다. 익숙함을 벗어나 불편한 부분까지 확장하려는 노력은 하지 못했다. 내게 편한 것만 선택하는 것은 내 삶을 더 확장해 주지 못했다. 나의 일상을 더 불편한 상황에 드러내고 관리해나가는 하루의 삶이 바로 자기 계발이었다.

책을 읽을 때면 주위 사람들은 내게 묻곤 한다. "작가 되려고 그래?" 남편 또한 말한다. "책 읽고 성공했으면 진작 성공했겠다." 아직 별다른 성과를 이루지 못한 나는 이 질문에 자신 있게 대답하지 못했다.

하지만 자신 있게 말할 수 있는 건, 내가 지금까지 함께 했던 모든 과정에는 책이 있었다는 것이다. 내가 우울증에서 벗어날 수 있는 좋은 친구가 되어 주었고 워킹맘이 되면서 겪는 현실 속에서 끝까지 포기하지 않는 동지가 되어 주었다. 내 삶의 전환점이 필요할 때 나를 자기 계발로 이끌어주며 더디지만 조금씩 앞으로 나아갈 수 있게 해주는 최고의 선생님이었다.

　최근 나에게 새로운 꿈이 생겼다. 얼마 전 〈나는 어떻게 삶의 해답을 찾는가〉를 출간한 고명환 씨처럼 책을 통해 길을 알려주는 사람이 되는 것이다. 독서가 사람을 변화시킬 수 있음을 증명해 내는 사람이 되고 싶다. 내 다짐이 어떤 성과를 이루었는지 증명해 보이고 싶다. 증명하는 삶, 내 삶이 내 아이들에게 그리고 다른 사람에게 하나의 작은 씨앗을 심어주는 여정이 되게 하고 싶다. 나만의 방법을 찾아 사람들 앞에 서고 싶다. 끝까지 정진해서 그 길 위에서 내려오지 않는 사람이 되고 싶다. 책을 만나기 전에는 엄마가 된 후 이제 내 인생은 끝이라고만 생각했다. 아이들을 위해 모두 내려놓아야 한다고만 생각했다. 하지만 책을 읽고 다시 꿈을 꾸기 시작한 이후부터 아이들을 방해꾼이 아닌 응원군으로 바라보게 되었다. 아이들때문에 못 하는 게 아니라, 아이들과 함께 꿈을 이루어 갈 것이다. 성과를 이룰 때까지 바닥에서 끝까지 멈추지 않고 정진해 보려고 한다. 전에는 내가 성공하면 정진하는 노력을 끝내도 되는 줄 알았다. 하지만 살아있는 동안은 계속 멈추면 안 된다는 사실을 알게 된 지금, 끝까지 멈추지 않는 사람이 되겠다고 다짐해 본다.

# 10

# 내가 만든 기적은
# 엄마의 힘이었다

유은희, 리치희야

　일주일째였다. 부종이 가라앉지 않았다. 급기야 눈을 뜰 수 없을 만큼의 두통이 와서야 병원을 찾았다. 30대 초반부터 먹기 시작한 고혈압 약을 어쩌다 보니 5일째 못 먹은 게 마음에 걸렸다. '나이도 있는데 다이어트를 너무 오래 했다.', '살이 너무 많이 빠져서 그렇다.'며 주변에선 기다렸다는 듯 호들갑이었다. 마치 내 다이어트 성공을 시샘하듯이 병이 나는 건 당연하다며 질투 같은 걱정을 했다. 처음엔 아는 병인 줄 알았다. 가끔 왔다 가는 방광염 정도로 생각했다. 영양제 하나 맞고 올 생각이었는데, 의사가 나의 병력을 듣더니 피부터 뽑자고 했다. 신장염, 갑상선, 간, 혈압이 유력 선상에 올랐다. 검

243

사 결과를 기다리는 이틀 동안 다시 혈압약을 찾아 먹으면서 마음을 다스렸지만, 머리만 어지러웠다. 걱정만 키운 채 병원을 찾았다. 잔뜩 겁이 나 있는데, 반전도 이런 반전이 없다. 모든 수치가 놀라울 정도로 정상이라고 했다. 걱정한 모든 것이 완벽하단다. 그러더니 의사는 오늘 혈압약을 먹었는지 물었다. 그렇다는 대답 끝에 '어허~'하고 한숨을 쉰다. 혈압이 정상인데 혈압약을 먹었으니 오히려 기립성저혈압이 되었다고 했다. 부종은 그동안의 혈압약 습관 때문에 생긴 후유증일 거라고 했다. 결론은 20년 된 혈압약을 졸업한다는 것이었다. 브라보! 나의 원씽 '다이어트'는 그렇게 20년 된 고혈압을 날려버렸다. '자기 계발'이라는 모토 아래 원씽을 했을 뿐인데 병을 이겼다. 내가 세운 목표보다 더 훌륭한 결과를 낳았다.

사실 딱 까놓고 얘기하면 난 '자기를 계발'하고자 한 게 아니었다. 자기 계발은 뭔지도 모르고 그저 '경제적 자유'라는 말이 달콤했다. 달콤한 사탕을 입에 넣기 위해 힘든 노력쯤은 괜찮다고 생각하며 달려들었다. 그런데 사명이라는 둥, 비전이라는 둥 예상과는 다른 색다른 과정을 치러야 했다. 사명과 비전이 있어야 한대서 폼나게 만들긴 했다. 하지만 '삶의 개선을 포기한 중년에게 삶의 방향성을 찾는데 도움을 주는 것'이라는 나의 사명은 그저 입바른 소리 같았다. '선한 영향력을 끼치는 사람'이 되고 싶다는 것 또한 배부른 소리 같았다. 내가 잘 먹고 잘사는 게 제일 중요한 건데, 사명이나 비전으로 포장하는 것 같았고 사기꾼 같았다. 나는 단지 돈 많은 부자가 되고 싶

**엄마들의 이유 있는 반란**

었을 뿐 부자가 되고 싶은 이유가 원대하지도 않았다. 그저 내 아이들에게 나보다 나은 출발선에 서게 하고 싶었고, 책임져야 할 부모를 걱정 없이 책임지고 싶었다. 그저 내 남은 평생 동안 돈 걱정 아닌 다른 것만 걱정하고 싶었다. 돈으로 인한 선택의 제한 없이 무한한 선택의 자유를 만끽하고 싶다는 지극히 속물적인 목표를 가지고 있었다. 나만 속물인 것 같아 부끄러웠다. 너무 뻔한 바람이라 드러내기가 쑥스러웠다. 그런데 그 속물적인 목표도 당연한 기라고 했고 대단한 거라고 했다. 뭔가를 향해 나아가고 싶다는 생각 자체가 자기 계발이라고 했다. 나의 멘토도 돈 좋아하는 속물이라 했고, 나의 사명을 믿으라고 했다. 지극히 속물적으로 시작한 새벽 기상과 원씽은 어느새 진짜 사명을 가지게 했고 진짜 비전을 만들어줬다. 이제 더 이상 입바른 소리도 아니고 배부른 소리도 아니다. 처음과 달라진 건 재산의 규모가 아니라 생각의 규모였다.

새벽을 맞이하면서 자기 계발 안에 자리한 지 3년이 넘어가고 있다. 3년 전, 지금의 나를 상상이나 할 수 있었을까? 경험과 지식은 둘째로 치더라도 가장 많이 변한 것이 몸이다. 20년 된 고혈압도 이겨버린 내 건강한 몸이다.

내 몸의 역사는 중학교 1학년 때부터 시작된다. 느닷없이 운동장 한구석에서 픽 쓰러진 뒤, '만성 사구체신염'이란 어마어마한 병명을 받았었다. 그 뒤, 병의 대표 증상인 부종은 오동통보다는 뚱뚱하다는 말이 더 어울리는 몸을 가지게 했다. 10년의 투병 끝에 드디어 병으로부터 해방되었다는 소식을 듣고 시작된 다이어트. 30년 다이어 트에 29년 요요는 그때부터였다. 환상의 짝꿍인 다이어트와 요요는 5kg를 빼면 6kg로 다시 되돌려주는 마술을 부렸다. 29년 동안 14번 의 요요를 치러내면서 가장 힘든 건 자괴감과 우울감이었다. 우울감 은 대인기피 증상으로 나타나기도 했다. 항상 실패하는 나에게 실망 했다. 사람 만나는 것도 싫었다. 심지어 친정 식구들 만나는 것도 힘 들어할 때가 있었다. 사람들이 내 몸만 보는 것 같았다. 살이 쪘다는 이유만으로 게으르거나 미련하다고 단정 짓는 듯한 눈초리가 싫었 다. 여기에 나이가 더해져 갱년기에 접어드니 가관이었다. 20년 묵은 고혈압, 세면대 세수도 못 하게 만든 허리 디스크, 계단이 무섭기만 한 퇴행성관절염. 세상살이 50년이 내게 준 선물은 마음만 청춘이었 지 몸을 노인으로 만들었다. 물려줄 재산도 없는데 자식에게 짐이 되 는 부모가 될 판이었다. 큰일이었다. 게다가 새벽 안에서 이뤄낸 것들 이 빛 좋은 허울뿐으로 여겨지던 때였다. 마음에 돌덩이가 달린 듯 점점 가라앉고 있었다. 돌파구를 찾아야 했다.

'자기 계발'엔 몸이 먼저 준비가 되어야 했다. 맑은 정신을 가져다 줄 건강한 몸이 우선이었다. 무엇보다 내가 만난 모든 의사의 첫 번 째 처방이 '체중조절'임을 상기했다. 처음으로 원씽을 '다이어트'로 잡 았다. 체중감량 5kg가 목표였다. 다행히 새벽 기상 1년의 경력은 조 급증과 욕심을 버리게 했다. 운동하느라 시간을 놓쳐서 부자가 되지 못한다면 건강은 남을 거라는 마음의 여유가 생겼다. 원씽이 '다이어트'라니. 부끄러웠지만 "그냥 하자", "무조건 하자", "옆을 보지 말고 나만 보자"하고 최면을 걸었다. 그 마음으로 책을 놓고 운동화를 신었다. 그 마음으로 눈을 뜨면 운동복부터 입었다. 소위 말하는 부자 습관과는 거리가 멀어지는 것 같아 불안하기도 했지만, 다이어트를 원씽으로 지켜내기를 1년. 참 신기한 일이 일어났다. 원씽은 건강한 몸과 함께 콘텐츠를 가져다주었다. 나를 차지하고 있던 50대, 갱년기, 고혈압, 허리디스크, 퇴행성관절염과 같은 걸림돌은 오히려 나의 키워드가 되었고 콘텐츠를 이루는 자산이 되었다. 25kg 감량을 자축하기 위해 찍었던 보디 프로필은 중년도 할 수 있다는 희망 아이콘의 증거물로 자리매김하고 있다. 블로그에 일기 쓰듯 과정을 썼을 뿐인데, '건강한 중년 다이어트'라는 콘텐츠가 생긴 것이다. 차곡차곡 쌓여야 하는 걸 몰랐다. 가랑비에 옷 젖듯이 나도 모르게 만들어져야 하는 게 콘텐츠라는 걸 몰랐다. 부자가 되는 것을 잠시 중단하고 몸을 챙긴다고 생각했는데 여전히 부자가 되기 위해 전진하고 있었던 것이다. 전문가들도 어렵다고 혀를 내두르는 갱년기 다이어트에 성공했더니, 강의도 할 수 있었고, 책도 쓸 수 있었고, 방송에서 러브콜이 들어오기도 했다. 50이 넘어서 신나는 인생이 펼쳐지고 있었다.

이렇게 되고 보니 갱년기 다이어트의 성공 비법을 모두가 궁금해했다. 그런데 삼시 세끼 꼬박꼬박 챙겨 먹는 건강한 밥상이라고 대답하면 '설마?'하는 표정으로 다시 묻는다. '천천히' 그리고 '꾸준히'하는 적당한 운동이라고 덧붙이면 '에이~'하면서 실망하는 눈빛을 한다.

같은 목표를 둔 사람들끼리의 응원을 주는 시스템 속에 있었다고 마지막 훈수를 주지만 아직 못 믿겠다는 표정이 많다. 특별한 결과에는 반드시 특별한 묘수가 있을 거라 생각하지만 특별한 건 없다. 정직한 원칙이 답이다. 그런데 사람들은 '정직한 원칙'을 달가워하지 않는다. 그건 묘수라고 하기엔 너무 평범하기 때문이다.

사실, 다이어트 30년 동안 지키지 못했던 평범한 원칙을 이제 와서 지켜낸 이면에는 '내가 엄마여서'라는 이유가 있었다. 나이 든 엄마가 보여줄 수 있는 최고의 엄마를 보여주고 싶었다. 엄마의 다이어트 소식에 "또? 이번엔 얼마나 하시려고?"하며 코웃음 치던 아들이 이젠 나를 향해 엄지를 치켜든다. 두 아들의 엄지가 내 것이 된 순간, 세상에서 가장 행복한 사람은 나였다. 엄마여서 해낼 수 있었던 기적이었다. 돌이켜보니 '엄마'는 내가 가진 힘이었다.

이제 나는 건강한 중년 다이어터의 아이콘이다. 두 번의 보디 프로필로 자신감 충만했던 젊은 시절의 용기를 다시 찾을 수 있었고, 가족들의 염려와 근심은 대견함과 자랑스러움이 되었다. 내 사명과 비전은 더 이상 입바른 소리, 배부른 소리가 아니다. 해야 하는 이유보다 하지 못할 이유부터 생각하는 사람들에게서 예전의 내가 보여 안타까운 마음이 든다. '안 된다'는 생각보다 '네가 했어? 그럼 나도 할 수 있어!'라고 오기 부리는 사람으로 만들어 주고 싶다. '내가 그렇지 뭐.'라고 포기하는 것이 아니라 '오늘부터 다시 1일'이라고 자신을 일으켜 세울 줄 아는 사람으로 만들어 주고 싶다. 내가 이뤄낸 것들

을 진심으로 나누고 싶다. 그들의 건강한 삶 한 자락을 내가 이끌어
줄 수 있기를 바란다. 그러기 위해 또 한 걸음 나아가 보려고 한다.
이번엔 글이다.

# 마치는 글


## 1. 김미성 (엘샤랄라)

　정신없이 앞만 보고 달려왔습니다. 두 아이를 키우고, 학생들을 가르치며 남편의 꿈을 믿어주며 살아왔습니다. 그러다가 문득 보이지 않는 '나'의 모습에 두려움이 밀려왔습니다. 폭풍 전야의 고요함과 다를 바 없는 내면의 소리에 숨죽였습니다. 그리고 곧 그 폭풍을 온전히 대면합니다. 머리부터 발끝까지 완전히 폭풍에 휩쓸리도록 내버려 두었습니다. 시간이 흐르고 이제 저는 '폭풍의 눈'으로 들어 왔습니다. 아직 밖으로는 폭풍이 휘몰아칩니다. 그 폭풍은 뜨겁고 혼란스럽지만, 저의 내면은 아주 고요합니다. 이 고요함 속에서 '완전한 나'에게로 더 가까이 가고 있습니다. 두려움보다는 희망과 용기가 더 가득합니다. 더는 숨어 있거나 감추지 않기로 합니다. 새로운 미지의 세계에서는 나의 색깔을 마음껏 펼쳐 보기로 합니다. 그 누구의 눈치를 볼 것도 없습니다. 그로부터 시작되었습니다. 얼굴에는 웃음이 끊이지 않고, 진정한 행복이 차오르기 시작했습니다. 혼자서 더 많은 것을 가져야지만 채워질 줄 알았던 제 생각이 틀렸습니다. 하루라도 더 나눠야지 채울 수 있는 것이었습니다. 앞으로 더 '나'를 나누는 삶을 통해 '나'가 되어 봅니다.


## 2. 이은정 (소소작가)

　　결혼을 하면 당연히 엄마가 되는 줄 알았습니다. 아니었습니다. 엄마가 되기까지 6년이 걸렸습니다. 힘겹게 아이들을 만났습니다. 제게 와준 아이들은 존재만으로 빛이었습니다. 소중한 나의 아이들에게 '좋은 엄마'가 되고 싶었습니다. 육아하며 직면한 제 모습은 놀기 좋아하고, 드라마에 빠져 사는 무기력하고 게으른 사람이었습니다. 이대로는 좋은 엄마가 될 수 없음을 깨닫고 변화와 성장을 향해 나를 던졌습니다. 만삭의 임산부가 새벽 4시면 일어나 책을 읽기 시작했습니다. 작가가 되고 싶었던 어린 시절의 꿈도 발견했습니다. 꿈을 현실로 바꾸려면 실행하는 것만이 방법이었습니다. 책을 읽고, 글을 썼습니다. 신생아를 먹이고 재우며 책 읽고, 글 쓰고, 강의 들으며 아이와 함께 저를 키웠습니다. 좋은 엄마가 되는 길은 '좋은 사람'이 되는 길과 다르지 않았습니다. 좋은 사람이 되기 위해 공부하고 있습니다. 자기 계발을 하는 저는 이런 사람이었습니다. '만삭 임산부, 신생아 엄마, 연년생 아들 엄마'. 이런 저도 했으니 여러분도 하실 수 있습니다. 아이와 함께 성장할 여러분을 응원합니다.

## 3. 김은희 (빛풍경 캘리그라피)

방문 미술 강사로 한 달 52명 아이들을 수업했습니다. 보람을 느끼며 열심히 했던 일이었습니다. 임신하며 운전 공황을 겪고 할 수 없게 되었습니다. 경력 단절은 자신감 결여로 이어졌습니다. 성장이 멈춘 기분이었습니다. 엄마, 아내, 딸, 며느리로서의 모습만이 아닌 '나'라는 존재로 다시 일어서고 싶었습니다. 성장하며 노후 걱정 없이 살고 싶어졌습니다. 그 간절함이 저를 움직였습니다. 새로운 분야 배우고 자기 계발하다가 나를 찾게 됩니다. 할 수 있다는 자신감과 더불어 자신을 진정으로 사랑하는 방법을 배우게 되었습니다. 40대에 다시 꿈을 꿉니다. 그 꿈을 향해 나아가는 지금 행복합니다. 새벽에 일어나 온전히 나에게 집중하며 책 읽기, 캘리그라피 연습, 운동을 합니다. 하루하루 발전해 나가는 내 모습이 예뻐 보입니다. 자기 계발하며 만난 사람들이 했던 이야기입니다. '성실하다.' '꾸준하다.' '열심히 한다.' 특별히 머리가 좋은 것도 아니고, 능력 있는 사람은 아니지만, 방향 바로 잡고 노력하면 변화한다는 걸 느끼게 되었습니다. 누구나 할 수 있습니다. 제 경험담이 누군가의 시작에 작은 빛이 되길 소망해 봅니다.

**엄마들의 이유 있는 반란**

# 4. 이애련

하루 12시간씩 일을 하는 일상이 지겨웠습니다. 우아한 몸짓으로 여유롭게 살아가고 싶었습니다. 이렇게 살지 말자고 시작한 자기 계발이었습니다. 어느새 2년이라는 시간이 흘렀습니다. 그 시작이 저를 살렸습니다.

남들보다 늦게 시작했습니다. 나이 들어 시작하기가 두려웠습니다. 하지만, 할 수 있다는 격려는 늦은 도전을 도와주었습니다. 새벽에 고개 돌려 쳐다본 하늘이 그렇게 아름다운 줄 몰랐습니다. 새벽에 유리창을 열어 맡아 본 공기의 내음이 너무도 싱그러웠습니다. 새벽 4시 30분. 인생에서 제 마음대로 할 수 있는 것은 새벽 기상과 독서였습니다. 꿈은 크지만, 작은 루틴부터 시작했습니다. 책을 읽고 글을 쓰는 삶 속에 행복을 알아가고 있습니다. 천천히 저를 만들어 가고 있습니다. 목표를 위한 제 길을 만들면서 걸어가고 있습니다. 용기 내어 한 발짝 내디딘 제가 너무 기특합니다. 남은 시간 속에 꽤 괜찮은 사람이 되고 싶어 오늘도 저는 새벽에 일어납니다. 오늘도 저는 제 시간을 다스리고 있습니다. 바뀌어 가고 있는 제 인생이 보입니다. 꾸준히 걷는 제 옆에는 행복이 함께 하고 있습니다. 제가 누리는 이 행복을 여러분에게도 한 스푼 나누고 싶습니다.

## 5. 이윤진

　결혼한 지 16년. 사업하는 남편과 세 아이의 뒤에서 살았던 시간입니다. 그동안 가정이라는 안전한 그늘 속에 저를 가만히 두었던 시간이기도 합니다. 꿈을 꾸기엔 늦었다고 생각하면서요. 미국에서 돈을 벌지 않아도 되는 것만으로 감사해야 한다고 말해준 분이 계십니다. 물론 감사합니다. 하지만 자꾸만 제 안에서 엄마로만, 아내로만 살고 싶지는 않다는 마음이 꿈틀댔습니다. 좀 더 내 인생에 의미가 생기면 좋겠다고 생각했습니다. 좋아하는 글로 해보고 싶었습니다. 작가가 되고 싶어졌습니다. 공저는 저에게 큰 기회였습니다. 책으로 내 이야기를 전할 기회. 적극적으로 어필하고 참여하게 되었지만, 좌절도 많이 했습니다. '네가 글을 쓴다고?'라는 이야기도 들었습니다. 제 이야기를 읽고 속상해하실 부모님도 떠올랐습니다. 날개를 펼쳤다고 말하기에 제가 너무 부족해 보였습니다. 하지만 글을 쓰며 별것 없는 나의 이야기가, 한 사람의 마음에라도 스며들면 좋겠다는 마음이 점점 커졌습니다. 이것은 저의 첫 책입니다. 이야기의 시작입니다. 앞으로도 글로 다른 분들과 마음을 나누며 살고 싶습니다.

**엄마들의 이유 있는 반란**

# 6. 문혜원

결혼하고 아이를 낳고 일을 하는 워킹맘의 링 라운드. 사정없이 내려치는 빅 펀치는 예측할 수도 없었고, 그때그때 피할 수 있는 능력치도 소진되어 하루하루 웅크리고 살았습니다. 그대로 링 위에서 나 자신을 방치하고 살다 게임 종료 버튼을 누르고 싶은 순간, 링 밖의 모습이 보였습니다. 그곳에는 나보다 나이가 많은 사람도, 적은 사람들도 모두 펀치에 대응할 힘을 키우고 있었습니다. 이상하단 생각이 들었습니다. 나이 들면 서서히 힘이 떨어져 하던 일을 멈추어야 하는 것으로 알았습니다. 그런데 반대로 더 힘을 키우고 있었습니다. 그 모습을 보고 나도 하고 싶어져 손을 내뻗었더니 누군가 손을 잡아주었습니다. 생각보다 쉽게 링 밖으로 나올 수 있었습니다. 링 밖의 세계는 잊고 있었던 내 생각과 잠재력을 하나씩 하나씩 깨우쳐주면서 나의 성장을 도와주었습니다. 무엇보다 함께 하다 보니 더 힘이 됩니다. 다시 돌아간 링 안의 세계에서 이제는 제법 빅 펀치를 피할 능력이 조금 생겼습니다. 맞고만 있지 말고 피하기라도 하자는 마음으로 시작했는데 이제는 슬슬 나도 한 대 치고 싶다는, 발칙한 생각마저 듭니다.

## 7. 김민혜 (김작가 미네미네)

엄마가 아니었던 시절을 생각해 봅니다. 사실 그때도 힘들다고 투덜거렸습니다. 오늘에 대한 감사보다는 불평과 불만, 미래에 대한 불안함과 두려움으로 삶을 채우곤 했지요.

지금 힘든 것이 '엄마'라서 그런 줄 알았습니다. 물론 '육아'의 무게가 무거운 것도 사실이지만, 솔직히 오로지 '육아'때문만도 아니었습니다.

육아는 '시소'와 같다는 생각이 듭니다. 시소에 타고 있는 두 사람이 번갈아 오르고 내리며 타야 재미있듯, '엄마'와 '김민혜'도 균형이 맞아야 계속 탈 수 있겠지요. 함께 즐거운 놀이가 재미있는 법이니까요.

오늘도 새벽 4시에 일어났습니다. 나만의 루틴으로 하루를 시작합니다. 수첩에 메모했던 생각들을 정리하여 한 편의 글을 쓰고, 점심시간, 출·퇴근 시간 등 틈나는 대로 책을 읽습니다. 삶의 중심을 단단하게 만드는 중입니다. '엄마'라는 기회를 통해 새로운 삶을 살고 있는 '김민혜'입니다.

## 8. 김형희 (행복한 꿈)

새벽에 기상해서 책을 봅니다. 책과 친하지 않았던 제 삶이 지금은 책과 함께 지내고 있습니다. 책을 읽고, 꿈이 생기고, 하고 싶은 일들이 생겼습니다. 희미해진 꿈을 찾아서 묵묵히 걸어가고 있습니다. 묵묵히 걷다 보면 목표에 다가갈 수 있습니다. 성공한 사람들의 생각, 행동을 따라 해보고 싶었습니다. 새벽 기상하면서 저 자신을 조금씩 찾아가고 있습니다.

자존감 없던 자신을 사랑하게 되고 긍정적으로 생각하는 면이 많아졌습니다. 제가 새로운 곳에 도전했다는 부분은 많은 변화입니다. 기회라고 생각이 들면 고민하지 않습니다. 남들보다 느려도 한 발짝씩 나아가는 모습입니다. 책 보고 글을 쓰는 일은 예전에 상상을 못했습니다. 제 경험으로 누군가에게 도움을 주고 싶습니다.

평범하게 주부로 살아온 저입니다. 자기 계발하면서 생각과 행동이 달라졌습니다. 저도 이렇게 변화를 시작했습니다. '여러분도 할 수 있습니다.'라는 자신감을 가졌으면 좋겠습니다. 꿈과 성장을 응원합니다.

## 9. 임현경

단지 외로워서 책을 읽기 시작했습니다. 특출한 재주도 없고 할 수 있는 게 없어서 책을 읽고 글을 썼습니다. 어떠한 목적도 없이 시작한 독서와 글쓰기였습니다. 그런데 이 작은 시작이 우수 리뷰어로 선정되며 무력한 제 일상에 동기부여가 되어 주었습니다. 책만 읽었을 뿐인데 읽기 전후의 모습은 어느새 달라져 있었습니다. 많은 사람이 변화를 꿈꾸지만 어떻게 시작해야 할지 몰라 헤매곤 합니다. 저도 그랬습니다. 같은 고민을 하는 분들에게 저는 한 권의 책으로 시작해 보라고 말씀드리고 싶습니다. 소설책이든 자기 계발서든 상관없습니다. 저 역시 종류를 불문하고 읽는 것에서부터 시작했습니다. 물론 책을 읽는다고 상황이 금방 바뀌지는 않았지만, 스치듯 읽던 한 문장들이 제 안에 차곡차곡 쌓였습니다. 그 쌓인 문장들이 힘든 순간마다 저를 지켜주는 버팀목이 되었습니다. 실패했을 때에도 또는 길을 잘 모를 때에도 책은 제게 하나의 이정표가 되어 주었습니다. 책 안의 한 문장은 절대 사소하지 않습니다. 단 한 사람에게라도 한 문장의 힘을 찾아주는 사람이 되고자 합니다. 그 꿈을 이루기 위해 나는 오늘도 책을 읽고 쓰는 사람이 될 것입니다.

**엄마들의 이유 있는 반란**

# 10. 유은희 (리치희야)

결혼을 하고 당연한 듯 엄마가 되었습니다. 준비된 엄마는 아니었지만 예고 없이 닥쳐오는 일들을 제법 잘 겪어내었습니다. 그 덕에 많이 성숙해졌습니다. 그건 '엄마'라는 이름이 주는 상이었습니다. '엄마 노릇'안에서 생겨나는 지혜이기도 했습니다. 엄마가 되어 포기하기도 하고, 감내하기도 하면서 새로운 어른이 되었습니다.

군대 간 막내에게 전화가 왔습니다. 마냥 아기인 줄 알았던 녀석이 더위와 장마를 걱정하며 엄마의 건강을 챙깁니다. 엄마의 글쓰기 소식을 전하니 '대단하다', '최고다', '사랑한다'를 연발해 주는 아들입니다. 이게 바로 엄마만 누릴 수 있는 기쁨인가 봅니다. 엄마였기에 포기 앞에서 용기를 낼 수 있었고, 엄마였기에 삶에 최선을 다할 수 있었고, 엄마였기에 '나'로 나아가는 걸 포기하지 않았습니다. 이제 남은 인생을 위해 또 다른 출발선에 서려 합니다. 새로운 용기와 지혜가 필요할 때, 예상컨대 앞으론 엄마의 기운과 더 나아가 할머니의 기운까지 더해지지 않을까 싶습니다. 아들의 성원에 힘을 얻고 손주의 응원에 행복을 얻겠지요. 나의 미래가 기다려집니다.